La fille de l'Irlandais

*Du même auteur
aux Éditions J'ai lu*

AVIS DE TEMPÊTE
N° 8970

UN BÛCHER SOUS LA NEIGE
N° 9461

Susan
FLETCHER

La fille
de l'Irlandais

ROMAN

Traduit de l'anglais
par Marie-Claire Pasquier

Titre original :
EVE GREEN

Éditeur original :
Harper Perennial, Londres

© Susan Fletcher, 2004

Pour la traduction française :
© Plon, 2004

Pour Mum, Dad et Michael, avec mon amour

Une feuille blanche

Sur une feuille blanche, ma mère a écrit :

Hier soir, je suis allée sur le chemin, le sien. Mes jambes m'ont conduite là, à travers les fougères, et je me suis assise de nouveau sur la clôture. D'où viennent les taches de rousseur ? Je lui demanderai. Les chauves-souris étaient sorties et j'ai passé près de deux heures à les regarder.

Je ne connais ni son nom de famille, ni son âge même. Mais c'est le début de quelque chose. Je suis juste au bord. Je l'écris et je le sais.

Elle avait raison, bien sûr.

LIVRE UN

Départ

Quand j'avais sept ans, il s'est passé trois choses.

Au printemps, j'ai appris à écrire mon nom en entier. Cela a pris des semaines, mais quand j'ai su enfin recopier les quinze lettres d'affilée, je les ai écrites partout – dans les livres, sur les meubles, sur mon assiette avec du Ketchup, sur mon bras avec un Bic, sur les fenêtres avec ma salive. Une fois j'ai gravé mon nom au-dessus de la plinthe dans les cabinets du rez-de-chaussée. Ma mère ne s'en est jamais aperçue, mais moi je savais qu'il était là. Je restais sur le siège, à balancer mes jambes et à admirer mon œuvre sous le lavabo. Tracée au pastel.

L'été, j'ai attrapé une insolation. J'avais passé l'après-midi dans le jardin à chercher des vers de terre. Les dalles étaient trop chaudes pour qu'on puisse marcher dessus et le toit de la remise devenait tout mou. Le soir, j'étais écarlate. Elle m'a plongée dans un bain froid et m'a badigeonnée de calamine, mais cela n'a pas suffi. Je n'ai pas pu dormir pendant trois jours. J'étais fiévreuse, grognon, et les draps collaient à mes cloques. Quinze jours plus tard, de nouvelles taches de rousseur sont apparues.

Et dix jours avant Noël, je l'ai perdue.

De quoi je me souviens ? Du moindre détail. Du bas de pyjama tout élimé jusqu'à la lumière bleue spectrale qu'apportait la pluie venue de la ville. On n'oublie pas. Pendant vingt et un ans j'ai pioché dans mes souvenirs, en allant chercher tel ou tel moment, comme pour me convaincre qu'il ne me restait plus qu'une cicatrice blanche, bien propre.

Je sais que c'était un vendredi. Je me suis réveillée dans une maison silencieuse. Je suis descendue tout doucement, le courrier était encore sur le paillasson et le lait jaunâtre dans le réfrigérateur. Les rideaux de la cuisine n'avaient pas été ouverts.

Ma mère était recroquevillée sur le sofa sous la couverture en patchwork. Je me suis balancée d'un pied sur l'autre, en remarquant le mouchoir en papier dans sa main, le cendrier plein. Elle sentait le jasmin. Comme toujours. Pour moi, c'était son odeur, comme si elle la sécrétait elle-même.

Cela m'a paru bizarre que les éboueurs ne soient pas encore passés. Ils venaient toujours le vendredi. J'aimais bien le vrombissement qui accompagnait leur arrivée, leur façon d'attraper les sacs-poubelle d'une seule main et de les balancer dans la benne où ils disparaissaient en laissant une odeur de légumes pourrissants. J'aurais voulu être éboueur. Porter une veste verte, et la casquette qui va avec, rouler debout sur le marchepied en me tenant d'une main au côté du camion brinquebalant. Quand les éboueurs me voyaient, ils sifflaient et me faisaient de grands signes. Ils rendaient la vie plus gaie. Ce matin-là, j'aurais voulu qu'ils soient là.

Peut-être ai-je senti, deviné au fond de moi ce qui allait se passer. Est-ce possible ? Est-ce qu'on peut pressentir la mort comme un changement de temps ? Je me suis posé la question. Dans mes moments les plus calmes, quand je suis ivre, malade ou fatiguée, je me suis laissée aller à penser que ces morts, j'aurais pu les enrayer d'une manière ou d'une autre – toutes les deux. Car celle de ma mère ne fut que la première. Une autre devait suivre – une mort brutale et rapide. Elle rendit les fossés plus noirs, et le sommeil plus difficile à trouver. Après, lorsque le vent se levait brusquement, sans assez de signes avant-coureurs, je prenais la fuite.

Ces derniers temps, j'ai trop regardé en arrière. Ces nouvelles rides entre mes sourcils et mes ongles rongés en sont la preuve. Troublée, désemparée, je fais des rêves étranges. Je me retrouve devant une fenêtre, le regard perdu au loin, à écouter le silence. Mais, maintenant, j'ai de bonnes raisons.

Je dois me rappeler tout ce qui a suivi la mort de ma mère, telle que je l'ai vécue, telle qu'elle s'est produite. Je dois consigner le moindre regard, le moindre murmure à mon oreille. La chaleur de cet été-là. Les papillons de nuit qui se cognaient aux carreaux, le soir. Comme il était facile de se cacher dans les fougères. La tache violacée sur la peau abîmée. Le buisson d'orties. L'effet produit par une main d'homme sur moi. Les mensonges que j'ai racontés. L'incendie.

Un étrange silence accompagna le jour de sa mort. De cela je n'ai aucun doute. Notre maison froide semblait retenir son souffle. Plus tard, adolescente, j'imaginerai le deuil comme une pierre jetée dans un étang qui propage ses ondes obscures jusqu'aux recoins les plus éloignés. Peut-être certaines parvinrent-elles jusqu'à moi ce jour-là, alors que j'étais devant la fenêtre, le menton calé sur les genoux.

Peut-être pas.

En tout cas, les éboueurs ne sont jamais passés.

Ma mère s'est activée à l'heure du déjeuner. Elle s'est passé les doigts dans les cheveux, puis elle est sortie en claquant la porte. Je me suis aussitôt hissée sur le rebord de la fenêtre pour voir la route jusqu'à l'épicerie. C'était interdit – on m'avait expliqué que je risquais de passer à travers la vitre. Mais je savais qu'elle ne se retournerait pas pour me voir. Elle a levé les yeux vers les câbles électriques. Le vent se levait. Le ciel était bas et d'un gris métallique.

À son retour, elle tenait un sac en plastique à la main et pendant un moment notre maison a repris vie. Il y a eu des bruits dans la cuisine. J'ai entendu la chasse d'eau, et le bruit feutré de ses pantoufles dans l'entrée. Dans le réfrigérateur, j'ai trouvé une bouteille de lait qui n'avait pas tourné et ne sentait pas l'aigre, et quand elle m'en a versé un verre, il avait une jolie teinte bleuâtre. Je l'ai pris dans mes mains. Elle semblait bien, de nouveau plus gaie. Alors je suis retournée dans ma chambre et j'ai commencé à graver mon nom sur la peinture avec une pièce de monnaie. Je me sentais mieux. On entendait les trains passer, lourds et lents, sous la pluie, tout au fond du jardin.

L'horloge de l'entrée annonça quatre heures dans un murmure. Allongée par terre, à me fourrer des petits gâteaux entiers dans la bouche en feuilletant mes BD, j'ai entendu grincer la rampe de l'escalier. Elle est passée devant ma chambre d'un pas traînant. Elle tortillait une mèche de cheveux entre ses doigts, et elle a lancé : « Tout va bien, là-dedans ? »

Puis elle s'est fait couler un bain.

J'adorais ce bruit. Il me berçait et, quand je fermais les yeux, je pensais à des chutes d'eau magiques et à des petits bateaux qui plongent. Elle prenait toujours de longs bains. Elle adorait les crèmes pour le corps onctueuses, et le talc parfumé. Elle aimait débarrasser ses cheveux des odeurs de la ville et les coiffer tout en parcourant la maison et en allumant les lumières sur son passage, et elle aimait les serviettes blanches, légères et moelleuses, les bougies sur le rebord de la fenêtre, et l'eau si chaude qu'au sortir du bain il y avait une marque rouge autour de sa taille. Cet après-midi-là, j'ai senti son parfum de jasmin et son odeur de cigarette, j'ai entendu ses vêtements tomber à terre ; à quatre heures seize, ma mère a fermé la porte de la salle de bains, au moment où le train de Snow Hill à Marylebone passait, son sifflement déchirant l'air humide.

Je sais que je lisais mes BD en fredonnant, le menton dans les mains, quand elle est morte.

C'est Mrs Willis, la voisine, qui a donné le coup de téléphone. J'étais sur le pas de la porte au fond de la maison, en pantoufles et robe de chambre, à regarder le givre ; je ne voulais pas retourner à l'intérieur. Mrs Willis portait un cardigan en tricot rouge foncé avec des boutons qui ressemblaient à des gros bonbons, et elle sentait la lessive. Elle est sortie avec la couverture en patchwork, elle s'est agenouillée devant moi et elle me l'a drapée sur les épaules. C'était lourd. Elle m'a frotté les mains pour me réchauffer, elle a essayé de lisser mes cheveux. Quand les sirènes se sont approchées, elle a couvert mes oreilles de ses mains et m'a serrée contre sa poitrine, mais je les entendais quand même.

Quand elle est allée leur ouvrir la porte, je suis allée jusqu'à la remise, j'ai tiré le loquet et je me suis glissée à l'intérieur. C'est là qu'on rangeait ma bicyclette. Il y avait de vieilles plantes en pot, des briques et un arrosoir. Cela sentait l'essence, l'humus, le bois humide. Je me suis calée entre le mur et un vieux transat, je me suis emmitouflée dans la couverture, et, blottie là, les yeux fixant l'obscurité, j'ai attendu qu'ils soient repartis.

J'ai passé les deux nuits suivantes chez Mr et Mrs Willis – qui d'autre aurait voulu de moi ? J'ai dormi dans leur chambre d'amis, côté rue, il y avait un abat-jour rose à franges et des fissures au plafond. La nuit, les phares des voitures balayaient les murs et j'écoutais le clic-clac des talons hauts sur le trottoir. Tout cela était nouveau pour moi, jusque-là je ne connaissais que les pièces du fond. Mais j'entendais encore miauler les matous perchés sur les barrières. Et les trains de marchandises gronder comme le tonnerre dans la nuit.

Mrs Willis prit les choses en main. Elle monta les radiateurs, me raconta des histoires tirées de la Bible, m'apporta un œuf à la coque et des mouillettes, s'assit au bout de mon lit et me tapota les pieds. Un soir, me croyant endormie, elle parla de moi à voix basse au téléphone. Blottie en haut de l'escalier, entourant mes genoux de mes bras, j'arrachai des lambeaux du papier peint fleuri. On allait m'emmener ailleurs. Je ne savais pas où ni pour combien de temps, mais je compris que je ne me trouverais plus jamais assise en haut de l'escalier de Mrs Willis. « Il y a quatre heures de trajet ! l'entendis-je s'énerver. Je peux bien l'emmener, non ? La petite a sept ans, pour l'amour du ciel ! »

Le lendemain matin, Mrs Willis m'expliqua qu'elle était trop vieille pour me garder, et que Mr Willis était encore plus vieux. Il n'allait pas bien, me dit-elle, et il avait besoin de repos. Ça, je le savais, parce qu'il ne quittait jamais le vieux fauteuil qui faisait face au jardin, et observait la mangeoire à oiseaux d'un œil larmoyant, en toussant dans un tampon de coton hydrophile. Je le voyais quand je faisais le tour de la maison pour récupérer mon ballon – un bonhomme tout maigre, au teint cireux, en pyjama rayé, avec des lunettes demi-lunes et des joues qui tremblotaient quand il parlait. Au cours de ces deux soirées passées chez eux, je découvris son odeur, et l'étrange bordure noirâtre qu'il avait sous les ongles, qu'il grattait avec un cure-dents. Le soir, tandis que les pinceaux des phares des voitures tournoyaient au-dessus de ma tête, j'entendais son râle qui ébranlait la paroi de la chambre, en me demandant s'il allait mourir bientôt, et qui le découvrirait.

Et donc, par une matinée blanche et verglacée de décembre, on me mit dans une voiture. Mrs Willis m'aida à m'installer. Emmitouflée dans mon duffle-coat, avec ma grosse écharpe, j'avais l'impression d'être un paquet. Je m'accrochais aux oreilles de Pom, mon chien en peluche. Sous mon collant de laine rouge, mon eczéma me démangeait. La rue était déserte et silencieuse. Avant de refermer la portière, Mrs Willis me donna une mandarine et une tranche de cake tout ramolli. « Que Dieu te garde, dit-elle en souriant, et tâche d'être bien sage. »

Lorsque la voiture démarra, Mrs Willis essaya de la suivre. Elle m'envoyait des baisers, tout en articulant des mots que je n'arrivais pas à comprendre. Je crus qu'elle avait changé d'avis, et qu'elle essayait de me rattraper, pour me réinstaller dans la chambre avec l'abat-jour à franges. J'ai posé ma main sur la vitre. J'aurais voulu qu'elle coure plus vite, mais elle devenait de plus en plus petite. Par la vitre arrière je l'ai vue s'arrêter au bas de la rue à côté de la boîte aux lettres, le bras gauche levé avec un mouchoir roulé en boule à la main. C'est la toute dernière fois que je l'ai vue. Au moment où la voiture a tourné au coin, j'ai encore aperçu son tablier blanc qui brillait dans la grisaille.

À proprement parler, je suis une fille des Midlands. Je ne suis jamais retournée là-bas, et je ne considère plus cette région comme mon pays, mais j'ai gardé un léger accent. Je peux encore décrire l'odeur des canaux au mois d'août. J'aime à penser que j'ai encore en moi des atomes de poussier, que les gaz d'échappement de la M6 circulent encore dans mes veines. Que s'il m'arrivait d'arpenter à nouveau New Street, j'aurais l'impression de n'être jamais partie.

Jusqu'à la mort de ma mère, je n'avais pas connu d'autre endroit. J'avais été emmenée à Birmingham avant ma naissance, avant qu'elle sache si elle attendait un garçon ou une fille. Elle racontait que, assise dans son bain, elle regardait mes coudes lui donner des petits coups dans le ventre comme des ailes de poulet. Nous n'habitions pas à proximité de la fabrique de chocolat, mais parfois j'avais l'impression de sentir l'odeur des fèves et du beurre de cacao. Je me penchais par la fenêtre de ma chambre, je fermais les yeux, et je respirais fort.

Petite, je passais mes week-ends à ramper sous les étals du marché dans le Bull Ring, à courir après des pigeons couverts de suie, à me faire pousser sur les vieilles balançoires branlantes du jardin public. L'accent, je l'avais attrapé à l'école. Dans la cour de récréation, j'apprenais les refrains des supporters de foot et, dans mon bain, je les chantais à tue-tête. À six ans, je me suis assise au bord du bassin de Gas Street, et j'ai trempé mes pieds dans l'eau. Ma mère m'a aussitôt extirpée de là, à cause de l'écume verdâtre et des détritus qui flottaient. Elle m'a récuré les pieds jusqu'à ce que ça me pique. Je n'eus plus le droit de retourner là-bas.

À trois rues de chez nous il y avait le traiteur indien qui, quand le vent soufflait dans la bonne direction, envahissait la maison d'une odeur d'épices. Les jours de match, on entendait les vociférations de St Andrew's. À l'épicerie du coin, Mr Hardy m'offrait toujours un caramel. En faisant la queue ou en étendant le linge, les femmes parlaient encore des bombes irlandaises, et j'écoutais, même si j'avais seulement quatre ans alors et ne me souvenais pas vraiment d'avoir entendu les explosions. Il y avait des crapauds dans les feuilles mouillées sur la rive. De la fenêtre de notre salle de bains, en me hissant sur la pointe des pieds, j'arrivais à voir la Rotonde.

Et puis on m'a emmenée. Au moment de quitter notre rue, j'ai aperçu le facteur sur sa bicyclette. Devant la pharmacie, j'ai vu le vieux Mr Soames avec son pouce manquant, et son chien tout ballonné. Puis j'ai aperçu le bâtiment en briques rouges de mon école. Et la mosquée avec son toit turquoise, la salle de bingo, le marché couvert avec son odeur de renfermé. J'ai écrasé mon visage contre la vitre quand j'ai vu indiquée la gare de Moor Street, parce qu'un jour elle m'avait fait prendre le train pour voir à quoi ressemblait notre maison vue de loin. J'avais laissé Pom à la fenêtre de ma chambre et, en passant devant, je l'ai aperçu. Pendant que ma mère regardait ailleurs, j'ai fait les cornes aux types qui travaillaient sur la voie ferrée, sans raison particulière, et ils se sont redressés en s'essuyant le front. C'était deux étés auparavant, à une époque où elle allait plutôt bien. La plante rose qui poussait sur le mur de la remise était en fleur.

Je ne voulais pas partir. Je me débattais avec ma ceinture, je tirais sur la poignée de la portière, je martelais la vitre de mes poings, si bien que les passants levaient les yeux pour me regarder. Je voulais Mrs Willis. Je voulais mon pouf et un verre de lait et la bonne odeur des cheveux de ma mère. Je voulais la clochette en argent qu'elle portait autour du cou et je me suis mise à crier. La femme à côté de moi m'a saisie par les poignets. Elle cherchait à me maîtriser. Elle a pris un ton menaçant. Je me suis écartée d'elle, et j'ai enfoui ma tête dans Pom. Il sentait la maison – le jasmin, la lessive, les odeurs de cigarette. Je me suis calmée. Je lui ai caressé la truffe avec le pouce.

Avec l'autoroute est arrivée la pluie. Quelques usines grisâtres, des parkings, des graffitis rappelaient encore Birmingham. Puis plus rien.

Comme seuls les enfants peuvent le faire aux moments les plus inattendus, je me suis endormie.

Il faisait chaud dans la voiture ; la pluie tambourinait sur le toit.

Je me suis réveillée avec mal à la tête. Les choses n'étaient plus pareilles. L'éclairage était bizarre, plus cru. Je me suis tournée. La femme à côté de moi lisait. J'ai regardé le chauffeur, puis Pom, et j'ai attendu. Quelque chose avait changé. Les pneus crissaient sur du gravier.

Je savais à quoi ça ressemble, la campagne. On avait fait une excursion avec l'école jusqu'à Lickey Hills. J'avais pris mon pique-nique sous un chêne, au milieu des petits glands qui ressemblaient à des coquetiers avec leur œuf. On m'avait donné pour mes six ans un cerf-volant bleu et jaune, et on l'avait lancé sur Cannock Chase, au milieu des taupinières. Mrs Willis avait promis de m'emmener à Stratford.

Elle avait dit qu'on ferait du bateau et qu'on goûterait dans un salon de thé. Elle ne m'y avait jamais emmenée, mais j'avais tout parfaitement imaginé. Je savais qu'il y aurait des saules pleureurs et des canards à nourrir, et qu'à Stratford il ne pleuvait jamais. L'Avon y était toujours d'un bleu étincelant.

Mais le pays de Galles, ce n'était pas du tout comme ça.

C'était un pays vide et humide. Avec de l'herbe sèche, grise, et un ciel vaste et sombre. La pluie tombait dru comme du mâchefer. La voiture se hissait en haut de la colline, me baladant de droite à gauche. Je me suis cogné la tête. J'ai lâché Pom et j'étais trop emmitouflée et trop bien attachée pour pouvoir le récupérer.

Dehors il y avait des rochers, de la boue et des arbres dénudés. Je n'ai pas vu d'autres maisons. Pas de foyers, pas de lumières au loin, pas de portails cachés ni d'allées. Il n'y avait pas d'autres voitures, pas de passants. La voiture a plongé dans un nid-de-poule.

« C'est là que tu vas habiter », a dit la femme.

En haut du chemin, on ne voyait que des pierres avec une vague lueur et une cheminée. Quand je me suis retournée vers elle, j'ai vu les miettes du cake de Mrs Willis éparpillées sur ses genoux.

Pays de Galles. Trois mots, quatre heures, et un tout autre monde. Rien à voir avec Birmingham. Rien à voir avec la vie en ville. Pour la petite de sept ans qui n'avait plus sa mère, les différences paraissaient gigantesques, et terrifiantes au début. Mais, avec le temps, certaines deviendraient si subtiles qu'on aurait pu ne pas les remarquer : au pays de Galles, l'eau du robinet a meilleur goût ; il se dégage de la terre humide une puissante odeur ; les nuages sont plus vastes ; les oiseaux viennent plus près. Par ici, les fleurs ont des couleurs bien plus vives. Je ne sais pas pourquoi, mais c'est un fait.

Et il me faudrait des mois avant de m'habituer aux nuits galloises.

L'été, les nuits de Birmingham tiraient sur le rose. Les réverbères s'allumaient les uns après les autres en grésillant. Les oiseaux semblaient ne jamais être en repos, et je restais éveillée dans mon lit, une jambe pendante, à les écouter par ma fenêtre ouverte. On distinguait mal les étoiles, là-bas. Ma mère disait que les étoiles étaient les âmes des enfants qui n'avaient pas encore été conçus. Elles étaient là-haut, bien tranquilles, en attendant d'être choisies par les mères et amenées sur Terre pour être transformées en bébés. Je n'y croyais pas vraiment, mais l'idée me plaisait. Quand j'interrogeais ma mère sur mon père, elle en revenait toujours à sa théorie sur les étoiles. Je passais du temps devant la fenêtre avec Pom, à regarder les seules assez lumineuses pour qu'on les distingue, en me demandant de qui elles seraient les bébés, et quelle sorte de vie elles auraient sur cette Terre avec nous.

La nuit, au pays de Galles, était bien différente. Elle s'étendait sur la vallée comme un brouillard. Une obscurité franche, aussi noire que de l'huile de moteur ou l'intérieur d'une boîte aux lettres. Je cherchais les étoiles, mais il n'y en avait pas. En arrivant dans la cour de la ferme, j'ai aperçu quelqu'un qui nous attendait. J'ai regardé mes pieds, mes baskets rouge et gris toutes trouées, en serrant mes chevilles l'une contre l'autre.

Je savais que mes grands-parents étaient venus nous voir à ma naissance, ils m'avaient acheté un mobile avec des vaches qui était resté longtemps accroché dans ma chambre et qui tournait quand le radiateur était allumé. Ils m'envoyaient des cartes d'anniversaire en relief et des fleurs séchées, et en retour ma mère leur envoyait des photos. Je savais qu'elle leur avait donné ma première photo de classe – moi à cinq ans avec des cheveux indémêlables, et plein de taches de rousseur. J'avais refusé de sourire pour la photo. Les maîtresses avaient insisté, avaient fait des grimaces, et à la dernière seconde, alors que tout le monde avait renoncé, j'avais décoché mon plus beau sourire. Ma mère aimait bien cette photo. Elle la faisait rire, elle l'avait mise sur la cheminée, près du bouton de rose séché et de la carte postale écornée de Limerick Bay.

Ma grand-mère a ouvert la portière de la voiture. Elle m'a regardée avec des yeux sombres aux cils épais en portant la main à sa bouche. J'ai compris que j'étais à faire peur – bouffie, en sueur, l'air malheureuse, tout empêtrée dans mes collants de laine et mon gros manteau. J'ai senti les odeurs de la ferme – paille, fumier, essence, avec des relents d'eau croupie, mêlés à la fumée d'un feu de bois. Je me suis mise à pleurnicher. J'ai tendu les mains vers elle en repliant les doigts, et elle s'est agenouillée pour enlever ma ceinture. Elle se dépêchait, avec ses mains roses à la peau rêche. Je voyais le duvet sur les lobes de ses oreilles, et les mèches grises dans ses cheveux. J'ai senti ses mains autour de ma taille, elle nous a soulevés d'un coup, moi, Pom et mon manteau, elle nous a extirpés de la voiture et pris dans ses bras. La peau de son cou était douce et tiède. « Bonjour, Evangeline, a-t-elle dit en m'embrassant les cheveux. Bonjour, ma petite chérie. » Elle portait un corsage crème à fleurs sous une robe à bretelles bleu clair, et

je me suis agrippée à son col, refusant de le lâcher.
J'avais le nez dans son cou, et elle m'a dit : « Tout va
bien, ma chérie, tout va bien. »

Elle me serrait contre elle, et je la sentais trembler.

Par-dessus son épaule, je voyais le vent dans les
arbres, j'entendais les arbres craquer, et ma grand-
mère continuait à répéter mon nom.

La boîte à chaussures

Evangeline. Cinq consonnes, cinq voyelles. Un prénom difficile à porter quand il s'agit d'apprendre à écrire en liant les lettres. Difficile, à vingt-neuf ans encore, car il faut un temps fou pour l'épeler au téléphone, et il est arrivé qu'on m'accuse de l'avoir inventé. Les hommes, en particulier, le prononcent mal. Ils se précipitent dessus, s'emmêlent comme si c'était du fil de fer. La lenteur, comme souvent, voilà la clef.

Dans le temps, je le détestais, évidemment. J'aurais voulu un prénom qui ne fasse pas froncer les sourcils, ou que je ne sois pas obligée de répéter. J'aurais tant voulu un prénom qui tienne sur le côté de ma boîte-repas. Mais il plaisait à ma mère.

« Bonne nouvelle, Miss Jones, lui a-t-on dit quand on lui a tendu le bébé, couvert de mucus et donnant des coups de pied. Une belle petite fille. Avec tous ses doigts et tous ses orteils. » La sage-femme a souri et murmuré « Le papa a les cheveux roux, j'imagine ? »

Je suis née à la maternité de l'hôpital de Birmingham à trois heures du matin, le jour du nouvel an. Je n'étais pas le premier bébé de l'année à Birmingham, car peu après minuit, un garçon était né dans la salle d'accouchement d'à côté. Mais je fus la première fille. « Toi, dès le début, tu étais spéciale », disait ma mère, sachant que cela me faisait du bien quand la peau me démangeait. « La toute première. Et on s'est assises ensemble près de la fenêtre à regarder la toute première matinée de l'année. »

Je savais qu'elle embellissait un peu les choses, mais cela ne me dérangeait pas. J'étais ravie de m'imaginer, tout bébé, bien emmaillotée, dans les bras de ma mère, enveloppée par ses cheveux noirs de jais.

Vingt-neuf ans, c'est un âge important. Un peu solennel. J'ai l'impression que certaines choses seront perdues à jamais une fois passée la trentaine. Mais quoi par exemple ? J'ai toujours détesté les boîtes de nuit les rares fois où j'y suis allée. La mode n'a jamais rien représenté pour moi ; le seul piercing que j'aie osé faire s'est depuis longtemps cicatrisé en une petite boule de peau. Je sais pourtant qu'on m'a considérée comme une rebelle. J'imagine à quoi je pouvais ressembler lors de ce premier été – les yeux sérieux sous ma tignasse, têtue, solitaire, bien la fille de mon père, même si je ne le savais pas. Toujours prête à enfreindre les règles en affichant un sourire innocent.

Tout de même, cet âge est un point de repère. Hier soir, comme je n'arrivais pas à dormir, j'ai décidé que si vingt-neuf ans était une couleur, ce serait le rouge – la couleur du dragon, des veines éclatées de Mr Phipps, des baies amères de l'aubépine : quelque chose que l'on contemple avec respect. Et du respect, j'en ai. Comment pourrait-il en être autrement alors que tant de choses m'attendent cette année ?

J'ai pris l'habitude de sortir le vieux fauteuil marron tout avachi de la chambre du fond, et de le traîner jusqu'à la fenêtre qui surplombe la véranda. C'est l'un des rares endroits confortables qui me restent – les pieds sur le rebord de la fenêtre, des coussins pour me caler le bas du dos, un mug de thé noir, un bloc-notes, un stylo. Quelquefois la chatte vient me rejoindre. Elle me pétrit les cuisses tandis que j'écris cette histoire.

D'ici, il y a tant de choses à voir – la cour de notre ferme, le toit bleu de notre grange avec les champs derrière, Tor-y-gwynt au loin, nos moutons, le ciel gallois.

Mais ce n'est pas la plus belle vue. Pour cela, il faut aller jusqu'à la cabane de berger sur la crête. Mon château. Mon avant-poste moussu, venteux. Les jours où le ciel était dégagé, je filais là-bas dans l'espoir d'apercevoir au loin la baie de Cardigan tout embrumée. Je me postais derrière un rocher, et je guettais les promeneurs, les observateurs d'oiseaux, les chevreuils, ou Billy Macklin avant qu'il devienne mon ami. Et je pique-niquais au grand air dans l'herbe haute, je fumais en cachette comme tous les ados, je rêvassais sans fin, et je m'y abritais quand il y avait des orages ou que je ne voulais pas qu'on me trouve. Les étoiles vues de là ont toujours été fabuleuses. J'ai passé des heures à regarder les satellites traverser le ciel sans bruit. Quand la comète de Halley est passée, comme un fantôme au-dessus de nos champs, elle a fait pleurer ma grand-mère.

Mon premier baiser, si bizarre, eut lieu aussi contre ces rochers – rapide, sec, sans goût, à peine un baiser. Je me rappelle que je ne m'y attendais pas, et que les dents du garçon avaient cogné contre les miennes. Je m'étais sentie flouée, et furieuse aussi. Je ne me doutais pas qu'il y aurait d'autres baisers bien meilleurs, donnés par de bien meilleurs partenaires.

Ma cabane de berger fut l'un des premiers endroits où les policiers sont venus, cet été-là, en croyant y découvrir un corps.

Ce fut un mois de juillet terrible. Il changea nos vies. Il couvrit d'ombres le village. L'inquiétude hantait les chemins avec les dernières digitales. On vit de larges auréoles se dessiner sous les aisselles des hommes, et nous dormions les fenêtres entrouvertes. Mais on ne trouva rien du tout, bien sûr, sur la crête – rien que de l'herbe des marais, des lambeaux de laine et l'empreinte de mes pas. Et la vue. Même les policiers se sont arrêtés un instant, en mettant leur main en visière pour la contempler. De notre carré de rhubarbe sauvage, je les ai vus faire.

La cabane est trop loin pour moi maintenant. Je marche et somnole comme une vieille dame. Il y a deux jours, le révérend Bickley m'a surprise en train de faire la sieste, l'après-midi, et il avait l'air ennuyé de m'avoir réveillée. Les douleurs de dos, il connaît bien. Quatre-vingt-quatre ans, arthritique, presque plié en deux, et pourtant il prêche encore une fois par mois à Saint-Tysul, il pratique des exorcismes quand c'est nécessaire, et monte jusqu'ici pour voir comment je vais, même s'il prétend toujours qu'il ne faisait que passer par là. Il m'apporte des provisions que je n'ai pas demandées – des poireaux, des abricots secs pour le fer, des poires tavelées de son vieux poirier rabougri. N'empêche qu'elles sont toujours aussi délicieuses – juteuses, jaunes, conservant en elles la chaleur de l'été. J'ai appris à les pocher dans de l'eau-de-vie, à les caraméliser puis à leur ajouter de la crème, à les couper en tranches, à les sucrer et à en faire une tarte. Parfois on les mange telles quelles, Daniel et moi – en mordant dans leur chair à pleines dents, et en laissant le jus couler sur nos mains. Je reconnais le révérend à sa façon de frapper au carreau : doucement, comme s'il s'excusait. Et je sais que ma grand-mère lui manque. Je crois qu'il vient pour vérifier que ce qui reste d'elle tient le coup. Et puis j'ai l'impression qu'il est malheureux tout seul : plus de femme, pas d'enfants, et une maison de cinq pièces sur la route qui mène à Tregaron et qui a été inondée il n'y a pas très longtemps, quand la Teifi et la Brych ont débordé, et qu'il n'arrêtait pas de pleuvoir.

Quelquefois, je m'inquiète pour lui. Quand je n'arrive pas à dormir, je pense à son cœur à bout de souffle, à notre ferme à bout de souffle, aux ravages des renards, aux attaques des essaims de mouches, aux parasites du mouton et aux belladones, et puis je me demande si je vais réussir à faire face, et si j'en ai encore envie, si ce ne serait pas plus raisonnable de vendre la ferme pour aller nous installer ailleurs avec Daniel, s'il ne vaudrait pas mieux quitter carrément le pays de Galles, tourner le dos au passé, aux fantômes, aux erreurs, aux soucis, et se lancer dans une nouvelle vie, repartir de zéro dans un nouvel endroit, avec un projet sérieux et complètement nouveau.

Six semaines seulement. C'est tout ce qui reste de moi, telle que je suis. Ce n'est pas beaucoup. Je compte les minutes. Je pense à mes grands-parents, à la mousse qui grimpe sur leurs tombes. Je pense à ma mère. À Billy. Et je pense aux mains d'un homme, à sa bouche sur la mienne dans un marché sous la pluie, à la douceur de sa cicatrice d'appendicite.

Rosie. À Cae Tresaint, son nom se glisse encore sous les portes, se faufile dans les fougères. Comment pourra-t-elle jamais trouver son dernier repos ? Chaque fois que je marche sous nos tilleuls, je crois la voir sur ses patins à roulettes, avec ses anneaux d'or aux oreilles. Elle aurait trente-trois ans aujourd'hui.

Et comme si cette histoire ne suffisait pas, il y en a une autre qui me tracasse. Elle m'est revenue, il y a trois nuits : âgée de quatre ans, ma mère a disparu un jour d'excursion sur la côte. Ma grand-mère, qui regardait une vitrine, s'est retournée et la petite n'était plus là. Elle s'est précipitée jusqu'au bord de mer, en hurlant, agrippant les gens, cherchant frénétiquement une petite fille en robe jaune citron avec une bordure en dentelle. Elle a appelé la police, pleuré, attrapé un coup de soleil. Elle est tombée sur la promenade du front de mer et s'est ouvert le genou. On a fini par retrouver ma mère dans la galerie des jeux, les doigts poisseux et avec une chaussure en moins.

Il y a pire, comme histoire. Des années durant, celle-ci m'a paru insignifiante. Mais maintenant elle semble me poursuivre. Elle me fait bondir de mon lit pour allumer la lumière. J'y entends l'avertissement de ma grand-mère : il existe une peur violente, brûlante comme une flamme, aiguisée comme une lame. Il n'y a rien de comparable, m'avait-elle assurée. Cela vous secoue jusqu'à vous couper le souffle. Cela vous transforme en une créature avec des crocs et des griffes. *Attends seulement*, m'avait-elle dit. *Tu verras*.

Nous attendons tous.

Quelqu'un hier a suspendu un rideau de perles devant la porte pour se protéger des mouches, et pour une fois la Land Rover est propre, le réservoir plein. De mon fauteuil marron je la vois. Daniel a peint la grande chambre d'un jaune coquille d'œuf très doux, et ce matin encore je l'ai trouvé là-haut qui passait le pouce le long du chambranle pour voir s'il n'y avait pas d'échardes.

C'est le genre de chose qu'aurait pu faire ma mère. Même les jours où elle était calme, elle était attentive aux petits dangers – les épines de roses, les punaises, les choses qui auraient pu me blesser sans bruit, sans que je m'en aperçoive.

La peur, c'est le prix à payer quand on aime. C'est cela le contrat. Malgré tout ce qui s'est passé, c'est seulement aujourd'hui, avec six semaines devant moi, que je le comprends.

À certains égards, j'étais une enfant distraite. Je n'entendais pas les sonnettes, je traversais la rue sans regarder. Un jour j'avais attrapé un gros rhume parce que j'étais restée dehors à jouer sous la pluie. Quand ma mère m'avait frictionnée avec une serviette en dardant sur moi ses yeux noirs et en me demandant pourquoi j'avais fait ça, je lui avais fait une réponse toute simple : je n'avais pas remarqué qu'il pleuvait.

Mais parfois, au contraire, mon esprit absorbait tout comme du papier buvard. Des choses bizarres laissaient une trace indélébile. Cela inquiétait ma mère. Un jour, en rentrant de l'école avec elle, je lui avais demandé d'où venaient les bagues de Mrs Everett.

« Mrs Everett ?

— Oui. La dame au chien blanc. Celle qui me promenait dans ma poussette quand tu devais aller travailler. » Je sautais à cloche-pied sur les fentes du trottoir. « Elles venaient d'où, ses bagues ? »

Ma mère avait ralenti le pas, repoussé une mèche derrière son oreille et m'avait regardée, étonnée. « Tu te souviens d'elle ? Comment est-ce possible ?

— Elles brillaient tellement… C'était des vraies, tu crois ? »

Une fois à la maison, ma mère avait fait du thé et s'était installée avec moi devant la télévision, puis elle m'avait dit : « Mrs Everett s'est mariée trois fois.

Tous ses maris sont morts, figure-toi. C'était ses bagues de fiançailles.

— Ils sont *tous* morts ?

— Tous. »

Cela m'avait fait de la peine pour Mrs Everett, et je l'avais dit à ma mère.

Elle avait soufflé sur son thé. « Elle a peut-être eu de la chance, tu sais, trois hommes ont voulu l'épouser. Il y a des femmes qui n'arrivent pas à trouver un seul mari. »

Voilà le genre de choses que je conservais précieusement comme des berlingots dans un bocal. Rien d'évident : pas des visages, pas les histoires qu'on racontait, mais des détails incongrus qui me trottaient par la tête dès que j'étais couchée. Quand je pensais à Mrs Barrett, mon ancienne institutrice, me revenaient à l'esprit son chapeau qui ressemblait à une crêpe et sa façon de balayer les flaques pendant les récrés. Cela me tracassait : où allaient-elles, ces flaques ? Terry Mulligan fut mon meilleur ami pendant toute une semaine parce qu'il pouvait plier ses doigts dans les deux sens. Mrs Sima Singh, notre voisine au bout de la rue, éternuait sans faire le moindre bruit. Elle se contentait de remonter le dos de sa main jusqu'à son nez, et de frissonner.

Mon premier petit ami est un bon exemple, lui aussi. J'avais quinze ans ; il était blond. Je ne me souviens pas de son nom, mais je sais qu'il avait une côte cassée – pour avoir participé à trop de mêlées dans des matchs de rugby. Je l'avais découverte sous sa chemise – j'aimais bien toucher cet os saillant, qui cognait doucement contre moi. Il tenait dans le creux de ma main.

Quant à ma mère, elle s'appelait Bronwen et elle est morte lorsque son cœur s'est arrêté de battre sans raison – cela arrive, comme je l'ai appris plus tard. Son anniversaire tombait en avril, et elle était toujours ravie quand l'arbre de la rue était en fleur à temps – elle remplissait de rameaux fleuris ses vieux bocaux à café. Elle aimait danser dans la cuisine, l'air rêveur, en écoutant la radio. Elle chantait avec un accent gallois. Dans sa jeunesse, elle était montée à cheval, cela lui manquait. Elle avait, au creux des reins, une tache de naissance qu'elle détestait. Quand elle était énervée, je l'ai quelquefois vue taper dessus, comme si c'était la faute de cette tache. Je ne comprenais pas pourquoi. Je la suivais en sautillant, inquiète, en souhaitant qu'elle arrête. Cette tache en forme de bateau était couleur caramel, et je l'aimais bien. Chaque fois que ma mère se penchait en avant, j'en profitais pour la regarder.

Elle mettait parfois du mascara. Quand elle réussissait à peler une pomme en faisant une seule épluchure, j'applaudissais. J'étais impressionnée de la voir faire le pont, même si on entendait des craquements. Ses cigarettes avaient laissé une marque jaune sur le majeur de sa main droite. Elle portait autour du cou une clochette en argent – seul porte-bonheur qui lui restait d'un bracelet qu'elle avait perdu au pays de Galles avant d'être ma mère. Quand elle courait, on entendait la clochette tinter. Je savais aussi qu'elle se réfugiait toujours dans la salle de bains pour pleurer, elle pensait que je ne pouvais pas l'entendre à cause des bruits du réservoir qui se remplissait. Mais je l'entendais. Je restais là à traîner sur le palier, à passer un bras ou une jambe entre les barreaux de la balustrade, tout en écoutant les sanglots étouffés dans la pièce d'à côté.

Un jour, quand j'avais cinq ans, à l'heure du déjeuner, en jouant avec mon camion Fisher-Price sur le tapis, j'ai vu quelque chose sous son lit. C'était une boîte à chaussures marron fermée par des élastiques de couleur. Quand elle m'a vue m'en approcher, elle a poussé des cris. « Donne-moi ça ! Donne-moi ça tout de suite, Evie ! Qu'est-ce qui te prend ? Ne touche jamais à ça, tu m'entends ? Ce n'est pas à toi. » Elle l'a prise et l'a serrée contre son cœur, comme un bébé que j'aurais trop tripoté. J'ai fait la grimace, puis j'ai pleurniché. À partir de là, j'ai considéré le dessous de son lit comme un endroit dangereux.

Je n'avais pas le droit non plus de fouiller dans son sac à main, mais je le faisais quand même. Il était rempli de trésors – du baume pour les lèvres tout collant dans un petit pot, des barrettes à fleurs, la photo d'un homme avec du soleil dans les cheveux, des pilules blanches pour la migraine, son porte-clefs, avec un dragon rouge en caoutchouc.

La plupart des gens la trouvaient charmante. Notre facteur en particulier. Quand elle riait avec lui, il se balançait d'avant en arrière et demandait toujours des nouvelles du bout de chou. Mrs Willis m'avait dit que ma mère était un ange, mais j'avais des doutes, car dans mes livres d'images, les anges avaient des cheveux blonds comme le miel, ce n'était pas des femmes brunes qui fumaient et gardaient des boîtes à chaussures sous leur lit, ou gagnaient leur vie en faisant cuire des œufs sur le plat pour des clients. Mrs Willis le croyait pourtant. Quand j'écrasais ses jonquilles sans faire attention, elle faisait un « Oh ! » de désapprobation, puis elle cueillait celles dont j'avais brisé la tige et les enveloppait dans du papier journal pour que je les apporte à ma mère. « Un petit quelque chose de gai, disait-elle, pour ta maman qui est une sainte. »

Le type qui conduisait la camionnette du marchand de glaces regardait toujours ma mère un peu trop longtemps. Si elle lui achetait un cornet, il rajoutait un petit extra de pépites de chocolat, lui décochait une œillade et se penchait hors de sa cabine pour apercevoir encore un peu sa chevelure noire ondoyante. Je n'aimais pas cela. Je sentais un danger, et un jour sur un coup de tête j'ai dévissé les valves de ses pneus et je me suis juré de ne plus jamais lui acheter le moindre esquimau. J'ai ainsi économisé toutes mes pièces de cinquante centimes. Je les déposais dans un vieux pot de fleurs, en rêvant d'engins interplanétaires et de petites lunes et d'étoiles fluorescentes que je pourrais coller sur le plafond au-dessus de mon lit. Mon propre firmament nocturne les soirs où je ne pourrais pas m'endormir. Qu'elles soient vraies ou fausses, j'aimais regarder les étoiles en me disant que je venais de là.

Mrs Saunders, elle, n'aimait pas ma mère. Et la femme qui faisait les frites au snack-bar non plus. Certaines femmes ne l'aimaient pas, m'avait dit Mrs Willis, parce qu'elles étaient aigries. « C'est de la jalousie, ni plus ni moins », avait-elle affirmé.

Je ruminais cela dans mon refuge près des rails de chemin de fer, me demandant ce qu'avait ma mère pour que des femmes lui parlent si sèchement ou la regardent d'un œil mauvais. C'était peut-être sa tache de naissance, ou son écharpe blanche en fourrure de lapin, ou le fait qu'on lui rajoutait toujours un extra sur ses glaces. Je ne trouvais pas la réponse. J'étais trop jeune pour saisir la beauté et ses pouvoirs. Même lorsque Mrs Saunders débarqua chez nous une nuit, en tambourinant contre la porte et en nous lançant des insultes. Elle criait, sanglotait, et jeta contre le mur un arbuste en pot. Le pot se brisa en faisant trembler la maison. « Evie, au lit », dit ma mère.

Ensuite elle monta me border. Je sentais sa tiédeur, son odeur de jasmin.

« Pourquoi est-ce qu'elle était en colère ? ai-je demandé.

— Parce qu'elle est malheureuse, et qu'elle a peur. Mais – elle posa un baiser sur mes cheveux – ce n'est pas notre faute. Cela n'a rien à voir avec nous. Pom est avec toi ? »

Une semaine plus tard, tandis que Mrs Willis suspendait son linge et que je me promenais au milieu des draps parfumés, elle m'expliqua que Mr Saunders avait quitté son épouse pour une femme deux fois plus jeune que lui.

« Le chagrin s'exprime de mille façons, mon petit chou. »

C'est si vrai. Ces paroles me revenaient chaque fois que je voyais des regards vitreux ou que j'entendais des portes se fermer en silence. Quelquefois ma grand-mère plaquait sa main contre sa bouche, comme si elle voulait empêcher un secret de sortir. La tristesse de Daniel l'amenait à faire de longues marches, jusqu'à Tor-y-gwynt ou aux mines d'or, et souvent je le suivais, en me frayant un chemin à travers les ronces, sans jamais perdre de vue ses épaules carrées et son épaisse chevelure brune.

Le chagrin peut rendre fou, ou presque. Il a fini par détruire la mère de Rosie, Mrs Hughes. Mon premier souvenir d'elle, le plus frappant, c'est de l'avoir vue s'effondrer devant le pub du Cerf blanc, à la fin du mois de juillet, comme une marionnette dont on a coupé les fils, ou comme le lierre grimpant quand on le sépare du mur. Plus de colonne vertébrale, plus de muscles, le corps flasque, et un sourd grognement animal.

C'est cela, le chagrin. Il est sournois, et se dissimule souvent sous un masque, mais pour elle, et tous ceux qui étaient passés devant le pub ce jour-là, on ne pouvait pas s'y tromper.

Pencarreg

Cette nuit-là, un vent d'ouest se leva, qui venait tout droit de la mer. Il balaya les jetées et les plages grises, survola les mines, les carrières et les bourgades industrielles du Cardiganshire, dépassa les terrains de rugby et de cricket, traversa la vallée de la Teifi, les ruelles cachées, les remparts délabrés, les abbayes à l'abandon, les places du marché désertes, puis il s'engouffra vers l'intérieur des terres, s'éleva à la rencontre des monts Cambriens, des plantations de pins, de Tor-y-gwynt, de nos moutons et de notre ferme trapue avec son toit d'ardoises bleues, en apportant une pluie drue qui me réveilla. Ou plutôt, c'est le lierre accroché à ma fenêtre qui me réveilla. Il frottait contre le carreau comme s'il voulait entrer. Je demeurai sous les couvertures, les yeux grands ouverts.

Après le petit déjeuner, on m'a montré la ferme. Mon grand-père sentait le savon aux herbes et les poils de chien, et il m'a guidée sous la pluie. Je portais mes bottes en caoutchouc toutes neuves. Il m'a fait éviter les fondrières, m'a hissée dans le grenier à foin, m'a montré un vieux nid de choucas et le tonneau qui servait à recueillir l'eau de pluie. Il m'a entraînée dans des granges et des remises qui dégoulinaient d'eau. Une roulotte rouillait sous une rangée de sapins. Des poulets recroquevillaient leurs griffes et me dévisageaient. J'ai passé les doigts à travers le grillage de la cage à côté de la maison, et les chiens de berger me les ont léchés de leur langue râpeuse. J'ai suivi mon grand-père dans l'étable, le couloir de tri, les parcs à moutons, et le bain antiparasite où on les plonge, jusqu'au grand sycomore au bout de l'allée ; il m'a raconté qu'il s'était cassé le bras quand il était petit, en tombant de l'arbre. J'ai contemplé les branches et je l'ai imaginé descendant en spirale comme les graines – dans un beau mouvement silencieux.

« Tiens, regarde ça, m'a-t-il dit derrière la grange. Des traces de blaireau. »

Je n'ai rien dit. J'observais sa nuque, la peau lisse et pâle derrière son oreille.

Quant aux vaches, elles paissaient tranquillement dans le champ derrière la maison, toutes fumantes, mastiquant le foin de leurs bouches chaudes. Ma présence les a étonnées. Elles ont levé la tête et ont tiré une langue baveuse. Leur haleine était tiède, et dégageait une bonne odeur. Je voyais mon reflet dans leurs yeux brillants comme des marrons d'Inde.

Sous le ciel gris j'ai pensé : *Voilà, ma mère est morte*.

« Elles te plaisent, Evie ? » a demandé mon grand-père.

Je me sentais dure, comme remplie de pierres.

« Oui », me suis-je contentée de répondre.

Tout en le suivant dans le champ, je me suis retournée et j'ai vu ma grand-mère à la fenêtre de la cuisine, qui m'observait. Elle m'a fait un grand geste joyeux avec le torchon rouge qu'elle tenait à la main.

Et voilà. Mon premier foyer était une maison de ville en brique rouge à Birmingham, avec une voie de chemin de fer au bout du jardin, des crottes de pigeon sur le pas de la porte, et une salle de bains d'où l'on voyait la ville. Je savais combien de pas il fallait pour aller jusqu'à l'épicerie du coin. Il y avait des rats sur le quai en contrebas, et une ou deux fois je les avais entendus cavaler sous l'appentis du jardin.

Je venais de découvrir ma seconde maison. Pencarreg. Un mot plein d'ombres et de claquements que je faisais rouler sur ma langue comme un bon-bon acidulé ; une ferme moussue derrière une rangée de tilleuls tout en haut d'un chemin venteux, avec une entrée sans tapis, un gros papillon de nuit velu près de l'interrupteur dans les toilettes du rez-de-chaussée, des ampoules électriques poussiéreuses et des escaliers qui gémissaient quand je les empruntais. Même quand je m'appuyais contre la rampe, les planches craquaient. L'endroit sentait le moisi. Aucun rideau ne fermait complètement. Les placards avaient une odeur d'église, comme s'ils avaient besoin de soleil. Il y avait sur les murs des tableaux que j'avais inspectés les uns après les autres. Des fleurs blanches fraîches prenaient la poussière dans des vases en verre. Et, le deuxième soir après mon arrivée, j'ai trouvé une lettre gravée avec force dans le cadre de la fenêtre – un K. Pourquoi un K ? La let-tre était droite, élégante et douce sous mes doigts. Mon ongle pouvait se glisser dans la rainure.

Pas de trains. Pas de bruits de circulation. Dans l'ancienne chambre de ma mère, il faisait tellement noir la nuit que je n'arrivais pas à savoir si j'avais fermé les yeux ou pas.

Personne dans la vallée de la Brych n'habitait plus haut que nous. Nous étions (et sommes encore) le grenier du village : encombré, plein de toiles d'araignées, humide la plus grande partie de l'année. Et le vent nous laissait rarement tranquilles. Ma grand-mère me raconta, par-dessus ses lunettes demi-lunes, que si les gens de Cae Tresaint étaient réveillés par une légère vibration de leur girouette ou une porte qui claquait, nous, pendant ce temps-là, on avait nos tuiles arrachées du toit. Avec les bourrasques de l'automne, tout ce qui n'était pas attaché risquait de disparaître dans le Cardiganshire. C'est comme ça qu'elle avait perdu des sous-vêtements arrachés à la corde à linge. J'imaginais la scène – des petites culottes blanches se promenant au-dessus des têtes des moutons éberlués.

« Nous avons eu beaucoup de neige à une époque, me dit-elle, mais notre problème, c'est surtout le vent. Tu l'as entendu cette nuit ? »

Je hochai la tête.

« Il se lève au-dessus de la mer et fonce droit sur nous. Et puis il y a la pluie… Mais tu sais – elle se pencha en avant, avec un clin d'œil –, quand il neige, le chemin est idéal pour faire du toboggan. »

J'ai haussé les sourcils. « Du toboggan ?

— Demande à ton grand-père. Quand il avait ton âge, il dévalait la piste à toute vitesse, assis sur un plateau. »

J'ai emporté cette image avec moi en allant me coucher, avec Pom et deux bouillottes. Les couches superposées, voilà le secret, m'avait-elle dit. J'avais acquiescé, avant d'enfiler des chandails les uns par-dessus les autres ; je dormis en chaussettes.

Ma grand-mère s'appelait Louisa, un prénom qui se murmure gaiement. Mais tout le monde l'appelait Lou. Elle me faisait penser aux petites ménagères accortes des publicités de lessive – elle avait ce même air affairé, ces bras puissants, cet allant. Dans mon enfance, son activité incessante me mettait mal à l'aise : est-ce que je la dérangeais ? Étais-je une charge pour elle ? Tandis que je l'espionnais à travers les barreaux de l'escalier, je ne me disais jamais qu'elle aussi devait peut-être s'adapter. Pour moi, elle lavait, frottait, épluchait. C'était tout.

Et puis elle reniflait beaucoup. J'avais aussi remarqué qu'elle fredonnait quand je la regardais faire du repassage, mais s'arrêtait dès que je remontais dans ma chambre. Lorsque le révérend Bickley, le troisième jour après mon arrivée, vint en visite avec de nouvelles fleurs blanches et sa voix douce, ma grand-mère sortit la théière du dimanche et une boîte de petits gâteaux, et essaya de paraître joyeuse. Mais je savais que les gens joyeux ne restent pas plantés dans l'entrée à fixer le sol sans qu'on sache pourquoi – pourtant elle jouait bien la comédie. Pour me dire bonsoir, elle me couvrait les cheveux de bons gros baisers. Et puis elle avait une petite bedaine, un coussinet que Pom et moi ne remarquions que lorsqu'elle levait les bras pour atteindre une des casseroles accrochées aux crochets rouillés au-dessus de la table de la cuisine. Il y avait également là-haut de la lavande séchée, et des épis de maïs. J'attendais le jour où une casserole nous tomberait sur la tête à l'heure du thé.

Sa chevelure était parsemée de gris et n'était pas assez épaisse pour qu'elle puisse la maintenir en place en y plantant un simple crayon, mais elle avait malgré tout quelque chose de familier. Le même mouvement. Quand je l'épiais par une fente de la porte de sa chambre, tard le soir, je voyais ses cheveux se déployer en éventail dans son dos. C'est si joli, des cheveux qui recouvrent les épaules. Si j'avais eu la chance d'avoir de tels cheveux, c'est comme ça, me disais-je, que je les aurais portés. Mais elle les coiffait généralement en un chignon touffu perché sur le haut du crâne. J'aurais voulu plonger ma figure dans ses cheveux et respirer leur odeur. J'aurais voulu lui demander s'il était vrai que toutes les Jones pouvaient se toucher les oreilles avec leurs orteils comme le prétendait ma mère.

La cuisine était la seule pièce de la maison dépourvue de coins sombres. Partout ailleurs, il y avait des ombres, mais là, la lumière se glissait même sous les buffets, et inondait tous les recoins. Parfois la radio posée sur le rebord de la fenêtre ronronnait, sans qu'on y prête vraiment attention.

Ma grand-mère semblait s'animer soudain quand je venais m'asseoir à table.

« Evie, disait-elle en souriant. Qu'est-ce que tu as envie de manger ce soir ? Du ragoût de mouton ? Des saucisses ? Des côtelettes ? »

La plupart du temps nous mangions en silence. Je grattais mon eczéma, j'observais ces gens avec qui je vivais désormais, et je nourrissais le chat de la ferme en cachette sous la table. Mais il n'était pas gourmand. Il a mangé trop de souris, me disais-je.

Certains de ces jours anciens sont flous. Si j'appuie mes pouces contre mes tempes et que j'essaie de me rappeler telle ou telle occasion, rien ne vient. Et ce n'est dû ni à la fatigue ni à mes hormones – ça a toujours été comme ça. Il y a des blancs que je ne peux pas remplir, comme si j'avais bouché ma tête hermétiquement pendant un certain temps, ou barricadé mes fenêtres contre la tempête. Je sais qu'un jour j'ai dégringolé en bas de l'escalier, mais je ne l'ai dit à personne, et je ne me rappelle pas où je m'étais fait mal. J'avais senti ce soir-là sous les couvertures quelque chose d'écorché et de douloureux. Mais quoi exactement ? Il me revient aussi l'image d'une assiette cassée, mais qui l'avait cassée et comment, mystère.

Un jour où il pleuvait trop pour sortir, ma grand-mère m'a installée à la table de la cuisine avec une roulette à pâtisserie et des morceaux de pâte.

« Qu'est-ce qu'on va faire ?

— Des tartelettes de Noël. Tu aimes ça ? »

Je ne sus guère me montrer utile. Trop de choses attiraient mon attention dans la cuisine de Pencarreg. Les tartelettes ne venaient qu'en troisième position, après le porte-mugs jaune et l'énorme truite en céramique dans un coffret. Il y avait de la crème pour les mains près de l'évier, une passoire aussi grosse que ma tête, une rangée de cartes bordées de noir sur le buffet, et une poule en porcelaine blanche posée sur de vrais œufs auxquels étaient encore collées quelques plumes. Quand ma grand-mère se penchait, j'entendais ses genoux craquer. Comme un flacon de médicaments qu'on débouche. Elle gardait des mouchoirs en papier dans sa manche, et quand elle les sortait pour se tamponner le nez ou m'essuyer la figure, ils sentaient l'odeur de sa crème pour les mains – une odeur tiède, parfumée au citron, comme un gâteau-mousseline.

« C'est quoi, ce K ? », lui ai-je demandé. Mais elle n'a pas eu l'air d'entendre.

Mon grand-père était plus difficile à trouver pendant la journée. Il quittait la maison avant l'aube pour ne revenir, parfois, qu'à la nuit tombée. Il grimpait les collines en fredonnant dans le noir, quelquefois avec les chiens, quelquefois avec des hommes aux silhouettes indistinctes que je ne connaissais pas. On trouvait sur le rebord de la fenêtre de la crème pour gerçures. Et, dans les champs, des pains de sel et de mélasse. Il fallait surveiller les brebis pleines, disait-il, parce qu'il faisait mauvais et qu'il y avait des renards dans le coin. Je les entendais glapir le soir. C'était un bruit que je reconnaissais.

Quand j'allais porter les épluchures aux vaches, j'apercevais parfois mon grand-père dans la pénombre avec les moutons : silhouette maigre avec une casquette marron, le dos droit. J'en étais venue à le comparer à ces pinces à linge que je chapardais parfois dans les arrière-cours et auxquelles je donnais vie avec un feutre. Il avait la même minceur, la même petite tête ronde. Mais ces pinces à linge finissaient par se fendiller au bout d'un moment, usées par les intempéries. J'avais des rêves bizarres qui me faisaient pleurer, où je le retrouvais affalé sur un portillon ou une meule de foin, son visage dessiné au feutre dégoulinant sous la pluie.

Soir de Noël. Cela consiste le plus souvent à se rendre à l'église sous le crachin, pour entendre les vieux de la chorale de Cae Tresaint qui font de leur mieux sous leurs parapluies, et tout le monde m'épie du coin de l'œil. Les lanternes ont été remplacées par des torches électriques. Il y a moins de monde qu'avant. Mr Phipps a fermé sa boutique et a disparu, grâce au ciel, mais avant c'est lui qui fournissait, à contrecœur, les gobelets en carton pour le vin chaud. Ah ! ce n'était vraiment pas un boute-en-train. Il m'avait toujours considérée comme une chapardeuse. Au début, je ne comprenais pas : pourquoi moi ? J'étais la seule qu'il suivait dans les rayons, la seule dont il s'écartait quand elle se rapprochait un peu trop. Mais maintenant je sais. C'est à cause de mon père – comme tant d'autres choses par la suite. De tous les habitants aigris du village, Mr Phipps était le pire, le plus implacable. Il semblait penser que l'esprit criminel se transmet de génération en génération, comme le bégaiement, le strabisme ou, dans mon cas, les cheveux roux.

J'ai fini par voler à l'étalage. Sa suspicion avait agi sur moi comme un défi, et ma haine envers lui était plus forte que jamais, si bien que, à treize ans, j'ai caché une bouteille de whisky Swn-Y-Mor sous ma veste de collégienne, et j'ai eu le culot de le remercier en sortant de sa boutique. Gerry, mon copain de classe, était impressionné. J'étais fière de moi ; pas l'ombre d'un remords. On s'est soûlés sous le hêtre du cimetière, puis on a vidé l'objet du délit dans la Brych pour les petits poissons.

Je pense que Mr Phipps n'a jamais su. En tout cas, on ne m'a jamais accusée. Mais j'avais réussi ma démonstration : à force de prévoir les ennuis, ils finissent par vous tomber dessus.

Cette veille de Noël-là, pas de chants, rien que du brouillard dans la vallée et des sous-vêtements chauds, la rivière qui clapotait, et la matinée passée à me souvenir de ma maison à Birmingham. J'étais accroupie près du poulailler, à me gratter la peau. Je me cachais de mon grand-père, mais il a fini par me trouver.

« Ça te dit d'aller faire un tour là-haut, *cariad* ? » m'a-t-il demandé. Nous avons grimpé vers la crête sur sa moto vrombissante, en sautant sur les nids-de-poule et en évitant les zones marécageuses. Il m'a montré le rocher en forme de cœur et le carré de rhubarbe sauvage. « Tu vois ça ? m'a-t-il demandé. Et ça ? » Je me collais contre son dos, les doigts glissés dans les passants de son pantalon. Nos moutons s'égaillaient. Le soleil était une bougie fatiguée à travers les arbres.

C'est là que j'ai découvert la vue. C'est là que j'ai appris quel effet ça fait d'être aussi haut que les oiseaux volant au-dessous de vous. J'avais les yeux embués et l'air me paraissait raréfié. Je me suis risquée à écarter les bras, et le vent a failli m'emporter comme un sac en plastique. Sous le ciel d'ardoise, je regardais tout – les champs, les forêts de pins, les haies, notre petite allée tout étroite, le croisement, l'immense chêne, le clocher de l'église, les buses, l'ombre des ajoncs, les fougères, les bois où l'on trouvait des jacinthes au mois de mai, la route sinueuse au loin qui menait à Lampeter, les monts Cambriens, la promesse de la mer tout au fond. La ferme paraissait toute petite, avec son tracteur miniature et son panache de fumée de carte postale. Le vent agitait les touffes d'herbe. Et Tor-y-gwynt se dressait derrière moi.

Tor-y-gwynt. Lieu de vent.

« À quoi penses-tu ? » a dit mon grand-père.

Elle me manquait. J'aurais tant voulu qu'elle soit là. Ai-je pleuré ? Non. Mais une partie secrète de moi s'est déployée sur la crête cet après-midi-là. Mon chagrin s'élevait en tourbillons, claquant au vent et m'entraînant avec lui, survolant les collines à moutons comme un drapeau funéraire pris dans le vent impétueux du pays de Galles.

« Evie, il y a certaines choses que tu dois savoir. »

Nous nous étions réfugiés, mon grand-père et moi, dans la cabane de berger délabrée. Dans la pénombre qui sentait le moisi, il a sorti des tartelettes et un thermos de thé sucré, et nous avons mangé en regardant l'herbe ondoyer dehors.

J'ai levé les yeux. « Quelles choses ?

— Règle numéro un, m'a-t-il dit, ne jamais aller toute seule plus loin que le carré de rhubarbe, et ne jamais t'aventurer sur les collines une fois la nuit tombée. »

Quand je lui ai demandé pourquoi, il a secoué la tête : « La nuit, on ne sait pas ce qui peut rôder là-haut. » Il y avait des marais traîtreusement cachés à flanc de coteau – des marécages voraces assez forts pour engloutir un adulte. On avait déjà vu des vipères, et la température pouvait à elle toute seule me tuer. Des gens étaient morts de froid. Voilà une expression nouvelle, pleine de secrets à murmurer : « Morts de froid. » Je me suis exercée à la prononcer tout en mangeant ma tartelette.

« Je suis sérieux, dit-il. Même l'été, on ne plaisante pas avec le temps. »

Bon conseil – que je suivis. Je ne mis pas longtemps à apprendre que, au pays de Galles, la pluie est sournoise. Elle se glisse derrière vous, vous tape sur l'épaule. « Prends un anorak, me hurlait ma grand-mère de la fenêtre de la cuisine. On ne sait jamais, par ici. »

La règle numéro deux concernait les machines agricoles : « Ne jamais s'en approcher pour jouer. » Cela s'appliquait aux tracteurs, aux tondeuses, à tout ce qui était en métal. À titre dissuasif, j'eus droit à des histoires de doigts coupés, ou pire. Certaines règles concernaient également les tubes, les pots, les aérosols et tous les produits chimiques entreposés sur l'étagère branlante dans le vieux box. Ils étaient strictement interdits. Ils deviendraient donc, plus tard, des objets de curiosité. Le verrou de la porte se révéla facile à forcer. Je trempais mes mains dans la graisse, et j'essayais les bombes de désinfectants

jusqu'à ce que mon nez picote. J'appris que la teinture d'iode colore la peau en orange vif. Aujourd'hui,
mes poumons doivent être tout recroquevillés et
pourris. Pendant trois mois, Gerry et moi avions
décidé d'explorer la teinture pour moutons, et nous
avions sûrement à cette occasion inhalé toutes sortes
de vapeurs cancérigènes. Quand je l'entends tousser
au téléphone, aujourd'hui, je crois entendre autre
chose que la simple toux du fumeur. Mais j'essaie de
ne pas y penser.

Je ne devais pas non plus importuner les employés
de la ferme – des hommes que je n'avais pas encore
rencontrés, mais cela ne saurait tarder. Et je ne
devais jamais manger des baies ou des champignons
que je ne connaissais pas : des morelles toxiques
poussaient dans l'allée, et les champignons apparais-
saient avec les premières brumes de l'automne.

« Des champignons ? » Ceux, rouge et blanc, dans
lesquels vivaient les fées, si l'on croyait à ce genre
d'histoires ? Non, plutôt comme ceux, à chapeau
brun, que les étudiants de Lampeter allaient cueillir
avec des sacs en plastique pour le faire bouillir en
tisane. Cela n'a jamais été mon truc. Mon cerveau a
ses zones obscures, et je préfère ne pas les réveiller.

« Alors n'oublie pas de te laver les mains quand tu
rentres à la maison. Sans faute. » Et j'ai hoché la tête,
solennellement.

Je n'avais pas non plus le droit de barboter dans
la Brych – en tout cas pas avant le mois de mai – il
y avait des noyades. Et les chiens de berger étaient
là pour faire leur travail, pas pour jouer à courir
après un bâton. Je ne devais pas m'approcher en
douce du chenil et pousser le verrou. Mais je n'avais
pas la moindre intention de le faire – les chiens
étaient des créatures malodorantes, mouillées,

baveuses, d'ailleurs ma mère traversait toujours la rue pour les éviter. « Je te promets que non », ai-je affirmé, et j'étais sincère.

« N'hésite pas à parler de ta mère, si tu en as envie », a-t-il ajouté.

Ce n'était pas une règle à proprement parler mais il semblait qu'à ses yeux c'en était une.

Le soir est tombé à trois heures et demie. J'étais fatiguée. Sur le trajet du retour, j'ai fermé les yeux, en me pressant contre son dos. J'avais envie de me coucher, de sentir mon oreiller. En arrivant dans la cour de la ferme, j'ai vu que la lumière était allumée dans ma chambre. Elle brillait dans la pénombre. « Il y a une dernière règle à laquelle je viens de penser », a-t-il dit.

Elle avait trait aux chevaux. « Ne passe jamais derrière eux.

— Pourquoi ? ai-je demandé.

— Parce que les chevaux ont des membres postérieurs très puissants. Tu peux me croire, Evie. Tu ne dois jamais surprendre un cheval, pas quand tu es derrière lui. Il y a un type du village qui a été blessé de cette façon-là.

— Blessé comment ?

— Il a reçu un coup de sabot sur la tête. Il y a des années de ça. »

Je me suis frotté les yeux. « Sur la tête ? Qu'est-ce qui s'est passé ? Il est mort ? »

Mon grand-père a secoué la tête. Je me suis sentie soulagée. « Non, il n'est pas mort. De ce point de vue, il a eu de la chance. Mais il a eu le crâne défoncé. Tout le côté gauche. Il a fallu lui faire toutes sortes d'opérations. Et pendant des mois, il n'a pas pu marcher.

— Et maintenant ?

— Maintenant il marche, mais il n'est plus comme avant, le pauvre. »

Est-ce qu'un crâne défoncé, ça ressemblait à un œuf qu'on fait tomber, et la cervelle qui se répand, est-ce que ça ressemblait à du porridge froid ? Est-ce qu'il avait encore sur la tête l'empreinte du coup de sabot ? Je n'ai pas posé la question. Mais, bien entendu, j'ai imaginé un affreux visage violacé et, cette nuit-là, j'ai rêvé de visages déformés. Les enfants sont des créatures sans pitié – ils recherchent la laideur, s'en montrent avides et la guettent partout. À quoi cela tient-il ? C'est drôle – alors qu'on passe sa vie d'adulte à vouloir échapper à la folie pour trouver quelque chose qui soit doux pour le cœur et pour les yeux.

« Billy Macklin », m'a dit mon grand-père quand j'ai demandé le nom de cet homme.

Dès le début ces deux mots furent pour moi synonymes de danger et de tristesse.

Neuf règles : ç'aurait pu être pire. Avant, j'en avais davantage. Mais c'était un chiffre impair. Dix aurait été plus normal, donc je crois que je savais bien qu'il en manquait une. Comme une phrase dont on aurait oublié le point. J'attendais une évidence massive, implacable.

J'aurais dû savoir que cela concernerait un homme. *Ne le laisse pas filer, une fois que tu l'auras trouvé, mon ange*, avait dit ma mère peu de temps avant sa mort. Elle était assise sur le palier avec sa boîte à chaussures, et fumait dans le noir. Je m'étais réveillée en entendant craquer le plancher. La lueur des réverbères lui donnait l'air âgé. Elle n'était pas vieille, bien sûr. Elle avait à peine vingt-huit ans quand son cœur l'avait lâchée dans son bain. *Surtout pas*, avait-elle murmuré. *Tu me le promets ?*

J'étais trop jeune pour comprendre vraiment ce qu'elle voulait dire, et j'avais trop sommeil – laisser filer qui ? Mais j'avais acquiescé d'un air solennel, je lui avais pris la main, et j'avais promis.

Octobre

Aujourd'hui, je l'ai revu. De la vitrine de l'épicerie je l'ai vu traverser la place en flânant – jean, chemise blanche à manches courtes, cigarette roulée à la main. M. P. ne décolérait pas. Il grommelait en me disant que les rouquins avaient mauvais caractère et qu'on ne pouvait pas leur faire confiance. Rappelle-toi Judas, disait-il. Mais je ne l'écoutais pas. J'ai payé et je suis partie. Je n'ai jamais vu des cheveux comme ça.

Je l'ai suivi. Ai-je eu tort ? Pas très loin. Jusqu'au cimetière seulement. Il s'est assis sur la clôture du fond, les pieds dans les orties, il me tournait le dos. Trois pies – n'est-ce pas un heureux présage ? Je l'ai observé de la porte de la sacristie. Quand il exhalait la fumée, il relevait la tête.

Un homme peut être de toute beauté, je le sais maintenant. Ce n'est pas un terme féminin, un mot réservé à des choses romantiques, vertueuses, élégantes. Je ne pense plus que la beauté soit nécessairement lisse. Elle est dans le désordre. Ce sont des cheveux mal coiffés et une poche déchirée à l'arrière du pantalon. C'est éclatant, étrange, charmant. Si je devais le peindre, lui, j'utiliserais des couleurs chaudes – ocre, doré, prune, rouille, écarlate, orange soutenu.

Je veux qu'il me voie comme je l'ai vu moi, à ce moment-là. Je veux qu'il m'aperçoive, seule, en fin d'après-midi, avec le soleil dans les cheveux. Je veux que son cœur tressaute, comme le mien. Je veux qu'il arrête un passant sur la place et lui demande : qui est-ce ? Vous la connaissez ? D'où vient-elle ?

Je pense que c'est le premier écrit de ma mère. J'ai trouvé de nombreux feuillets épars dans sa vieille boîte à chaussures – certains sont longs, d'autres ne contiennent que des mots isolés. J'ai tout lu, j'ai tout remis dans l'ordre, et je crois que ce texte est le plus ancien. Les mots d'une fille de vingt ans, même si l'écriture est encore enfantine, avec des boucles, des fioritures. Je l'ai connue, cette écriture. Elle signait de cette manière ses cartes d'anniversaire, et écrivait ainsi ses commandes au livreur de lait.

Elle a utilisé un bout de papier jaune, fin, plié en deux.

J'aime bien ce récit. Il me plaît parce qu'il sonne vrai ; elle a raison. Nous voulons toutes que nos amoureux nous voient de cette façon – naturelles, prises au dépourvu, sereines. Nous voulons changer leur univers d'un seul regard, qu'ils aient le souffle coupé. Je plaide coupable. Je me suis pincé les joues pour avoir bonne mine, et j'ai traîné sur le chemin quand je pensais qu'il passerait par là. Nous nous exerçons à obtenir un regard spontané. Nous tra-vaillons notre air dégagé. Je suis contente qu'elle ait agi ainsi, qu'elle ait voulu se rendre belle, ignorant qu'elle l'était de toute façon. Et puis j'aime bien l'idée de mon père dans un petit cimetière, se reposant au soleil couchant. C'est une image plus plaisante que celle que tant de gens ont donné de lui, au cours des années.

Au dos du papier jaune, de la même plume, elle a écrit son nom : *Bronwen*. Noir et net. Le « o » est aussi parfait qu'une étoile, aussi ouvert qu'une fenêtre. Je le regarde et j'ai sept ans de nouveau, je veux me faufiler dans cette lettre, me retrouver dans le cœur chaud et palpitant de ma mère, avant qu'il s'arrête de battre dans un bain parfumé au jasmin.

Tor-y-gwynt

Il y a deux nuits, j'ai rêvé de Mrs Hughes.

C'était un rêve fluide, pâle. Elle me susurrait quelque chose à travers ses mains arrondies en coupe, mais j'avais beau me concentrer, je n'entendais rien de ce qu'elle me disait. Cela me chagrinait, j'avais l'impression de lui faire faux bond encore une fois. Aussi, dans l'après-midi, ai-je décidé de porter sur sa tombe nos toutes dernières roses à grosses fleurs. Elles poussent près du drain de la piste à moutons, ces fleurs élégantes d'un rose poudré qui émerveillaient ma grand-mère chaque mois de juillet. Elles ont un cœur jaune fragile, des pétales veloutés recourbés, et un parfum sucré si entêtant que c'en est presque indécent. Cette odeur, c'est un piège. Elle s'infiltre par le nez et vous met les larmes aux yeux. C'est leur parfum que ma grand-mère aimait – il y a si peu de choses qui sentent bon dans une ferme, disait-elle.

Je trouvais que c'était approprié. L'églantine – *Rosa canina*, la plus grosse des roses sauvages. Mrs Hughes, je ne l'avais jamais assez bien connue pour lui parler. Quand j'avais huit ans, les adultes se divisaient en deux groupes – ceux qui me faisaient un clin d'œil et gardaient mes secrets, et ceux qui m'évitaient dans la rue. Elle m'évitait. Elle portait des chaussures à talons, un parfum coûteux et des dessous rouges, disait-on. Je ne l'avais jamais cru – qui aurait pu les voir ? Gerry avait pris l'habitude de faire tomber des pièces par terre pour se baisser et lorgner sous ses jupes. Nous n'avons jamais eu de certitude, mais Mrs Hughes avait un air si convenable et réservé que c'était fascinant d'imaginer ce genre de chose. Elle était toujours sur son quant-à-soi. Elle avait un sourire compassé, parfaitement contrôlé.

Mais tout cela, c'était avant que Rose ait disparu. À partir de ce moment-là, Mrs Hughes changea. Elle perdit subitement du poids. Plus de maquillage, mais des mains agitées, des yeux implorants, apeurés. Quand on la voyait dans les journaux et à la télévision, on aurait dit quelqu'un d'autre, une femme plus âgée. Elle prit l'habitude de rester assise devant sa fenêtre, près du téléphone, à regarder dans la rue en rongeant la peau de ses mains. J'étais passée devant sa maison, un jour, avec un cornet de glace, et j'avais croisé son regard. Les doigts tout collants, j'avais ralenti. Elle m'avait fait un pâle sourire. J'espère que je lui ai rendu son sourire. En tout cas, à partir de ce jour-là, je l'ai considérée tout autrement. J'ai revu ce sourire las, lointain, lorsque, quatre ans plus tard, on a découvert Mrs Hughes bourrée d'aspirine et de vodka, raide morte dans son lit. Elle n'avait pas laissé de lettre, apprit-on, mais ce n'était pas un accident.

J'ai pris avec moi un pot à confiture et une truelle. Il faisait beau, c'était un de ces après-midi somnolents de fin d'été qui font surgir les moucherons et les cris des pigeons ramiers. Sa tombe était recouverte d'un lichen blanchâtre, duveteux, j'ai donc passé une heure à frotter et gratter, agenouillée sur un sac-poubelle sous le chêne. Le lichen prouve que l'air est sain. Ici, il en pousse partout, ainsi que de la jacobée et du mouron blanc – on ne le croirait pas dans un lieu qui a connu des périodes aussi troublées, mais on se fait des idées fausses. C'est une chose que j'ai apprise. Ce n'est pas parce qu'un homme vous sourit qu'il vous veut du bien. Une fleur cueillie à votre intention, des promesses, ce n'est pas forcément de l'amour.

Il n'y a plus personne aujourd'hui pour s'occuper de Mrs Hughes. J'ai décidé d'entretenir sa tombe – j'arrache les mauvaises herbes, comme si je pouvais ainsi m'excuser pour ma part de responsabilité dans les événements, atténuer ses angoisses. Je sais bien qu'elle n'en a plus. Mais je continue tout de même.

Tandis que les ombres s'allongeaient, j'ai vu une jeune femme entrer dans le cimetière : blonde, mince, elle portait des freesias enveloppés dans du papier journal. Je ne la connaissais pas. Elle m'a jeté un coup d'œil, a remarqué mon gros ventre et a caressé le sien comme pour vérifier qu'il était normal. Je me suis redressée sur mes talons. Elle vit peut-être ici, à Cae Tresaint, me suis-je dit. Elle me regarde, peut-être en se demandant qui je suis, si je suis juste une visiteuse. À moins qu'elle le sache exactement. Elle a peut-être entendu les rumeurs, et connaît l'histoire de Billy Macklin et moi. Elle avait les cheveux bien raides, comme j'ai toujours rêvé de les avoir. Je lui ai fait un signe de la tête. Elle en a fait un aussi, mais en gardant la main sur son ventre. Était-ce une marque de désapprobation ? Si j'étais superstitieuse, je ne serais pas venue m'agenouiller ici – une femme enceinte entretenant la tombe d'une femme dont l'enfant avait disparu.

Ici, on n'oublie pas facilement. C'est une sorte de consolation, je suppose, une forme d'immortalité. J'ai le sentiment d'avoir laissé ma trace, laissé l'empreinte de mon pouce dans la glaise de Cae Tresaint comme ma mère, mes grands-parents, tous les Jones l'ont fait avant moi. Mais l'histoire est aussi un fardeau. Un énorme fardeau étouffant dont j'ai longtemps cherché à me libérer. Il n'y a rien de neuf. Chaque portail grince pour nous rappeler toutes les mains qui l'ont poussé avant nous. Chaque paire d'yeux qui se pose sur moi pour la première fois a des souvenirs qui s'agitent derrière, comme le sable sous les marées. *Ah ! c'est toi Eve Green*, semblent-ils dire. *Enfin*.

Ici, personne ne lâche prise.

Prenez ce qui se passa cet été-là, mon premier été au pays de Galles, lorsque les langues furent promptes à désigner le faux coupable. Vingt ans ont passé, mais tout le monde au village pourrait encore vous dire exactement ce qui s'est passé à l'époque, en tout cas vous donner sa version des événements, où l'on avait vu Rosie pour la dernière fois, comment on avait démasqué le coupable, si cet incendie avait été providentiel ou pas. L'incendie qui avait couvert de cloques mon poignet gauche vide de sang. Parfois, il me semble que je sens encore la brûlure.

Ou bien prenez mon père. Trente-six ans ont passé depuis le jour où il a débarqué ici, et son nom est encore gravé dans tous les esprits. Le révérend Bickley a une grande enveloppe remplie de coupures de journaux qui datent de cette époque-là. Moi, j'ai encore la photo – la seule photo de mon père, celle que ma mère gardait soigneusement dans son sac avec sa monnaie, ses timbres et ses cachets. Un beau gars. Un garçon au large sourire, en chemise blanche, avec le soleil qui enflamme ses cheveux, dans une sorte de halo.

L'Irlandais. C'est ainsi qu'on l'appelle, comme si son nom était maudit. Comme si, en prononçant son nom à voix haute, on était sûr de ne pas aller au paradis.

Au cimetière, j'ai eu un coup de fatigue. J'ai quitté Mrs Hughes et suis allée chercher mes grands-parents. Leur tombe est délabrée, à moitié cachée par des buissons d'hortensias, des roses trémières, et des offrandes grillées par le soleil, et ils auraient été contents de la voir ainsi. J'ai ajouté quelques roses, et je me suis allongée à côté.

Ils me manquent. Cela fait maintenant dix ans que ma grand-mère est morte, mon grand-père pas tout à fait deux ans, et pourtant la maison grince encore comme s'ils l'arpentaient. La mort de ma mère n'avait ni rime ni raison. Comme une piqûre soudaine, inattendue. Leur absence, c'est autre chose. Plus tendre. J'y pense à loisir.

Je crois que je me suis endormie. Quand je me suis réveillée, c'était le soir, les chauves-souris faisaient leur ronde, et l'herbe était fraîche. Je voulais rentrer, mais, en me relevant sur mes coudes, j'ai marqué un temps d'arrêt. Quelque chose m'a fait sourire. Ma grand-mère m'avait toujours dit que ce qu'elle préférait à Cae Tresaint, c'était la gargouille solitaire au-dessus de la porte de la sacristie. Il est facile de ne pas la voir. La plupart des gens ne la remarquent pas. Des générations se sont succédé sans connaître son existence malicieuse. Mais, assise dans l'herbe, j'ai aperçu son visage usé par l'âge qui jetait un regard furtif à travers les plantes grimpantes. Ma grand-mère était parfaitement placée pour la voir – chose que je n'avais jamais remarquée, depuis le temps que je vivais ici. Cela fait plaisir qu'un endroit connu depuis si longtemps vous réserve encore de jolies surprises.

Notre village a toujours été très petit – un simple point sur la carte, si tant est qu'il soit indiqué sur une carte, avec un seul panneau indicateur, sur la route de Lampeter, à moitié caché par les orties la plus grande partie de l'année. Une vingtaine de foyers, une église et un pub nichés loin des regards dans un recoin de la vallée. Même les ouragans passent parfois à côté, grâce à quoi Cae Tresaint, protégé, garde toutes ses tuiles. Les seuls ennuis à craindre viendraient de la rivière, la Brych, qui peut enfler et déborder après de grosses pluies d'hiver ou un dégel brutal. Le sol peut également devenir marécageux. J'ai toujours connu l'herbe boueuse et détrempée près du monument aux morts. À chaque commémoration de l'armistice, quelqu'un se casse la figure. Même lors de cette période de sécheresse qui a duré tout un été de mon adolescence, le terrain est resté humide. La gadoue faisait des bulles sous ma chaussure et je me rappelle avoir vu des crapauds assoiffés traverser la route pour venir se rafraîchir.

Je n'ai jamais connu d'époque où le portail de l'église ait fermé correctement, et où l'enseigne du pub n'ait eu besoin d'un coup de peinture. La vieille cabine téléphonique rouge est toujours postée en haut du village comme une sentinelle. La seule route qui existe est celle qui permet de parvenir au village, et au mois de juin les haies qui la bordent deviennent envahissantes. J'aime cet aspect désordonné – ce sont des défauts qui donnent du cachet. Mais, en vingt et un ans, les choses ont tout de même changé. La salle des fêtes est devenue une résidence secondaire. On entend ronronner de plus en plus de pylônes au milieu des moutons. Des avions de chasse traversent la vallée en rugissant lors de leurs vols d'entraînement. L'immense chêne où je pouvais me suspendre la tête en bas comme une chauve-souris était pourri de l'intérieur ; on l'a abattu et enlevé. Je me rappelle m'être assise là avec Gerry pour regarder les feux d'artifice au-dessus de Lampeter le soir du mariage royal. L'homme aux yeux verts a déménagé, la boutique de Mr Phipps est maintenant une maison ordinaire, il y a un service d'autobus, avec un abribus couvert de graffitis, et beaucoup de gens que je ne connais pas. La plupart des jeunes ont quitté le village ; quant aux vieux, inutile de préciser qu'ils sont presque tous morts. Mrs Jessop est morte aussi étrangement qu'elle a vécu : un dimanche elle s'est assise sur son banc, à l'église, dans sa veste en tweed, et elle ne s'est pas relevée. Toute la journée, on a cru qu'elle somnolait. On l'a enterrée à moins de dix mètres de l'endroit où elle est morte, et aux funérailles ma grand-mère portait un chapeau noir à large bord qui sentait le grenier. Mrs Hughes, Mr Wilkinson, la charmante Mrs Maddox et mes grands-parents sont tous enterrés près d'elle.

Notre chemin commence juste avant le pub du Cerf blanc, il avance en serpentant, passe devant le cottage rose, atteint le croisement, traverse la route et la Brych à gué, se faufile sous une voûte de chênes, longe la clôture qui menait jadis à la grange en ruine, puis continue à monter, monter, jusqu'à nos tilleuls et à la grille sur la route qui empêche le bétail de passer pour se terminer par un rond-point, un mur de ciel et un taillis touffu de mûriers. Une montée rude – j'ai le souvenir des longues marches pénibles, la tête dans les nuages, jusqu'à Pencarreg, la plupart du temps sous le crachin, avec les jambes qui tiraient en fin de parcours. Les livreurs de journaux de Mr Phipps n'avaient pas le courage de venir jusque chez nous. Ils allaient jusqu'au croisement puis renonçaient. Ma grand-mère trouvait des liasses détrempées dans le carré de persil et demandait à se faire rembourser.

Il y a un peu plus de visiteurs, de nos jours, mais ce qui les amène, ce n'est pas l'inquiétude, c'est la curiosité. Aujourd'hui encore, je suis un objet de scandale. On jase sur mon bébé, et encore plus sur le père que j'ai choisi. La rumeur qualifie cette liaison de honteuse. On fait des commentaires sur la différence d'âge : *Seize ans ! Seize ans, vous entendez ! Ce n'est pas normal, tout de même !* Au début, cela m'affectait, mais plus maintenant. Je les plains. Ils ne connaissent pas l'amour, ou alors seulement un amour ordinaire, sans risques.

Mais la désapprobation n'est pas unanime. Certains sont sincèrement contents pour nous, et ils comptent les jours eux aussi. Daniel répond aux appels téléphoniques : « Elle va bien, leur dit-il. Nous allons bien tous les deux. » La ferme paraît à tous un monde à part. Vous savez, leur dis-je, c'est un endroit boueux et battu par les vents en haut d'un chemin assez escarpé, c'est tout.

Mais le fait qu'il soit escarpé ne décourage pas les randonneurs. Ils viennent jusqu'à la grille du bétail. Billy Macklin montait souvent, malgré ses rhumatismes et sa démarche chancelante. « Je suis tout essoufflé », disait-il, les lèvres humides. Rosie aussi tentait l'aventure. Le soir, on aperçoit des exhibitionnistes, j'ai horreur de ça. Une fois, au milieu du chemin, ma grand-mère est tombée à bras raccourcis sur l'un d'eux. Elle avait été étonnante ce soir-là, elle faisait de grands gestes, emportée par une colère féroce, magique.

Il y a aussi des ornithologues amateurs et, de temps en temps, un ivrogne égaré au sortir du pub. Il est arrivé aussi que des couples d'ados viennent en douce jusqu'ici, main dans la main, pour aller se cacher dans l'allée cavalière envahie par la végétation. C'est là que j'ai pris mes premières leçons concernant les relations sexuelles – qu'est-ce qui va où, et les bruits appropriés. Mes grands-parents ne m'en avaient jamais parlé, alors j'étais bien obligée d'épier. Je m'accroupissais dans le sous-bois et je regardais les ados faire leurs premières armes. Apprentissage brutal, sans joie, tout ça me faisait plutôt horreur. Je n'avais jamais vu des seins exposés de cette façon, ni cette chose pâle, tenace, que les mecs trimballent dans leur jean. Au début, j'avais eu peur, cela éveillait en moi de sombres souvenirs. J'avais beau savoir que les bêtes s'y prenaient ainsi, je pensais que chez les humains ce serait plus propre, *mieux*. Cela m'avait épouvantée. Je m'étais juré de ne jamais faire une chose pareille.

Vingt ans plus tard, me voilà convertie. La preuve en est cette créature roulée en boule dans mon ventre depuis bientôt huit mois. Mais les ados ne viennent plus aussi souvent qu'avant. Quand je vois un jeune couple dans le chemin, bizarrement, j'en suis contente. Mrs Watts, la fouine qui tient le pub, ne me comprend pas, elle me demande comment je supporte ça, pourquoi je ne les fais pas déguerpir. C'est une honte, dit-elle, en secouant la tête, les lèvres pincées. Mais pourquoi cela me dérangerait-il ? Ce serait hypocrite de ma part, puisque, adolescente, j'ai parcouru le sentier près des mines d'or plus souvent que quiconque. Je sais ce que c'est que d'ouvrir les yeux et de voir au-dessus de moi deux ciels – l'un fait d'air, et l'autre de chair, qui me sourit. C'est délicieux. Quand j'aperçois un couple furtif qui se glisse dans les fougères, je me sens presque heureuse, j'ai un sursaut d'orgueil. J'approuve. Il y a une beauté primitive dans le fait de faire l'amour en plein air. De tous les endroits où l'on peut aller avec quelqu'un à qui l'on tient, et pour la première fois, je ne peux rien imaginer de mieux.

On vient aussi à Pencarreg pour monter à cheval. Les cavaliers en anorak passent dans un claquement de sabots et saluent quiconque se trouve dans la cour de la ferme. *Le poney club*, dit Daniel avec un clin d'œil. Quand il a plu, le bruit des sabots se répercute dans toute la vallée, et cela me rappelle chaque fois le jour où l'on m'avait laissée devant l'écurie, avec mes sandwichs, et le sentiment qu'on m'avait menti. À l'époque, l'endroit n'était pas très bien tenu, et il était peu avenant. Il appartient désormais à une dame qui a plus de taches de rousseur que moi, et qui a transformé Bryn Mawr en hôtel prospère, aux murs blanchis à la chaux. L'hôtel a son site sur internet, ses prospectus sur papier glacé, et quand j'y vais, ce n'est plus du tout pareil.

C'était entre Noël et le nouvel an. J'étais assise à la table de la cuisine, à tremper mes mouillettes dans un œuf à la coque, lorsque je vis ma grand-mère enlever ses gants de caoutchouc, et s'essuyer le front du dos de la main, avant de s'asseoir. Je subodorai quelque chose. Elle prit le journal, se cacha derrière, et dit : « Ça te plairait d'aller voir des chevaux, demain ? »

Je savais déjà qu'il y en avait. L'écriteau sur le chemin, indiquant « CEFFYLAU ! », signalait leur présence. Du crottin de cheval pourrissait devant les portails et aux endroits de passage.

« Pourquoi ? »

Ma grand-mère arbora un sourire engageant : « On s'est dit que ça te ferait un changement, dit-elle, que ça t'amuserait. »

J'ai ressorti ma mouillette de l'œuf. « Vous viendrez aussi ? »

Elle a tourné les pages du journal sans les lire.

« Ton grand-père et moi, on a des choses à faire pendant ce temps-là.

— Pourquoi ?

— C'est comme ça.

— Quoi ?

— Des choses.

— Quel genre de choses ?

— Des choses, Evie, c'est tout.

— Je ne peux pas venir avec vous ?

— Non, mon chou, non. » Elle se tassa dans sa chaise et ajouta : « Tu vas beaucoup t'amuser là-bas, tu verras. »

Dehors, il pleuvait, et j'ai pensé aux vaches sous les arbres qui mâchaient l'herbe en regardant la pluie. J'ai donné un coup de pied dans la table.

« Ne fais pas ça, mon chou. Elle est vieille. »

J'ai redonné un coup de pied. « Vraiment vieille ?

— Très. Écoute, a-t-elle repris d'un ton décidé en repliant le journal, je peux annoncer ta venue à Mr Wilkinson ? Ça va te plaire. Tu pourras peut-être même faire une promenade à cheval. »

J'ai secoué la tête.

« Bien, a-t-elle dit.

— Je n'ai pas envie. »

Elle m'a regardée. « Evangeline, on doit tous faire des choses qu'on n'a pas envie de faire. Désolée. C'est juste pour une journée.

— Une seule journée ?

— Une seule. Je te le promets. On viendra te chercher dès qu'on pourra. Et je préparerai un bon dessert. D'accord ? »

Je me suis tortillée sur ma chaise, et j'ai hoché la tête.

« C'est bien. »

Elle s'est levée, elle est retournée vers l'évier et s'est mise à rincer son gobelet. Je boudais. Et si je recevais un coup de sabot, comme ce vieux fou de Billy Macklin ? Elle n'y avait pas pensé, à ça ? C'était peut-être ce qu'elle voulait, après tout.

« On ne sait jamais, a-t-elle dit, tu te plairas peut-être là-bas. »

On a beau avoir l'impression de marcher depuis des heures, on n'est toujours pas en haut du chemin.

Dressés au-dessus de la vallée, au-delà de notre rond-point de gravier, des buissons de ronces, et des moutons, il y a un groupe de rochers. Ils ont une allure bizarre, ils sont tout déchiquetés. Je les vois de la fenêtre de ma chambre, ils changent de couleur quand des nuages passent devant eux. Mes grands-parents n'ont pas su me dire comment ils étaient arrivés là. Ils n'ont rien trouvé de mieux que : ce sont des lutins qui les ont fabriqués, ou bien : c'est le résultat d'une bataille entre deux montagnes. J'ai huit ans, grommelais-je, je ne suis pas un bébé.

Tor-y-gwynt est entouré de tourbières et d'herbes si coupantes qu'elles peuvent vous entailler la peau. On voit parfois des milans rouges. Les pierres les plus basses sont parsemées de crottes de mouton et de lapin, et j'ai souvent trouvé, au cours des années, des ossements d'animaux dans la tourbe – des os de moutons, de chevreuils, d'autres encore. Le vent souffle fort sur le Tor. Les cheveux volettent comme les ailes d'un oiseau pris au piège, et j'aimais me tenir debout sur le plus haut des gros rochers ronds en luttant contre le vent pour ne pas perdre l'équilibre.

Mais, pendant les mois d'hiver, l'endroit est rude. La pluie peut déchiqueter la tourbe comme une volée de mitraille. Les vieux moutons dégringolent sur les rochers et meurent. Il y a des années, un ouvrier agricole y avait cherché refuge ; trois jours plus tard, il débarquait dans le pub du Chêne royal, à Caio, en tenant des propos délirants. On dit qu'il devint fou et mourut jeune. Je croyais dur comme fer à cette histoire. La nuit, je pensais aux collines, et je me demandais ce qui pouvait bien y rôder – des loups, des fantômes, ou des gens qui n'arrivaient pas à dormir, tout simplement.

Aujourd'hui je ne crois plus à tout cela. Mais entre le mois de novembre et le mois de mars, les gens préfèrent éviter le Tor. Ils glissent dans leurs poches des légendes et des racontars et les propagent à leur guise. Ce sont toujours des drames. Ils disent que Tor-y-gwynt est hanté, et que c'est un endroit dangereux.

Ma mère voulait qu'on disperse là ses cendres. Elle aussi devait aimer la vue qu'on a du sommet. Cela m'a intriguée pendant un certain temps : Saint-Tysul, où sont enterrés mes ancêtres, semblait un lieu plus sûr, plus tranquille. Mais elle avait choisi l'herbe et les ossements de moutons. Elle avait préféré Tor-y-gwynt, et mes grands-parents préférèrent ne pas m'en parler. Ils avaient pensé que l'idée de l'incinération n'était pas pour une petite fille de mon âge. Je ne sais toujours pas s'ils avaient raison.

Et donc, à la fin de l'année, on m'emmena à Bryn Mawr – un centre d'équitation plutôt minable tenu par Mr Wilkinson, un type morose avec des dents cassées et qui sentait sous les bras. On m'a donné mes sandwichs, mon matériel de coloriage, et on m'a laissée près du bloc de mise en selle. J'ai traîné là, sans savoir comment m'occuper. Une femme qui portait une selle est passée près de moi et m'a ordonné de ne pas gêner le passage. J'étais comme une âme en peine. Je me suis traînée jusqu'à la stalle la plus proche, j'ai atteint le loquet en me soulevant sur la pointe des pieds et je me suis glissée à l'intérieur.

J'ai passé la journée à parler à leur cheval de trait, en le dessinant avec mes nouveaux crayons pastel. C'était une créature trapue, transpirante, sympathique. Il soufflait par ses naseaux épais et mâchonnait du foin. Je restais là, assise, les jambes croisées dans la paille, sous un toit de zinc, sans me douter une seconde que pendant ce temps-là mes grands-parents et Daniel dispersaient les cendres de ma mère. Ils devaient se tenir sous le vent par rapport aux marais. Leurs vêtements devaient s'enfler comme une voile.

Le cheval de trait bougeait d'un pied sur l'autre, ses sabots aussi grands que des assiettes. J'évitais ses jambes de derrière.

Quand je lui tendais du foin, il le prenait doucement sans même toucher ma main.

Ils sont venus me rechercher quand il commençait à faire nuit. J'étais triste de quitter le cheval, alors mon grand-père est venu avec moi pour lui dire au revoir. Il m'a soulevée jusqu'à la porte de la stalle. La bouche aux poils durs du cheval a tremblé quand je l'ai touchée.

« Je peux aller lui chercher de l'herbe bien verte ? Et une carotte, peut-être ? Tu crois ? Tu veux bien demander ?

— Il se fait tard, a-t-il dit. Tu pourras sûrement revenir le voir un autre jour. Rentrons, maintenant.

— Je veux le nourrir !

— Evangeline, monte dans la voiture. »

J'ai obéi.

Ce soir-là, ma grand-mère a tenu sa promesse. On a eu des beignets saupoudrés de sucre avec de la confiture toute rouge, et je n'ai plus boudé.

Quand mon grand-père est sorti pour éteindre les lumières dehors, il a trouvé une boule de gui posée sur le seuil de la porte. Il l'a ramassée et l'a retournée comme s'il s'agissait d'un piège.

« C'est pour qui ? ai-je demandé. Ça vient d'où ?

— Il n'y a pas d'étiquette, a-t-il répondu. Je ne sais pas. »

On l'a suspendue au plafond de la salle de séjour. Chaque fois qu'elle passait dessous, ma grand-mère levait la main et la caressait.

Maintenant, je vois cette façon de laisser des cadeaux anonymes comme le geste d'un revenant, un geste tragique. Seule une personne solitaire peut faire ce genre de chose. Mais d'autres faits plus étranges encore devaient suivre. Tout ce que je compris ce soir-là, c'est qu'on me cachait quelque chose. Je suis allée me coucher en me grattant, je sentais le mensonge. Du coup, je ne me suis pas attardée sur la mystérieuse boule de gui, ce *Viscum album* tout brillant, j'ai vite cessé de me demander à qui elle était destinée, ou pourquoi.

Ma mère s'y connaissait en fleurs. Je m'en souviens. Je la revois cueillant une pensée sauvage et chétive, solitaire, tout au bout de Cannon Hill Park, et me la glisser derrière l'oreille. *Viola tricolor*, m'avait-elle dit, un des noms les plus simples à retenir. Elle avait l'œil. Elle repérait des fleurs dans la lézarde d'un mur, sur un terrain vague, au milieu des gravats. Elle en laissait certaines sur place, mais, la plupart du temps, elle les rapportait à la maison : sinon elles allaient pousser sans un regard et mourir sans un regret. Au moins, posées sur le rebord de la fenêtre de notre cuisine ou sur le poste de télévision, elles étaient admirées. Les fleurs réconfortaient ma mère.

C'était comme un rappel du pays de Galles dans sa maison en ville, je le comprends maintenant. Des pensées sauvages poussaient à Cae Tresaint près de la grange en ruine avant qu'on y ait mis le feu. Elles cherchaient le soleil devant le mur exposé au sud, près du carré de fraises. Je les piétinais sans faire attention quand j'explorais les lieux, que je me glissais sous l'avant-toit et faisais fuir les moineaux et les geais. Elle aussi le faisait, je le sais. Elle allait là-bas, elle s'attardait dans la pénombre. Mrs Maddox prétendait l'avoir vue, qui se rongeait les ongles en attendant quelqu'un. *Elle l'attendait, lui*, m'assurerait notre voisine.

La vieille boîte à chaussures de ma mère le confirme. Assise ici aujourd'hui, par un chaud après-midi de septembre, avec la bouilloire qui chantonne en bas et un bébé dans mon ventre, la boîte est à mes pieds. Le trésor de ma mère, et le mien aussi, d'une certaine façon. Une petite chambre grise remplie de bouchons de liège, de sous-bocks, et de colliers de pâquerettes desséchées.

Sur un morceau de papier kraft, peut-être le dos d'une enveloppe, de son écriture enfantine, en pattes de mouche, elle a écrit : *rdv à la grange, 5 h, ne l'ai pas entendu arriver. Trop chaud, besoin de pluie. Il sentait la terre. Quand lui dire ? Quand lui annoncer la nouvelle ?*

Une note rédigée à la hâte, dans la confusion. Mais l'amour, n'est-ce pas cela ? On dit que l'amour est aveugle, mais si au contraire il aiguisait trop notre regard ? Inondait notre cervelle d'images et de sons, si bien que tout nous paraît plus grand, plus beau, plus lumineux ?

Viola tricolor. Un peu trop fluette pour moi, j'aime mieux les fleurs plus robustes, plus vaillantes. La jonquille serait un de mes premiers choix : *Narcissus*. Le cerfeuil sauvage, aussi. Certaines tiges poussent si haut, si dru, que je devais tirer dessus de toutes mes forces pour les cueillir. Mais je n'aime pas trop leur odeur. Elle me rappelle des choses. Quand Rosie a disparu, les policiers ont battu les haies dans l'espoir de trouver un indice caché là. Le pollen s'est répandu sur les sentiers. Le nez de Gerry s'est mis à couler, impossible de l'arrêter.

Mais j'anticipe. Cela, c'était l'été de mes huit ans, et j'en suis encore à mes sept ans.

Des yeux bleus

Je me suis présentée ! Même si, en fait, c'est lui qui a parlé le premier. Je sentais qu'il me regardait, puis il a traversé la cour et il m'a demandé s'il m'avait déjà vue quelque part. De grands yeux bleus – dans lesquels on pourrait se perdre. Je pense qu'il le sait, mais ça ne fait rien. On s'est serré la main. Cela m'a plu. Son prénom sonne comme il le faut, et il a un merveilleux accent.

C'est bien écrit cette fois. Elle s'est servie d'un stylo. On sent la concentration, l'application pour que chaque lettre soit bien dessinée, jolie. Mais dans la dernière phrase, on retrouve les pattes de mouche ; les mots penchent comme poussés par un vent secret. J'écris comme ça, moi – c'est Daniel qui me l'a dit. Il dit que mes lettres sont tout de travers, qu'elles s'affaissent, qu'elles auraient besoin d'un soutien. Comme un tuteur pour les haricots grimpants ! ai-je dit, indignée.

Il a des yeux gris, pas bleus – mais par moments ils peuvent s'assombrir, ce qui me surprend toujours. Cela me fait penser à la brume, et aux plumes. Ce sont les yeux de sa famille, me dit-il. Comme beaucoup de ses particularités, j'espère que ce sera transmis.

Héritage

Je ne pleure pas vraiment. Je sais que je me suis radoucie un peu, mais comme une pêche qui cache un noyau dur et strié, c'était pour qu'on ne puisse pas me percer à jour trop facilement, à Birmingham. Je crois que ça m'étonnait de voir des gens pleurer. Un jour, dans les jeux du jardin public, une petite blonde s'était cogné les dents contre la cage à poules, je revois très bien la scène. Elle est restée assise par terre à brailler, la bouche en sang, et, malgré mon jeune âge, je me souviens d'avoir ressenti un étrange sentiment de mépris envers elle. Il m'arrivait d'être triste, moi aussi, mais je ne pleurais pas, alors elle n'avait qu'à faire comme moi ! Je ne suis pas allée la consoler, je suis rentrée goûter à la maison, en la laissant sangloter.

À Pencarreg, je n'ai jamais eu de crises de larmes dans mon lit. Je crois qu'ils auraient bien voulu. Je crois qu'ils guettaient derrière ma porte en retenant leur souffle, mais, si c'était le cas, ils repartaient, déçus, à pas de loup. La nuit, ou bien je gardais les yeux ouverts dans le noir, ou je dormais. Les après-midi d'hiver, je me tenais debout au milieu des vaches, leur chaleur humide s'élevant, et je me demandais où tout avait disparu. Où était sa clochette en argent ?

Sa tache de naissance, et sa voix, et ses tennis vert et blanc qui craquaient ? Comment ces choses pouvaient-elles disparaître alors qu'elles avaient été si réelles ?

Je suis tombée malade.

Je me suis réveillée un matin pour trouver le visage de ma grand-mère penché sur moi. Elle me tamponnait le front avec un gant de toilette. « Tu es malade, m'a-t-elle dit. Essaie de dormir. Tu es aussi brûlante qu'une poêle à frire. »

Je ne me souviens pas de grand-chose. Mon eczéma avait empiré. Je crois qu'à un moment j'ai fait pipi au lit. Ma grand-mère entrait et sortait en coup de vent avec des verres remplis d'un liquide blanchâtre effervescent qu'elle posait sur la table de chevet. Je grognais et je lui tapais sur les mains. Mes cils collaient. Dans mes moments de lucidité, j'entendais le vent claquer autour de la maison, et je m'inquiétais pour les vaches.

Les carreaux de la salle de bains étaient si glacés que j'en avais la chair de poule. Le siège des cabinets était trop froid pour m'asseoir dessus, alors j'avais décidé de m'accroupir sans le toucher. Un après-midi, mes jambes ont flanché, je me suis affalée par terre près de la poubelle, et je suis restée allongée là, en tremblant de froid, à contempler les vieux cotons et les touffes de longs cheveux noirs qu'on avait extraites du lavabo. Je claquais des dents. J'ai retrouvé avec étonnement une vieille brosse à dents usagée. L'intérieur de la poubelle, c'était tout un monde.

On m'a trouvée là.

On m'a relevée avec précaution et portée dans mon lit. Ce n'était ni mon grand-père ni ma grand-mère. Je délirais, je tirais sur mon pyjama, et je sentais une nouvelle odeur qui n'était ni l'odeur des moutons ni celle des petits gâteaux sortant du four. Une odeur de fumée, une odeur douce, presque familière. Quand on m'a mise au lit, les draps m'ont paru frais. On a posé Pom au creux de mes bras.

La personne qui s'occupait de moi avait des gestes doux, je n'ai pas cessé de percevoir cette douceur pendant toute ma maladie. On me bordait en silence, comme si l'on savait exactement ce que l'on ressent lorsqu'on a la peau brûlante qui vous tire, et qu'on entend son cœur battre dans ses oreilles.

La grippe : *Influenza*. On aurait dit le prénom d'une fille, une fille sensuelle aux yeux de braise venue d'un pays tropical, avec des fleurs dans les cheveux et des hanches ondulantes. La maison était pleine de craquements et de murmures. Il y avait derrière ma porte des conciliabules secrets, des voix inconnues. Peu à peu, je me suis mise à les écouter. L'étau autour de ma tête se desserrait, centimètre par centimètre, comme une fenêtre qui se dégivre.

Le révérend Bickley prit de mes nouvelles. Il m'apporta une étoile rose en verre à suspendre à ma tringle de rideau – un joli cadeau qui égayait ma chambre, et brillait près du lierre. Je passais des heures à la regarder. Elle me faisait penser à des bonbons aux fruits. Le garçon qui nettoyait le poulailler prit aussi de mes nouvelles, ainsi que Mrs Maddox qui habitait le cottage rose en bas de notre chemin – j'entendis en bas son fort accent gallois : « *Vous l'embrasserez pour moi.* » Ma grand-mère fit des biscuits pour m'aider à guérir. Avec de la crème épaisse de Cornouailles – c'est la meilleure, insistait-elle. Elle était de ceux qui pensent qu'il faut nourrir la fièvre.

Un homme aux cheveux gris avec des sourcils épais comme des chenilles et des mains froides fut mon premier vrai visiteur. Le lit pencha quand il s'assit dessus. Il glissa sous ma langue une baguette en verre.

« Trente-sept huit. De l'aspirine, de l'eau et du repos, proclama-t-il. Le pire est passé, Lou. »

C'était le docteur Matthews. Un ami de la famille, devais-je découvrir par la suite. Il habitait à Llanddewi Brefi, en face de l'église, dans une maison hantée, disait-on. Il ne s'était jamais marié. Avec le temps, j'avais trouvé une raison à cela : il rotait sans ouvrir la bouche et il avait du poil dans les oreilles : c'est le genre de choses qu'un enfant remarque. Mais mes grands-parents l'aimaient bien. Il avait été le premier à écouter mon cœur battre huit ans et demi plus tôt, avant le départ de ma mère pour Birmingham, et il connaissait mon grand-père depuis toujours. Une photo bistre en papier souple sur l'étagère de l'entrée confirmait ce fait. Deux petits Gallois, l'un maigre et l'autre gros, plissant les yeux devant l'appareil photo dans un chemin brumeux avec leurs bicyclettes. Ils allaient à vélo jusqu'à Llandovery rien que pour épier les jeunes citadines avec la couture des bas dessinée au crayon et le nez poudré. Jim Matthews était le plus fort de tout le pays pour siffler les filles, m'avait-on assuré – en tout cas dans le temps. Cela se passait avant la guerre – et avant la mort de mon grand-oncle Duncan dont la jambe, qui avait été blessée par un éclat d'obus, devint si noire et si gangrenée qu'il en mourut.

Il revint me voir la veille du 31 décembre. Je n'avais plus de fièvre, et j'étais assise dans mon lit à lire une bande dessinée. Le docteur Matthews débarqua d'un pas lourd dans la chambre. Il apportait avec lui l'air froid et une odeur de cuir. Une odeur d'adulte.

« Eh bien, voilà qui est mieux. Comment notre malade se sent-elle aujourd'hui ?

— Bien. »

Il tâta mon front en hochant la tête. « Tu as été très mal en point, tu sais.

— Je sais. *Influenza*.

— En effet. Il y a beaucoup de cas à cette période de l'année. Tu veux bien ouvrir la bouche ? »

Je l'ai ouverte et j'ai tiré la langue.

« Parfait. Et je peux tâter ton cou ?

— Est-ce que vous savez pourquoi il y a un K sur le cadre de ma fenêtre ? », lui ai-je demandé.

Marqua-t-il un temps d'arrêt ? « Je ne sais pas, murmura-t-il. Il y a bientôt un anniversaire, je crois ?

— Le mien. Je vais avoir huit ans. Et j'aurai bientôt deux chiffres.

— Eh bien – il s'est soulevé du lit non sans effort –, tâche de passer une bonne journée. » Il disait cela comme si cela lui paraissait fort improbable, et il a eu un sourire étrange en partant, comme s'il venait d'apprendre quelque chose de triste, ou voulait s'excuser. Comme s'il savait qu'il n'y avait plus qu'à tirer l'échelle.

Ma convalescence fut une période de solitude. C'était la faute du temps – ou, plutôt, de ma grand-mère.

« Tu ne sors pas, dit-elle.

— Mais je vais mieux ! Tu l'as dit ! Je veux sortir !

— Tu n'as presque rien mangé depuis deux jours, répliqua ma grand-mère sans lever les yeux de son *Western Mail*. Tu es faible. ·

— Mais non !

« — Tu es faible, Evangeline, et tu restes à la maison.

— Mais...

— Ça suffit. Mets tes pantoufles ou tu vas attraper froid. »

Cela ne servait à rien de discuter avec elle, mais cela ne m'empêchait pas de la détester. Je rageais, je claquais les portes. Je faisais tomber exprès les livres des étagères. Quand elle passait près de moi, je devenais aussi raide qu'un poteau, et je ne la regardais jamais dans les yeux. Un soir, elle est venue m'embrasser, et je me suis débattue, je l'ai repoussée. J'en ai encore honte quand j'y repense. Je la revois toute droite au bout de mon lit, la bouche entrouverte, aussi grise que le verglas en ville.

Et donc, dans ces dernières journées de l'année, j'errais comme une âme en peine dans ma prison pleine de courants d'air, je restais assise sur mes talons près des fenêtres, mon chandail tiré sur les genoux, en regardant les champs d'un air morose. Je suçais le bâton de réglisse que Mrs Maddox m'avait laissé, j'écaillais la peinture du cadre des portes. Je me mis à jeter un œil indiscret dans les tiroirs, à ouvrir les livres et à passer des bâtons sous les meubles pour voir ce qui allait sortir de là. Je dénichai des chaussettes dépareillées, des crayons, des pièces de monnaie, des marque-pages, des rubans pour les cheveux et une araignée morte. Dans la chambre d'amis, je trouvai une vieille raquette de tennis, un ours en peluche orange tout poussiéreux, un pare-vent pour la plage. Sur le dessus du placard, j'aperçus quelque chose que je connaissais. Une boîte à chaussures. Avec des élastiques de couleur. Je grimpai sur une chaise, essayai d'atteindre la boîte avec un portemanteau mais sans succès.

La nuit j'écoutais la pluie, et une ou deux fois je crus apercevoir, comme un éclair dans l'impressionnante obscurité galloise, une femme blonde.

Ma maladie servit à quelque chose, malgré tout : mon grand-père et moi devînmes amis. Contrairement à ma grand-mère, il pensait que le grand air me ferait du bien. Ils en discutaient quand j'étais couchée – et chaque fois, comme pour tout le reste, ma grand-mère avait le dessus. Mais quand elle était occupée dans la salle de bains ou au téléphone, mon grand-père passait la tête dans la cuisine, vérifiait que la voie était libre, et sifflait doucement pour me prévenir. Je connaissais le signal. Mon anorak battant derrière moi, je fonçais dehors sous la pluie. Nous faisions le tour de la cour au galop. Nous mettions le pied dans les flaques, et tirions sur les branches mouillées. Il fallait faire tout ça en silence, bien sûr, et nous nous donnions beaucoup de mal pour éviter que je ne mouille mes cheveux ou que je ne me salisse la figure. Mais cela ajoutait au charme, en un sens. Ces moments furtifs, clandestins, avaient quelque chose de magique. Ce n'était pas le fait de sortir enfin qui en faisait le prix. C'était que mon grand-père jouait un bon tour à ma grand-mère. Nous étions complices. Nous partagions un secret, et nous pouvions nous faire des petits clins d'œil à l'heure du goûter.

Existe-t-il une photographie de nous deux sortant en douce sous la pluie ? Non : qui l'aurait prise ? Pourtant, je nous vois parfaitement en fermant les yeux : moi dans mon anorak bleu, les mains ouvertes, paumes en l'air, surprise en pleine course, un pied levé. Mon grand-père sourit, lui aussi. Il porte son pantalon de velours côtelé marron enfoncé dans ses bottes. Il n'y a pas encore le moindre signe d'arthrite chez lui.

Ce n'était pas la première fois que mes grands-parents se faisaient des mensonges, ni la dernière. Mais celui-ci, je m'en souviens à la perfection. Ce furent mes premiers moments heureux à Pencarreg. Je ne pense pas que mon grand-père ait jamais réalisé à quel point ce fut important pour moi. Après tout, pour un adulte, ce genre de petite tromperie, on l'oublie quand il y en a d'autres qui ont trait à l'amour.

David Jones était né à Pencarreg même. Sa mère avait accouché cinquante-six ans et demi plus tôt dans la chambre du fond, la chambre aux rideaux marron à motifs cachemire qui donnait sur le pâturage et sur le chemin. Mon grand-père représentait la troisième génération des Jones venus au monde entre ces quatre murs gris : tout comme la maison soupirait à la pensée de ces hommes moustachus avec des chiens à leurs pieds, le cimetière de Saint-Tysul est rempli de mes ancêtres. Ils se disputent la place dans le coin sud, près du portail cassé et du peuplier. Je m'étais aperçue que je pouvais passer des heures à sauter à cloche-pied entre leurs tombes, à tripoter de la fiente et à déchiffrer leurs noms. Certaines inscriptions étaient dans une autre langue. Je sus avant toute autre chose comment on disait en gallois « en souvenir affectueux de… ».

Le soir du 31 décembre j'étais assise sur les marches de l'escalier, enveloppée de couvertures, et j'écoutais. Mon grand-père portait ses lunettes en demi-lunes perchées sur le haut de son nez, qui y laissaient une trace rouge cireuse. Ma grand-mère somnolait dans la salle de séjour avec un mug de thé froid.

« L'homme qui a construit cette maison, dit-il, c'est Hywell John Jones. Ton arrière-arrière-arrière-grand-père.

— Hai-wool ?

— *How*-ell. » J'imaginais un chapeau rond comme un gâteau de riz et un gilet trop étroit.

La maison avait été bâtie près d'un siècle plus tôt, lorsque les mines d'or de Pumsaint étaient encore en activité, qu'on ne pensait pas encore au monument aux morts, et qu'il n'y avait pas d'automobiles mais des carrioles à cheval – pas un si mauvais mode de vie en somme, m'étais-je toujours dit. Pour construire la maison, Hywell s'était servi d'ardoises et de pierres, et il avait lui-même planté les tilleuls. Il avait choisi la pente de la vallée orientée au sud, ce qui, comme aimait à le répéter ma grand-mère, avait été sa grande erreur.

« La grande porte donne sur la colline, annonçait-elle. À quoi ça rime, je vous le demande. Et le reste de la maison est orienté au nord. Tout le vent et toute la pluie que le bon Dieu nous envoie, mais pratiquement jamais de soleil. »

Quand quelque chose la contrariait, elle reniflait. Le jour où j'étais revenue de Swansea au bout de ma première semaine avec un piercing en haut de l'oreille, elle avait reniflé si fort qu'elle avait saigné du nez. C'était peut-être le but recherché – on n'arrêtait pas de se disputer, à l'époque. C'est seulement lorsque je suis rentrée pour de bon, peu emballée par l'université et rêvant de nature, que nos relations se sont apaisées. Une chance, car nous étions réconciliées lorsqu'elle mourut d'une attaque, à la foire aux chevaux de Llanbydder, l'année suivante. Mon oreille s'était infectée et il m'en reste une cicatrice. « Il y aurait de quoi périr tous noyés dans un endroit pareil », grommelait-elle.

Elle avait de bonnes raisons de se plaindre, je suppose. Cette maison n'avait jamais très bien su affronter le climat. Au début, j'avais seulement appris à quel point il pouvait y faire froid, et compris pourquoi il y avait tellement de bouillottes dans le placard-séchoir. Mais lors des bourrasques d'avril, c'était autre chose. Plus d'une fois, l'eau noire de la cour vint inonder l'entrée. Il y avait sous la porte du fond des interstices inexplicables, et tous les charpentiers, sacs de sable et travaux d'assèchement n'y pouvaient rien. Comme de la magie noire, l'eau continuait à s'infiltrer. Si on annonçait de la pluie pour la nuit, ma grand-mère jurait et pestait, tout en sortant une bâche et de vieilles couvertures de pique-nique qu'elle coinçait sous la porte au cas où.

Chaque pièce avait son anti-courant d'air, qui avait pour fonction d'empêcher non seulement le vent, mais aussi les araignées de pénétrer. Dans la cuisine, c'était une chaussette bourrée de papier journal. Dans la salle de séjour, une longue chenille verte pelucheuse avec des yeux qui remuaient quand je les secouais, et un nez d'un bleu vif.

« Tu crois que la maison pourrait être emportée ? avais-je un jour demandé à ma grand-mère.

— Je ne jurerais pas le contraire », m'avait-elle répondu.

Et puis le chauffage n'était pas vraiment adéquat. Les radiateurs s'allumaient ou s'éteignaient quand bon leur semblait. Pendant un moment, peu après ma maladie, je m'étais demandé si une créature n'habitait pas dans la chaudière, et j'en faisais le tour avec précaution, craignant qu'une griffe ou un tentacule n'en jaillisse pour m'attraper. Il m'était arrivé de me trouver dans la cuisine, la main plongée dans la boîte à gâteaux, et la chaudière s'était mise à faire de tels gargouillements que je m'étais arrêtée net, la bouche ouverte, en écarquillant les yeux.

« Nous avons fait venir toutes sortes de gens de Lampeter – mon grand-père secouait la tête, enlevant la poussière de la rampe avec une grimace –, mais les problèmes reviennent tout le temps. »

J'ai réfléchi. « Est-ce que ça pourrait être un fantôme ? »

Du séjour, ma grand-mère a grommelé que c'était sans doute Hywell lui-même, trop fier de la baraque qu'il avait construite pour accepter que la mort l'en sépare. Elle adorait se plaindre de la famille de mon grand-père. Elle l'avait déjà fait pendant le repas de Noël, un jour où le vent cognait contre le flanc de la maison comme aurait pu le faire une coulée de boue. Mais il ne réagissait pas. Je me demandais si c'était comme ça, chez les gens mariés – on passait sur les mauvaises choses, on ne gardait que le bon côté. De la même façon que je ne voyais plus les fientes d'oiseaux ou les moisissures sur les rebords de fenêtre quand la neige tombait. Donc Hywell John Jones avait fait une maison qui penchait et prenait l'eau sur le flanc d'une montagne orientée au nord, mais il avait aussi fait huit enfants. Il y avait d'eux une vieille photo floue – plus ou moins expérimentale, un des tout premiers essais de photographie au pays de Galles – accrochée au mur de l'escalier. Les femmes avaient les lèvres serrées et les mains jointes sur leur tablier. Les hommes les encadraient, le bras posé sur une balle de foin. Chacun d'eux avait sa propre histoire. Le fils aîné de Hywell, m'avait-on dit, avait quitté la ferme après une dispute avec son père, puis il était devenu missionnaire en Afrique occidentale et n'était jamais revenu – il avait fallu m'expliquer le mot « missionnaire ». Carys, la petite fille blonde, était morte de tuberculose pulmonaire à l'âge de huit ans.

« J'aurai huit ans demain.

— Je sais », répondit-il.

La plus jeune des filles avait épousé un lord et était devenue une lady, si bien qu'elle portait des diamants, mangeait du faisan, et se promenait en voiture à cheval, du moins c'est ce que j'avais cru comprendre.

Mais mon histoire favorite, c'était celle de Wilfred. Wilfred Thomas Jones. C'était presque trop beau pour être vrai. J'avais senti des picotements quand on me l'avait racontée, j'avais serré bien fort mon bol de lait et retenu mon souffle comme si respirer risquait de dissoudre l'histoire.

« Qu'est-ce qu'il a fait ?

— Il est allé en Amérique, a murmuré mon grand-père, au début du siècle, pour y chercher la fortune et la gloire.

— Comme star de cinéma ?

— La terre ! Il allait acheter de la terre ! Il y en avait plein, là-bas, des pâturages immenses et fertiles, jusqu'à l'horizon ! Et tu sais ce qu'il voulait faire ?

— Non...

— Avoir sa ferme à lui ! Là-bas en Amérique !

— Et il a réussi ? Il a eu des vaches ?

— Non, *cariad*, non. Tu sais ce qu'il a fait ? »

J'ai secoué la tête, les yeux écarquillés comme des soucoupes.

Wilfred avait essayé de braquer une banque à Brooklyn, et avait été abattu par un client furieux. Difficile de faire mieux, comme histoire. Même s'il s'agissait de loi transgressée et de mort violente, mon grand-père m'avait donné tous les détails, et je lui en avais été profondément reconnaissante. Je restais accroupie dans l'escalier, en transe. Wilfred était, appris-je, un joueur endetté, un buveur de whisky, une grande gueule qui se faisait remarquer dans les bars et dépensait l'argent qu'il n'avait pas en gilets à la mode et en montres de gousset. Un *panier percé* – mais ma grand-mère disait que pour un homme de ce genre, elle avait un bien meilleur terme. Tout cela me paraissait magnifique. Le coup qui l'avait tué l'avait atteint en plein cœur, disait mon grand-père, et j'imaginais un cœur rouge, poisseux, avec au milieu un trou par lequel on pouvait regarder. Avait-il mis un certain temps à mourir ? me demandai-je. Et qu'avait-on fait de lui ensuite ?

Il avait eu beaucoup d'amoureuses. Cela ne m'étonnait pas. J'avais été élevée dans l'idée que les hommes ne tiennent pas en place. Qu'ils vous filent entre les doigts comme de la nourriture pour les poulets, et ne se laissent pas plus prendre que les graines de peuplier qui jonchaient le chemin, chaque année, au mois de juin et au début de juillet.

J'avais décidé que c'était Wilfred mon préféré. Je devais me hisser sur la pointe des pieds pour apercevoir ce garçon aux taches de rousseur, à l'air joyeux, avec ses dents de devant ébréchées, les pouces enfoncés dans ses bretelles. Derrière Wilfred, un chien blanc se grattait l'oreille ; derrière le chien, on voyait notre porte du fond, et cela me plaisait qu'elle n'ait pas changé depuis près d'un siècle. La maison devait être très animée, à l'époque : huit enfants, deux adultes, et ce chien blanc.

Il y avait aussi Samuel Jones, mon arrière-arrière-grand-père. J'étais déçue par son portrait. Il ressemblait à tous les hommes des vieilles photographies – barbu, les lèvres pincées, l'air sévère.

« Il a l'air de mauvaise humeur, ai-je fait remarquer. Et assommant.

— Tu sais, il avait la vie dure. Tu vois notre porte d'entrée ? » Je me suis penchée par-dessus la rampe pour la voir au bout de l'entrée. « C'est à lui qu'on la doit. »

C'était un vrai monument, en bois noueux, verni, avec des douzaines de verrous et de chaînes, et elle était trop lourde pour ses gonds, mais mon grand-père m'expliqua que Samuel Jones ne voulait pas prendre de risques. Sa femme était morte en couches à l'âge de seize ans. Après cela, il semblait qu'il avait décidé de ne plus jamais rien perdre d'autre.

Leur fils unique était Henry John Jones. Il ressemblait au père Noël.

« Mon père », dit-il. Il ne lui ressemblait pas du tout. « C'est lui qui a fait la renommée de l'agneau de Pencarreg. »

Je ne savais pas très bien comment il s'y était pris pour cela, mais mon grand-père avait l'air très fier. Henry avait aussi hébergé des réfugiés pendant la guerre, et le village l'admirait pour cela. Mon grand-père eut un sourire rêveur et dit que pendant la guerre la ferme était un endroit extraordinaire, plein de mouvement et d'agitation. « Trois enfants plus moi, qui faisions les quatre cents coups autour de la maison et sur les collines, en poussant des cris d'Indiens et en faisant plein de bêtises.

— Quel genre de bêtises ? » Mon grand-père braquait peut-être des banques, lui aussi…

« Des bêtises », a-t-il répété. Il a fait un sourire et m'a tapoté le nez.

Quand la guerre avait éclaté, il avait dix-sept ans, et il était resté à la ferme pendant que son frère aîné se battait. Il avait hérité soudain de trois nouveaux frères et sœurs qui avaient l'accent cockney. Peu après le nouvel an, je m'étais mis en tête que mon grand-père avait été amoureux de l'une des nouvelles venues – même si, timide, il ne s'était certainement pas déclaré. Un dessin au crayon d'une jeune fille en imperméable en train de rire se trouvait entre les pages d'un dictionnaire, alors je l'avais sorti, et je m'étais promenée dans la maison en l'agitant et en demandant à la cantonade qui l'avait dessiné, et qui il représentait. Quand mon grand-père parlait d'elle, il prenait une voix embrumée, comme lorsqu'il parlait des morts. Dans ces occasions-là, ma grand-mère reniflait. Je n'ai jamais posé d'autres questions concernant la réfugiée du dictionnaire. Je n'avais que huit ans, mais je sentais que le sujet le troublait. Les chemins qu'on n'a pas pris, peut-être. L'amour, ce qui aurait pu être.

Quant à la femme de Henry, mon arrière-grand-mère, elle avait été malade pendant la plus grande partie de sa vie. Sur la photo, elle avait l'air d'un fantôme. Henry la tenait par la taille, et c'était la seule photo sur le mur de l'escalier où l'on sentait un peu d'amour. Comment avait-elle fait pour avoir des enfants, je me le demande car elle était toute menue, avec un air de poupée, mais le fait était là. Ils avaient eu deux garçons, dont l'un était mort.

« La gangrène, m'expliqua-t-on sans fioritures. Une bien vilaine façon de mourir, ma petite Evie. »

Duncan Jones avait vingt et un ans à l'époque, c'était un garçon souriant. Il chantait dans la chorale de l'église, et il était fiancé à une fille de Llanwrda. J'imagine qu'il avait eu une mort solitaire – dans une salle d'hôpital silencieuse et jaunâtre, avec des mouches à la fenêtre et un ventilateur fatigué au plafond. Il avait dû comprendre qu'il allait mourir. La puanteur de sa blessure avait dû le renseigner, ainsi que l'air sombre des gens qui le regardaient. S'était-il senti seul ? Était-il calme ? Avait-il peur ? Avait-il plissé les yeux en songeant avec nostalgie à Pencarreg, à sa fiancée, à la vue qu'on a de la crête ? Qui sait comment nous nous comportons quand la mort nous regarde en face ? On le renvoya chez lui comme un paquet pour l'enterrer, et son nom est inscrit sur le monument aux morts. En novembre, mon grand-père y déposait toujours des coquelicots. N'ayant jamais eu de frère, je ne prenais que peu de part à sa tristesse.

Après quelques semaines, une nouvelle photo apparut. Une jolie photo. Elle est encore là, sur le mur de l'escalier. Ma mère, à dix-huit ans, donc pas encore amoureuse, mais épanouie malgré tout. Elle porte un chapeau d'été. On dirait qu'elle se trouve au milieu des arbres, d'après la lumière poussiéreuse qui tombe en colonnes derrière elle, comme si elle était dans un bois de pins. Elle a les cheveux dénoués. Elle regarde l'objectif par-dessus son épaule. Au bras gauche, elle porte un bracelet d'argent porte-breloques, qui brille au soleil. D'une main, elle tient le rebord de son chapeau, comme pour empêcher la brise de le soulever. Elle a de belles dents régulières.

Ma grand-mère m'avait dit un jour, *C'est comme ça que je la revois*. Avant les ennuis, voulait-elle dire. Moins avec ce chapeau d'été qu'avant l'apparition de mon père devant la cabine téléphonique de Cae Tresaint, les mains dans les poches, avec un sourire désinvolte. *Avant ta conception*, aurais-je pu choisir de comprendre, et une ou deux fois, au cours de mon adolescence, cette pensée m'avait étouffée comme un linceul. Mais j'avais tort. C'était injuste d'interpréter ses paroles de cette façon, car ce n'est pas du tout ce qu'elle avait voulu dire. Elle m'aimait, je le sais. Malgré tous mes défauts, elle ne m'aurait changée pour rien au monde. Elle voulait seulement dire que ma mère avait changé le jour où elle était tombée amoureuse

– mais n'est-ce pas toujours le cas ? Nous faisons des cachotteries, nous avons le regard embué. Nous rêvassons, nous apprenons à cacher notre jeu. Le jour où mon père était apparu, ma grand-mère avait perdu son emprise sur sa fille. Cela devait forcément arriver un jour ou l'autre. Mais sur cette photo, Bronwen lui appartient encore. Une fille pour sa mère, une copine pour ses amies, rien de plus, pour le moment.

À minuit, au moment où se mourait l'ancienne année, mes grands-parents avaient voulu que je sois avec eux dans la salle de séjour pour écouter sonner Big Ben. Mais j'avais préféré rester dans l'escalier. Je mourais de sommeil, et j'avais la tête farcie d'histoires d'organes troués et de jungles africaines. « Je ne ressemble à aucun d'entre eux », avais-je dit.

Mon grand-père avait souri. « C'est pourtant votre famille, Miss Jones. »

Pour la première fois, je faisais partie d'un ensemble. Tout d'un coup, je ne croyais plus aux étoiles, ce n'était plus la peine. Je venais du pays de Galles, pas du ciel nocturne. Je venais de gens qui avaient les ongles sales et qui parlaient une tout autre langue. C'était une pensée puissante, étrange. Je me sentais comme une perle enfilée sur un collier, une feuille sur un arbre. D'immenses mains invisibles m'emportaient dans une chambre secrète où se trouvaient d'autres personnes qui me connaissaient, et ma mère était parmi eux. Le même sang, les mêmes os. M'attendaient-ils depuis toujours ? Mes ancêtres. J'ai prononcé le mot, il me plaisait.

Ma grand-mère est sortie au bout d'un moment. Elle m'a accompagnée jusqu'à mon lit et m'a rappelé que c'était mon anniversaire.

Juste avant qu'elle éteigne, je lui ai demandé : « À quoi ressemblait mon papa ? Est-ce qu'il y a aussi des photos de lui ? »

Elle s'est raidie.

Ses yeux ont lancé des éclairs.

« On ne parle pas de lui dans cette maison. *Jamais. Sous aucun prétexte.* Tu comprends ? Tu ne pronoces pas son nom. Tu ne parles de lui à personne – *personne !* OK ? Tu m'entends ? » Elle s'est penchée au-dessus de moi, si près que j'ai senti son haleine. « *Compris ?* »

Je me suis dit que ce devait être la dixième règle.

La pluie redoubla, vint claquer contre la vitre, et le nouvel an fit son entrée en fanfare.

Le tatouage

Les hommes. Il en venait très peu chez nous à Birmingham. Les éboueurs et le facteur ne comptent pas. Mr Willis sortait rarement de chez lui, même avant son cancer, et quand il sortait c'était pour aller parier cinq livres à Hall Green sur les lévriers ou boire une bière à la Wharf Tavern, pas pour venir nous voir. Une fois par an, en novembre, le vieux Mr Soames venait vendre des coquelicots en tissu pour les mutilés de guerre, mais le reste de l'année, on n'existait pas. Il y avait un petit vendeur de journaux qui mâchait du chewing-gum, et puis, de temps en temps, des représentants – je me rappelle m'être penchée par la fenêtre de la chambre de ma mère et avoir craché sur l'un d'eux qui ne voulait pas partir. Mais c'était tout. Il n'y avait pas de visiteurs. Ma mère ne s'intéressait à aucun nouveau venu.

Cela explique-t-il ma liaison ou mon aveuglement ? Le fait que je n'aie pas remarqué qu'un homme vivait dans notre ferme ? Qu'il n'y avait pas que nous trois. Pendant plusieurs semaines, cela m'échappa totalement. Il y avait des signes, pourtant, mais je ne m'attendais pas à quelqu'un d'autre.

C'est vraiment bizarre, et impensable, d'imaginer cet endroit sans Daniel. Il y est plus à sa place que moi, en un sens, même si ce n'est pas un Jones. S'il l'était il aurait les cheveux noirs de la famille, la mâchoire volontaire. Alors qu'il a des cheveux châtain clair qui blondissent l'été. J'ai très vite appris à le repérer dans une foule grâce à ses cheveux. Quand il pleut, ils bouclent, et quand il pleut, il marche lentement. *Ce n'est que de l'eau*, dit-il. C'est tout lui, ça.

C'est comme pour les chouettes ; je n'avais pas remarqué leur existence avant que mon grand-père attire mon attention sur leurs hululements inquiétants – *Chut ! Tu entends ça ?* –, et, depuis, je les entendais toutes les nuits. De la même façon, une fois que j'ai connu l'existence de Daniel, je me suis mise à le voir partout. J'avais appris à reconnaître l'empreinte de ses pas ; je reconnaissais l'odeur du tabac bon marché qu'il roulait, et encore maintenant, si quelqu'un en fume, je renifle, je me retourne, et je m'attends à le voir.

Il fait chaud pour un mois de septembre. Ce n'est pas le plus chaud qu'on ait connu, mais pas loin. Voilà plus de cinq semaines qu'on n'a pas eu de pluie, ce qui est rare. Ça veut dire que le niveau de la Brych est bas, que la terre est craquelée comme la corne de mes talons, et que les vaches chassent les mouches avec leurs queues. Pas un temps très agréable quand on est enceinte. J'aimerais mieux m'être organisée autrement, mais en fait je ne me suis pas organisée du tout. Je suis tombée enceinte, comme on dit. Ce n'était pas voulu, mais ce n'est certainement pas non plus un accident.

Ma lourdeur me gêne. Je ne me sens bonne à rien. Or, avec les ventes de septembre, il y a beaucoup à faire. Je suis mince et menue mais j'ai des bras musclés à force de transporter des sacs de grain pour les moutons et des balles de foin. Mais, maintenant, je ne peux pas faire grand-chose, à part chercher les œufs dans le poulailler et nourrir les chiens. Je suis devenue la fille qui crie, debout dans la cour : *À table ! Livraison ! Téléphone !* Daniel et les ouvriers travaillent torse nu, et j'ai peur qu'ils attrapent des coups de soleil. Il y a sur la véranda un tube de crème solaire, et quand ils rentrent pour déjeuner, je le leur lance à la volée. Je suis rousse, leur dis-je, alors, croyez-moi, je sais de quoi je parle.

Cette chaleur poisseuse annonce un orage. Je reconnais les signes. J'ai le sang qui bat à l'arrière de mon crâne, ce qui ne m'arrive qu'en cas de tonnerre. Bientôt l'air va devenir étrange, plus bleu, les chiens vont se montrer nerveux, mais sans aboyer. Avant un orage, la nature se prépare. Dans quelques instants le vent va se lever. Le mouron rouge va refermer ses fleurs. J'adore les orages qu'on a ici. Les éclairs et le tonnerre résonnent dans toute la vallée, et nos tilleuls se balancent. Les moutons, eux, n'aiment pas trop ça. Ils bêlent et se déplacent sur la colline comme un banc de poissons. Ils s'affolent très vite, mais cela ne leur sert à rien. On raconte des histoires de moutons qui ont sauté à la queue leu leu d'une falaise et sont allés s'écraser en bas. Je le crois volontiers. Plus on met de cerveaux ensemble, moins il y a de gens qui réfléchissent. La mort de Rosie l'a bien prouvé.

J'ai lu un poème un jour, pendant mon bref séjour à l'université, concernant une première grossesse. *Une lourdeur de vache*, disait l'auteur d'elle-même. Est-ce ainsi que je me sens ? Comme une vache ? Je marche un peu pesamment, j'ai parfois de la peine à garder mon équilibre, mais j'imagine plutôt un fruit. Je suis ronde, la peau tendue – mûre comme une prune, et pas loin d'être aussi poisseuse. Fibreuse.

Tellement à point que je suis près d'éclater. Je revois le cours, je me balançais sur ma chaise et j'avais critiqué le poème. Je ne manquais pas de culot. J'avais dit, ce qui est vrai, qu'une vache n'est une vache que lorsqu'elle a eu deux veaux. *Une lourdeur de génisse*, avais-je proposé, en lançant mon crayon sur la table. Je me demandais ce que je faisais là. Je n'étais pas du tout à ma place. Et quand je suis repartie à Noël, sans hésitation et sans me retourner, je pense que personne ne m'a regrettée.

La pluie va dégager le ciel. Mon ventre pointe en avant, débordant de ma chemise – je vois mon nombril tout dur, et la bande de peau sombre. Voilà qu'en plus je *ressemble* à une prune, avec la raie plus foncée au milieu. Est-ce que le bébé à l'intérieur s'essuie le front du revers de sa main ? Est-ce qu'il entendra le tonnerre, quand il éclatera ? Imaginez naître en plein orage. Toute la vie, vous pourrez vous raconter que votre naissance fut un tel événement qu'elle fut saluée par un éclair dans le ciel. Comme si le monde – ou du moins le sud du pays de Galles – exprimait son approbation.

Ma rencontre avec Daniel ne fut pas un événement en soi. J'aimerais pouvoir dire le contraire, que le tonnerre fut de la partie, mais je mentirais. Et serais vite découverte car il n'y a pas d'orages de ce genre en hiver. C'est dommage, j'aimerais que notre rencontre eût été théâtrale. J'aimerais pouvoir répondre avec plus d'éloquence à la question : Comment vous êtes-vous rencontrés ? Quand ça ?

Ma grand-mère l'avait toujours considéré comme un être rare. Elle disait que, à la seconde où elle avait vu Daniel sur le chemin de Pencarreg, elle avait su.

« Tu avais su quoi ? » avais-je demandé, agacée.

Elle s'était contentée de hausser les épaules, et avait répondu qu'elle avait tout de suite eu un bon pressentiment à son égard. L'intuition féminine, avait-elle hasardé. Ça m'avait inquiétée de l'entendre dire une chose pareille, ça ne lui ressemblait guère, ce genre de romantisme. Mais, en même temps, je pouvais le croire.

Daniel. Comment suis-je arrivée à faire sa conquête ?

Le jour de mes huit ans, il a débarqué dans la cuisine avec son épaisse chevelure et un chandail de laine rouge. J'ai découvert l'odeur de son tabac.

« Evangeline ? » Il souriait.

J'ai fait oui de la tête, la bouche pleine de gâteau.

De derrière son dos a jailli un modeste bouquet de perce-neige précoces – *Galanthus nivalis*.

« Bon anniversaire », a-t-il dit.

Il y avait d'autres hommes à la ferme. Un boiteux qui livrait le foin. Le vétérinaire, jovial, qui m'appelait M'zelle z-yeux bleus et m'avait appris à fumer de l'herbe. Un garçon boutonneux, Owen, qui venait nettoyer le poulailler tous les samedis matin pour une livre et demie – enfin, boutonneux, il allait le devenir. Son menton s'était couvert d'acné, du coup il ne disait plus un mot, mais, à quatorze ans, il m'avait envoyé, par plaisanterie, plus ou moins, une carte pour la Saint-Valentin. Je m'étais mise en colère. J'avais déchiré la carte sous ses yeux pour lui montrer que je n'étais pas dupe de son petit jeu. Il y avait aussi le révérend Bickley qui passait régulièrement à la maison et repartait gorgé du meilleur Earl Grey de ma grand-mère, et avec une demi-douzaine d'œufs de Pencarreg encore tièdes.

Quant aux ouvriers agricoles, il n'y en avait que deux. Daniel était le seul qui comptait. Il vivait avec nous. Ou plutôt près de nous – la longue caravane verte qui rouillait au milieu des sapins derrière la grange était à lui. Il n'avait pas voulu de notre chambre d'amis, disant qu'il était content là où il était. Et c'est vrai qu'on se sentait bien chez lui – un poêle, un frigidaire, des coussins, et le bruit de la pluie sur le toit. Avec le temps, j'y cherchais plus souvent refuge, je m'enfonçais dans ses coussins, je lisais ses livres, je buvais son thé et j'écoutais ses histoires. C'est là que tout a commencé.

Il se servait de notre salle de bains d'en bas, là où vivaient les papillons de nuit, si bien que, en me réveillant de bonne heure, je voyais la vapeur de sa douche planer dans l'entrée. Son courrier, ses coups de téléphone passaient par nous ; c'est sur ses genoux que préférait venir se blottir notre chat tigré. Quelquefois on voyait son linge claquer au vent sur la corde, comme des voiles, sur le côté de la maison.

Et puis il y avait Lewis. Lui, je l'aimais beaucoup moins. Il habitait près des mines d'or, à Pumsaint, où, selon la légende, cinq saints s'étaient endormis en passant par là, et avaient laissé leurs empreintes dans les rochers. Cet été-là, il avait dix-neuf ans, c'était un gars costaud. Il tordait le cou à nos poules quand elles étaient devenues trop vieilles pour pondre. Je le revois aussi transportant une balle de foin dans chaque main, sans effort. Mais ma grand-mère ne l'aimait pas. « Jamais un "s'il vous plaît", jamais un "merci". Ça ne coûte pourtant rien d'être poli, grommelait-elle. Ce malotru. »

Mais si je lui en voulais, c'était pour des raisons moins avouables : je le trouvais vaniteux. Il caressait avec complaisance son torse velu, et s'inondait d'un after-shave à l'odeur violente. Et puis Lewis avait un tatouage sur le biceps – un ruban vert de fil de fer barbelé sur sa peau blanche de Gallois, ce qui faisait qu'il se promenait toujours bras nus quel que soit le temps. Ce tatouage, c'était son image de marque. Grâce à lui, on le distinguait aussitôt au milieu d'une foule, et je ne pouvais pas comprendre ça, moi qui voulais toujours me fondre dans le paysage comme un insecte moucheté sur une pierre. Lui, il voulait qu'on le remarque grâce à ce tatouage. Une fois, ça l'a trahi – c'est à cause de ce ruban vert que je l'avais reconnu, un jour d'avril, la main dans le pantalon d'une fille brune, sous les aulnes au bord de la Brych. Elle gémissait, comme blessée. Lui semblait très satisfait, fanfaron. J'ai filé jusqu'à la maison, en tremblant, le cœur soulevé. Le terrible secret que j'avais presque oublié venait d'être réveillé par lui. J'appris à haïr ce tatouage.

C'était dommage – car ce Lewis était assez beau. Il me faisait penser aux oies dans le parc qui cacardaient, se lissaient les plumes, se pavanaient. On aurait pu les apprécier si elles n'avaient pas fait tout ce battage, si elles n'avaient pas considéré le lac comme leur propriété exclusive.

Il travaille maintenant dans une laiterie. Il n'y a pas longtemps, il est venu vers moi, à la foire de Llandovery, il s'est gratté la tête, et il a dit : *Evie, ma parole, c'est bien toi ?* Je me suis montrée polie. Il ne savait pas que mon grand-père était mort, ça a eu l'air de lui faire sincèrement de la peine. Il m'a donné un baiser sur la joue ainsi que son numéro de portable, ce qui m'a paru tout à fait idiot de sa part – je ne suis pas rancunière, mais il avait toujours été très méchant avec moi. Il se moquait, un jour il m'a même lancé une pierre. Et quand Rosie a disparu, il a dit en rigolant que ç'aurait dû être moi, et pas elle, parce que moi personne ne me regretterait. Une phrase qu'on n'oublie pas. Et quel genre de type fallait-il être pour dire une chose pareille ? J'ai pris son numéro, j'ai souri, mais il faudrait être stupide pour croire que nous puissions jamais devenir amis. Il s'est passé trop de choses pour ça.

Les bourrasques de janvier secouèrent la maison. Des flaques sombres se formèrent dans les replis des bâches goudronnées, les buissons d'orties s'ouvrirent et s'aplatirent, et un après-midi, une fois que j'avais été officiellement déclarée guérie, Daniel et moi avons mis nos anoraks et sommes partis jusqu'à Cae Tresaint pour aller acheter un sachet de thé en vrac pour ma grand-mère. Nous n'étions jamais à court de thé, c'était juste un prétexte pour apprendre à mieux nous connaître. Ma grand-mère nous regarda partir depuis la fenêtre du palier, une main posée sur sa poitrine.

Nous avons entendu les canaux gargouiller quand nous sommes passés près d'eux.

Nous avons marché un moment en silence.

« Parle-moi de Birmingham, a-t-il dit. Qu'est-ce que tu regrettes ? Qu'est-ce que tu aimais là-bas ? »

Personne ne m'avait jamais posé cette question. J'ai plissé les yeux. Par où commencer ? Il fallait traverser le filtre des étoiles en verre rose et des bouses de vache et du visage de Wilfred pour retrouver les choses de la ville, comme si je les avais mises de côté dans un sous-sol. Qu'est-ce qui me manquait ? Les trains. Les jeux pour enfants dans le jardin public. La télévision. Mrs Willis, bien sûr, et ma bicyclette, et les bonbons acidulés au citron de la boutique du coin. Les dîners de *fish & chips*. Et les trajets sur l'impériale de l'autobus. Et même l'école, un peu.

Est-ce que ça allait, comme réponse ? Je lui ai jeté un regard de côté, il ne paraissait pas choqué.

« Et il n'y avait pas de vaches ? »

J'ai vu son sourire. « Pas de vaches.

— Ça a l'air assez chouette, comme endroit. J'ai failli y aller un jour, tu sais ?

— À Birmingham ? »

Il a hoché la tête. « Au moment de ta naissance.

— Et pourquoi tu ne l'as pas fait ? »

Il a haussé les épaules. « Ta mère était une femme très occupée. Elle n'avait pas une minute à elle. Entre toi, son boulot, et tout ça. Et puis je ne suis pas fait pour la ville. » Il m'a fait un clin d'œil. « Tu vois, Evie, au fond, je suis un gars de la campagne. C'est pour ça que je suis venu ici.

— À la ferme ?

— À la ferme, au pays de Galles.

— Tu n'es pas de la région ? »

Il a souri. « Pas de très loin, en fait. Tu as entendu parler des Malvern Hills ? Eh bien, je suis né là. Ma famille vit là-bas.

— C'est bien, comme coin ?

— Super.

— Alors pourquoi es-tu venu ici ? »

Il a étudié la question un moment. Les mains dans les poches, il se penchait pour esquiver les branches. « Pour l'air pur, pour les grands espaces. La vie ici – je ne sais pas, cela me convient mieux. »

Je n'étais pas sûre de comprendre. Quelquefois, dans une queue, ou dans l'autobus, ma mère appuyait son poing contre son front et disait : *J'ai besoin d'air, je n'arrive pas à respirer ici.* Elle m'avait dit un jour que le ciel lui manquait, ce qui m'avait laissée perplexe. J'avais levé les yeux pour voir ce qu'elle voulait dire.

« Tu l'aimais bien ? »

Daniel a regardé de mon côté. « Si je l'aimais bien ? Bronwen ? Comment ne pas l'aimer ? Elle était gentille, intelligente, drôle. Tu sais qu'elle pouvait marcher sur les mains ? »

J'ai fait signe que non.

« Je te jure. Pendant des heures. Ta grand-mère raconte qu'elle avait passé tout un été la tête en bas. »

J'ai eu le sentiment qu'on la voyait tous les deux marchant avec nous sur ses petits poignets, les cheveux ébouriffés.

Au moment où je me demandais si Daniel avait l'air triste ou pas, il s'est retourné, l'air étonné, et il m'a dit : « Ça te manque, les bonbons acidulés au citron ? Mr Phipps en a, tu sais. »

Et c'était la vérité. Dans l'antre de sa petite épicerie située en face de l'église, Mr Phipps avait une rangée de bocaux sur l'étagère derrière le comptoir – hors de portée des petites mains avides comme les miennes. Je faisais craquer mes jointures avec excitation. Des perles à l'anis, de la réglisse, des berlingots, des caramels mous. Les bocaux étaient couverts de toiles d'araignées. Daniel a secoué ses cheveux pour les sécher, il y a passé la main, et il a dit : « Trois cents grammes de vos meilleurs bonbons acidulés au citron, s'il vous plaît. »

Mr Phipps m'a regardée pour la première fois. Et pour la première fois, j'ai soutenu son regard. Ses yeux, dès le début, exprimaient du ressentiment. C'était un type ridé. La peau comme du cuir racorni. Un nez rouge, bulbeux.

Il a dit : « Bien. »

La boutique était étroite, poussiéreuse. Il lui aurait fallu un bon coup de lessive. Je me disais qu'il devait y avoir des souris. Je me disais aussi que certaines boîtes de conserve étaient si vieilles qu'on risquait de tomber malade en les mangeant. Son étal de légumes était bien connu – des courgettes noircies, des pommes trouées. On trouvait parfois des vers dans ses pommes de terre.

On écrasait des mouches mortes en marchant, avec un petit crissement électrique.

Daniel a compté sa monnaie. J'ai repoussé des boîtes pour le voir. Il parlait de la pluie, de mes grands-parents, de l'état des mines. Je reniflais l'odeur de poussière.

« J'ai entendu parler des boucles », a dit Mr Phipps.

J'ai dressé l'oreille. Quelles boucles ? Les miennes ? Sûrement les miennes.

« N'empêche qu'il fallait que je les voie de mes propres yeux. Pour y croire.

— Elle va tourner les têtes, a dit Daniel. Vous ne croyez pas ?

— Qu'est-ce qui est arrivé à Bronwen ? a dit Mr Phipps d'une voix traînante. Où est-elle, dans tout ça ? »

Un temps. « Nous trouvons qu'elle a les yeux de sa mère.

— Bronwen avait les yeux bruns.

— Ses yeux ont la même forme. »

J'ai entendu une pièce de monnaie tournoyer sur le comptoir puis s'arrêter.

Mr Phipps s'est penché au-dessus du comptoir. D'une voix épaisse comme du goudron, il a dit : « Écoutez-moi. Je vais la surveiller. Rentrez chez vous et dites-leur bien ça. Dites-leur que je l'ai à l'œil. Un pas de travers, vous m'entendez ? Un seul. »

Silence.

Je ne comprenais pas.

Je retenais mon souffle, main sur la bouche.

« Evie ? » Daniel m'appelait. « Tu veux bien m'attendre dehors ? » Je me suis rapprochée pour qu'il me voie. Il avait un regard gentil. « Un petit instant », a-t-il dit.

Alors j'ai pris mes bonbons acidulés et le sachet de thé et j'ai attendu dehors sous la pluie. Mrs Hughes est passée devant moi dans un imperméable fermé par une ceinture. Ses talons claquaient sur le pavé.

J'ai vu un type maigre sortir d'une maison blanche, et quand il m'a vue, il est venu vers moi. *Bore da, cariad*, a-t-il murmuré, en soulevant un chapeau imaginaire. *Evangeline, c'est bien ça ?* Il avait des petits yeux verts. J'ai pris l'air absent, j'ai esquissé un petit sourire gêné. J'avais envie qu'on me laisse tranquille.

Les cheveux roux. Les gens avaient toujours quelque chose à dire sur les cheveux roux. Ma mère disait que c'était un don du ciel. Moi je n'avais jamais eu cette impression, je voyais plutôt ça comme un défaut. On me remarquait quand je voulais passer inaperçue. Cela avait rendu difficile ma vie scolaire. J'ai attrapé à pleine main une poignée de mes cheveux, en pensant très fort, *ne bouclez pas*.

Je suis allée jusqu'au monument aux morts, où les coquelicots en tissu pendouillaient sous la pluie. Il y avait là le nom de mon grand-oncle Duncan. Je l'ai frôlé de la pointe de ma chaussure, en me demandant à quoi il ressemblerait s'il existait encore, s'il vivait encore à la ferme, avec nous. Est-ce qu'il m'aimerait ? Est-ce qu'il m'apprendrait à tirer sur les rats et à grimper aux arbres ? Je me suis accroupie, et j'ai dessiné les lettres de son nom. Il y avait des fientes d'oiseaux et de la mousse, que j'ai essayé d'enlever. Un pas de travers ?

J'ai examiné mes pieds.

Puis j'ai levé les yeux.

Dans le cimetière, il y avait une silhouette – enveloppée dans une veste vert foncé, avec une vieille écharpe grise enroulée jusqu'aux oreilles. Des cheveux rares, décolorés. L'homme me fixait des yeux. La tête de côté, les yeux comme deux grandes flaques. Il tenait les mains loin du corps, comme pour garder l'équilibre.

Je me suis avancée. J'ai dit : « Salut ? »

L'espace d'un instant je l'ai vue. J'ai vu une ombre, une tache, une marque semblable à une mûre sur le côté de sa figure. Près de l'oreille, au-dessus de l'œil. Rosâtre, foncée. Mais avant que j'aie pu mettre un nom dessus, l'homme avait disparu.

Les orties qui encadraient le portail du fond ont frémi un instant, puis se sont immobilisées.

Je savais qui c'était. Je le savais grâce à la tache. Je demeurai sous la pluie, à regarder l'endroit où j'avais vu Billy, et je savais qu'il était devenu mon secret. Quelque chose d'important venait de commencer.

Pendant le chemin du retour, Daniel s'est inquiété de mon silence. Il m'a dit que Mr Phipps était jaloux, voilà tout, parce qu'il avait si peu de cheveux lui-même. « Et tu sais qui était Olwen ? » m'a-t-il demandé.

J'ai fait signe que non.

« C'était la plus belle femme de tout le pays de Galles. Et tu sais quoi ? Elle avait exactement les mêmes cheveux que toi. »

J'ai grommelé quelque chose du genre « Tu parles. »

« C'est la vérité ! C'est une femme légendaire ! Avec plein de cheveux tout bouclés. Et tout le monde la trouvait magnifique. Tu me crois ?

— Non.

— Pas un mot de faux, Miss Jones. Demande à Mrs Maddox, elle te le dira. Alors, à partir de maintenant, tu penses à Olwen. Tu t'en fiches de ce que les gens peuvent dire. Tu as des cheveux qui te vont très bien. »

Quand on est arrivés dans la cour de la ferme, je lui ai demandé quel âge il avait.

Je ne connaissais pas la réponse. Et elle n'avait pas tellement d'importance. Elle ne changerait rien. « Moi ? Je suis vieux, Evie. »

Je savais qu'il mentait. Les gens âgés n'étaient pas comme lui.

« Presque vingt-quatre ans, a-t-il dit d'une voix douce. Tu vois ? C'est vieux. »

Je l'ai regardé enlever ses bottes d'une simple secousse, suspendre sa veste au crochet près de la porte d'entrée en chêne de Samuel, et j'ai fait le calcul toute seule. Seize ans, ce n'était rien pour moi. Tout ce que je savais, c'est que j'aimais beaucoup plus le pays de Galles depuis que Daniel en faisait partie.

Ce soir-là, je me suis accroupie dans le noir sur le palier et j'ai écouté les voix dans la cuisine.

« Qu'il aille au diable, lança ma grand-mère d'une voix sifflante. Non, mais pour qui se prend-il, ma parole ? »

Il y eut un bruit de vaisselle qu'on heurte, de chaise qui racle le plancher. Daniel dit : « Elle n'a rien entendu. Je l'ai fait sortir.

— Mais le culot de ce type ! Dire des choses pareilles à propos d'une petite fille de huit ans ! Dans sa situation ! Il est fou, ou quoi ? Il a complètement perdu la tête ! J'irai le voir demain.

— Il n'y a pas de raison.

— Il y a toutes les raisons du monde. C'est de ma petite-fille qu'il s'agit ! Du bébé de Bron, et je ne laisserai pas cette espèce de crétin parler d'elle comme ça. Je serai là-bas à l'ouverture. Je camperai devant sa porte s'il le faut. »

Quand le silence est revenu, je suis retournée me coucher sans bruit et je me suis pelotonnée contre Pom. *Pas sa faute*. C'était l'expression que j'avais entendu Daniel employer quand j'étais sortie de l'épicerie. Mais qu'est-ce qui n'était pas ma faute ? La mort de ma mère ? Mes yeux bleus ? Il était trop tôt pour le savoir.

Tandis qu'à moitié endormie je remuais tout cela dans ma tête, comme la farine quand ma grand-mère la passait au tamis, j'ai entendu un bruit dehors. Pas des moutons, pas les vaches. Pas un chien. Quoi alors ? J'ai bougé dans mon lit. *Billy*, ai-je pensé, *est-ce que c'est vous ?*

Le bruit, à nouveau. Ce n'était pas des pas. Était-ce même un bruit humain ? Je n'arrivais pas à l'identifier. La seule chose à laquelle j'ai pensé, c'est à la mer qui vient battre contre le sable – du moins, moi qui étais une fille enfermée dans les terres et ne savais rien de la côte, c'est ainsi que j'imaginais la mer.

Feux de joie

Du papier réglé, arraché à un bloc.

Mauvaise semaine, l'hiver est arrivé. Début novembre seulement, mais il y a de la buée quand je respire et les moutons restent toute la journée près de la mangeoire. Les marais sont durcis par la gelée. Ils sont recouverts d'une croûte blanche, c'est presque joli. J'ai envie d'aller me promener dessus, mais si je m'enfonce...

Ce soir on va brûler les cageots et les chaises cassées que le révérend B a empilés derrière l'église. Je vais mettre un chapeau. Comme toujours, je servirai le vin chaud, je sourirai, et je resterai jusqu'à ce que la dernière fusée du feu d'artifice ait éclaté quelque part de l'autre côté de la grand-route. Maman ne viendra pas. Cela lui rappelle sa jeunesse, et elle a horreur de ça. Elle déteste repenser au passé. Elle dit que c'est trop triste. Quand elle était petite, personne ne l'emmenait aux feux d'artifice, alors elle y allait toute seule, en cachette. C'est triste d'être toute seule à cette occasion. Personne à qui parler. Personne avec qui sursauter quand ça éclate.

Mais K viendra. Les hommes adorent venir voir les feux, j'ai remarqué ça. Les feux de joie, ça les attire comme des papillons de nuit. Le révérend allume les feux d'artifice, papa montre aux petits comment faire rôtir des guimauves, comme s'il avait le même âge qu'eux. K arrivera tard. Il me fera attendre. Il ne se mettra pas à côté du feu, mais assez près pour que je le voie. J'irai le retrouver – quand ? Avant le feu d'artifice ? Pendant ? Quand tout le monde regardera en l'air, moi, peut-être, je regarderai de son côté. Il va m'embrasser ce soir.

Le révérend Bickley se souvient de la présence de ma mère à ce feu de joie, en 1968. Ce fut une belle soirée, de l'avis de tous. Il y avait eu encore plus de feux d'artifice que d'habitude, et les gens étaient venus serrer la main du révérend pour le féliciter. Il avait collecté assez d'argent pour réparer la fenêtre de la façade ouest, et il avait sa photo dans le journal local. Je l'ai vue, il avait des cheveux assez fournis à l'époque. En quelque sorte, ma mère était son assistante. La jeune fille qui passait dans la foule avec un pichet de vin chaud, et restait à la fin pour jeter de l'eau sur les braises et ramasser les verres en plastique. Elle devait être magnifique dans ces soirées-là – les joues roses à cause du feu, et les yeux noirs. J'imagine très bien mon grand-père, penché sur le feu, une brochette à la main, parce que c'est ce que nous faisions à tous les feux de joie – accroupis en pleine chaleur, à laisser noircir nos guimauves. « Vas-y en douceur, me disait-il. Celle-là est prête. » Il était fait pour être grand-père. Si ma brochette prenait feu, si je perdais ce qu'il y avait au bout, il m'offrait la sienne. C'était les meilleures, à mon avis.

Quand j'ai pris possession de la boîte à chaussures, à dix-neuf ans, j'ai demandé au révérend Bickley : « Est-ce que ma mère a disparu, ce soir-là ? Est-ce qu'elle a eu un comportement bizarre ? »

Il a levé les yeux vers moi, en maintenant une pile de missels en équilibre avec son menton. « Bizarre ?

— Distraite. Absente. Je crois que mon père était là, ce soir-là, non ? C'est là qu'a eu lieu leur première vraie rencontre. »

Il a fait la moue. « Eve, tu me demandes de me rappeler une soirée qui date de vingt ans. Ma mémoire n'est plus ce qu'elle était. »

C'était beaucoup demander à un septuagénaire qui avait perdu sa femme, dont le cœur était usé, et qui se faisait du souci à cause des pigeons ramiers qui nichaient sous l'avant-toit de l'église. Pourtant, il se rappelait la présence de mon père. Il le revoyait assis sur une grosse bûche, tout seul, près du champ. Quant à ma mère, non, elle n'avait pas l'air d'avoir la tête ailleurs – en tout cas pas plus que d'habitude.

Mais, moi, je crois qu'ils se sont embrassés ce soir-là. Je n'en ai pas la preuve, mais j'en suis sûre. Après tout, au verso de la liste de courses de ma grand-mère, de la même encre bleue, elle a tracé des K partout. En italiques, en majuscules, en minuscules : le tout d'une écriture égale, mesurée.

Rosie

Une carte postale est arrivée aujourd'hui. Elle est de Gerry – mon meilleur copain de classe, le seul, en fait. Il est à Sydney, et tandis que j'écris, assise ici, je l'imagine se promenant sur le port au soleil, avec son sourire juvénile et des perles dans les cheveux. J'imagine des terrasses. Le bruit des sirènes des ferry-boats. Il demande de mes nouvelles. Il est parti voilà plus de six mois, et quand je lui avais demandé où il allait : « Là où cela me paraîtra bien », avait-il dit d'un air insouciant. C'était quinze jours après que je lui avais parlé du bébé – y avait-il un lien ? Est-ce que je devrais lui en vouloir, de s'être tiré vite fait ? Non, je ne lui en veux pas, même si je sais que la nouvelle lui a fait un certain effet, et je comprends pourquoi – une fois de plus, la différence d'âge, et la surprise. Je sais aussi qu'il me manque. J'aimais son humour caustique, sa sagesse. C'est difficile à faire passer sur des cartes postales ou des lignes de télé-phone grésillantes depuis l'hémisphère Sud. Mais je ne dois pas être égoïste. Je ne dois pas m'inquiéter qu'il n'ait pas encore annoncé la date de son retour.

En tout cas, la carte, c'est bon signe. Cela veut dire qu'il est heureux. Il a peut-être rencontré une fille – même si je ne pense pas qu'une beauté australienne bronzée soit tout à fait son genre. Mieux vaudrait une rêveuse aux pieds nus, une femme sereine avec qui il pourrait discuter philosophie dans un bar étranger. Je crois qu'à sa manière il est difficile. Gerry est un garçon intelligent qui a du cœur, et pourtant il n'a jamais eu de chance avec les filles. C'est comme s'il avait un idéal impossible à satisfaire. Il perd vite intérêt. Sur ce plan, nous sommes, dirait-on, le contraire l'un de l'autre.

Gerry, c'est la preuve qu'il y a une vie en dehors de la vallée de la Brych. Les habitants de Cae Tresaint ont tendance à penser le contraire. Mon grand-père m'avait toujours dit que Mrs Jessop n'avait jamais été plus loin que Llangollen, pour le « Eisteddfod », le concours de musique et de poésie. J'avais peine à le croire. « Même pas jusqu'à Swansea ? » avais-je dit.

Je suis encore ici, à Pencarreg, mais c'est seulement à cause de mon cœur. Sinon, je crois que je serais partie depuis longtemps. Après tout, j'ai du sang de voyageur dans les veines. Ma mère est partie quand j'étais encore lovée dans son ventre pour se rendre dans une ville où elle n'était jamais allée et dont elle ne savait rien, à part le fait que mon père pouvait s'y trouver. Il ne lui en fallait pas plus. Lui aussi vivait avec son sac à dos. Le pouce pour faire du stop, une cigarette, et une carte du monde dans la tête.

Gerry et moi, quand il faisait beau le soir, on restait assis, sur la crête près de la cabane de berger, à imaginer les endroits qui existaient au-delà de la Cardigan Bay. Le pays de Galles, disait Gerry, est un trou perdu, noyé sous la pluie avec trop de moutons et pas assez de voyelles. Il voulait de la chaleur et du sable, il voulait s'éloigner de ses parents. Il parlait de la Grèce, du Mexique, de l'Égypte, de l'Inde – des endroits lointains, odorants, brûlés par le soleil. « Viens avec moi, disait-il. Tu verras, ce sera bien. »

Mais nous savions tous les deux que cela ne se ferait pas. J'avais une bonne raison de rester, une raison qui avait des cheveux bruns et des yeux gris, sans compter une ferme à faire marcher, alors que Gerry en avait plus qu'assez et du rhume des foins, et des chemins où l'herbe pousse au milieu, et de ne pas pouvoir sortir le soir, et de ne pas avoir de travail. Et puis, certaines choses le taraudaient – il luttait je crois pour chasser l'image de Rosie pourrissant dans un buisson d'orties. Comme moi, il était hanté par ses cheveux blonds et son dos arqué alors qu'on la traînait comme une poupée désarticulée pour l'éloigner des regards.

Et puis, il y eut l'incendie de la grange. Mon poignet brûlé. Aujourd'hui encore, il ne supporte pas d'être dans une pièce avec une bougie allumée ; et il passe les allumettes consumées sous un robinet d'eau froide.

Donc il a toujours voulu partir. En Australie, disait-il, il y a des koalas et des kangourous – j'écoutais ces noms et j'en faisais dans ma tête le début d'une liste. Il y a aussi au centre un énorme rocher. Il disait que ce rocher était très ancien, plein de secrets. C'était son rêve, depuis que j'avais fait sa connaissance à la rentrée des classes : voir Ayers Rock. Encore maintenant, ces mots suscitent l'image de Gerry et moi assis dans l'herbe, buvant du Coca-Cola avec une paille, et grattant les croûtes de nos genoux d'été.

Il sera bientôt là-bas : *Dans deux semaines j'y suis !* a-t-il griffonné en bas de sa carte. Bon, et alors ? Qu'est-ce qui se passe quand vous arrivez à destination ? Quand votre rêve se réalise enfin ? Mieux vaut ne pas poser cette question. Ce serait tenter le destin ; et puis c'est du pessimisme. La réponse est simple : vous êtes heureux. Vous n'avez plus à chercher ailleurs.

Avec février arrivèrent les courlis. Ils passaient à grands coups d'ailes au-dessus des champs, en poussant leurs cris rauques qui faisaient se taire ma grand-mère. « C'est un bon bruit », concluait-elle, puis elle se remettait à repriser mes chaussettes.

Arriva aussi son anniversaire. Comme chaque fois, elle refusa qu'on y accorde la moindre importance, pour être finalement ravie qu'on célèbre l'événement. Je crois qu'elle en fut heureuse. J'avais dépensé tout mon argent de poche pour lui acheter un peigne scintillant à mettre dans ses cheveux, et elle le porta toute la journée en se tapotant la tête pour vérifier qu'il était toujours bien en place. Daniel était arrivé avec une bouteille de vin et me montra comment la déboucher. Mrs Maddox hissa ses formes arrondies jusqu'à la ferme pour apporter un assortiment de pots de confitures faites maison : prunes de Damas, groseilles à maquereau, rhubarbe. « *Penblwydd Hapus !* », annonça-t-elle. Je dus avoir l'air perplexe, car Daniel se pencha vers moi et me dit : « Pour toi ou pour moi, ça veut dire bon anniversaire. » Le révérend Bickley passa lui aussi, et il déposa entre les mains de ma grand-mère une boîte de caramels ornée d'un ruban. Quant à mon grand-père, il revint de la ville avec quelque chose qui glissait et sentait fort, dans un sac en papier kraft, et ce soir-là nous fîmes un excellent dîner – du bar tout frais acheté chez Mr MacAvoy à Lampeter, pêché par son fils dans son propre bateau, près de la péninsule de Gower. Le poisson était superbe, même si les arêtes qui ressemblaient à des moustaches me déroutèrent un peu. Et puis il n'était pas frit. Je fus surprise de découvrir qu'il existait plusieurs façons d'accommoder le poisson.

Ce mois-là, Daniel m'emmena pour la première fois à la foire aux bestiaux de Llandovery. Je me rappelle les cris, l'odeur nauséabonde, le bruit des sabots sur le métal. Les hommes discutaient au-dessus de ma tête. Certains me faisaient un clin d'œil. L'homme aux yeux verts de Cae Tresaint était là et, en passant près de moi, il m'a caressé les cheveux. Je me balançais aux barreaux, je posais la paume de ma main sur les naseaux des bouvillons qui haletaient dans leur parc. Daniel avait peur de me perdre : « Ne t'éloigne pas, passait-il son temps à me dire. Tu imagines, qu'est-ce qu'on ferait sans toi ? » Il s'inquiétait pour rien, car je ne m'éloignais guère.

Et puis des fleurs anonymes arrivèrent. Je trouvai une poignée de jonquilles précoces posées sur la porte, près du gratte-pieds. « Tiens, des jonquilles », dit ma grand-mère, sans sembler remarquer qu'elles étaient encore vertes et fermées comme des palourdes. Même s'il n'y avait pas de nom inscrit, nous avons supposé qu'il s'agissait d'un cadeau d'anniversaire. Elles furent installées à la place d'honneur sur le rebord de la fenêtre de la cuisine. *Narcissus*. Elles mirent plus d'une semaine à s'ouvrir, mais, une fois ouvertes, tout le monde reconnut qu'elles égayaient beaucoup la cuisine.

Tout de même, quand je repense à ce mois de février, ce qui me vient d'abord à l'esprit, ce ne sont pas les courlis, ni le bar, ni même le marché.

Je me souviens de la pluie qui tapait jour et nuit contre les carreaux ; et de ma grand-mère qui avait posé une balle de foin devant la porte pour servir de barrage ; et de Mrs Maddox, venue nous emprunter des seaux quand l'eau s'était mise à couler sur sa galerie. « C'est que je risque de me noyer ! gémissait-elle. Je vous jure. » Sur la grand-route, on avait installé des panneaux annonçant le risque d'inondation – *ARAF ! LLIF !* – et notre tracteur avait dû aider à désembourber une voiture. Les poules restaient à l'abri et les chiens de berger empestaient. Les cheveux de mon grand-père étaient plaqués sur son front comme des algues.

Et je me souviens qu'à la Saint-Valentin, alors que les brebis pantelantes étaient entassées dans la grange, la Brych a finalement débordé, et la boue est arrivée.

La boue – un petit mot timide qui n'a l'air de rien, une syllabe inoffensive.

Inoffensive, c'est vite dit. C'est avec la boue que tout a commencé.

Quelle sorte de boue avais-je connue, jusque-là ? La boue des villes, la vase dans les flaques d'eau. Rien à voir avec cette boue envahissante, sournoise, aussi rusée qu'une grosse couleuvre qui se rapproche subrepticement dès que vous avez le dos tourné. Au début, j'étais ravie, c'était idéal pour faire des pâtés, des boules qu'on pétrissait et qu'on lançait et j'en avais lancé une en plein sur la nuque de Lewis. Bien visé. Il avait hurlé, et je m'étais cachée derrière le rocher en forme de cœur, là où il ne pouvait pas me voir. Il avait cherché en vain. Je l'avais entendu pester en retenant mon souffle, et j'avais attendu tapie là qu'il s'en aille.

Quant à Billy, je m'étais mise à observer toutes les empreintes de pas sur le chemin. *Est-ce que vous êtes là ?* murmurais-je en direction des buissons, espérant voir apparaître son visage rouge. Mais je savais que c'était peu probable. Je n'avais rien trouvé qui aurait pu lui appartenir. Juste un ruban de soie bleue, un jour, dans la fosse sous le parc à bovins, que je laissai pourrir sur place. Ce n'était pas un temps à aller se promener dans les collines, même pour une écervelée comme moi.

Et je revois aussi, avec une grande netteté, le soir où j'ai été prise dans la boue. J'ai trébuché dans le pré aux vaches et, tout d'un coup, le sol m'a retenue. J'ai été saisie de panique. J'ai pensé aux marécages près du Tor, qu'il fallait éviter à tout prix, et je me suis dit que j'allais sûrement mourir. Je ne voulais pas. Je n'étais pas prête. Je me sentais m'enfoncer, j'ai appelé tout haut ma mère, et je me suis tortillée en poussant des cris jusqu'à ce qu'on me découvre. Ma grand-mère se moqua de moi en me faisant couler un bain, et m'assura que bien sûr je ne serais pas morte. Mais moi j'en avais eu la certitude. J'avais regardé le ciel hivernal et je lui avais fait mes adieux.

C'était encore pire pour les animaux. Les moutons chargés de leur toison d'hiver couraient moins vite, si bien que ce mois-là les renards nous en tuèrent plus que d'habitude. Quant aux brebis, elles commencèrent à mettre bas dans la grange. Elles pantelaient et transpiraient tandis que la pluie tambourinait sur le toit, et moi, chaque fois que je le pouvais, je venais les regarder, assise sur une botte de foin. Mon grand-père et Daniel arrachaient la pellicule bleuâtre qui recouvrait les nouveau-nés, et leur écrasaient les naseaux jusqu'à ce que l'agneau réagisse et se secoue en bêlant. « Qu'est-ce que tu dis de ça ? » demandait mon grand-père. Mais ils me faisaient de la peine, ces agneaux. Qu'est-ce qui les attendait, sinon un monde plein de boue, de pluie, de dents acérées ? D'ailleurs certains mouraient à la naissance. Ils ne ressemblaient pas du tout à des moutons, on aurait plutôt dit des oiseaux bruns, gluants, avec les ailes cassées. Ils sentaient affreusement mauvais. Daniel les entassait dans une brouette et les brûlait près de la maison, sous le vent. Mais cela ne donnait pas un très beau feu de joie, par ce temps.

Et puis mon grand-père se faisait du souci.

Il faisait les cent pas la nuit. Je le retrouvais dans la cour où il semblait guetter un bruit. L'instinct peut-être, comme lorsqu'on se sent surveillé alors qu'on se croyait seul. Il jetait les épis de maïs avec le foin. Il faisait ce qu'il pouvait, se rappelant des événements antérieurs. Mais au moment même où la pluie commençait à se calmer, arriva le piétin.

Phlegmon interdigital. Les sabots des vaches se remplissent de pus noir ; les tissus se nécrosent, l'odeur est pestilentielle. Je passai trois jours à me boucher le nez, les yeux plissés. Et ce fut la première fois de ma vie que j'entendis un homme pleurer – mon grand-père, derrière la porte de la salle de bains. Cela me surprit – on pouvait pleurer pour une simple histoire de boue ? Qu'est-ce qui pouvait l'attrister, à part ça ? Immobile devant la porte, je ne savais qu'une chose, c'est que les hommes ne sont pas faits pour pleurer. Ça ne leur va pas. Ils sont faits pour d'autres choses, concluais-je.

Depuis, je n'ai entendu qu'une seule autre fois un homme pleurer. Mon grand-père, encore, dix ans plus tard, à l'hôpital cette fois, debout dans la lumière froide de la salle d'attente, alors que je lui annonçais que sa femme était morte. *Non*, répétait-il, *non*. Quand je l'ai serré dans mes bras, il me parut aussi frêle qu'une feuille d'arbre.

C'était un mardi. Quand je me suis réveillée, il y avait du crachin et un courant d'air parcourait la maison, agitant papiers et rideaux. En bas, j'ai trouvé la porte d'entrée grande ouverte, alors je suis sortie en bottes et en robe de chambre.

« Qu'est-ce qui se passe ? » ai-je demandé.

On m'a ordonné de rentrer. J'ai protesté, mais on m'a fait taire sèchement. Daniel m'a repoussée à l'intérieur vite fait et a pris le téléphone, laissant dans son sillage son odeur de tabac. Lewis, lui, m'a rabrouée dès que j'ai commencé à le harceler de questions : « Tais-toi, idiote ! » Dans la cuisine, je me balançais d'un pied sur l'autre, ignorant ce qui s'était passé et ce qu'il fallait faire.

« Les vaches vont mourir ? » criais-je en pleurant.

Des inconnus sont venus nous aider ce jour-là – enfin des gens que je ne connaissais pas à l'époque. La cuisine était devenue un endroit étranger, plein d'odeurs inhabituelles, de marmonnements en gallois, de thé refroidi. Je traînais près de la porte, ne sachant pas quoi faire de moi. Il y avait des types en pull troué, avec des mentons mal rasés, adossés à nos murs ou assis sur ma chaise, et le chat s'était réfugié sous mon lit. Il y avait là le docteur Matthews, le révérend, Mr Wilkinson, et je reconnus l'homme aux yeux verts, celui de la maison blanche – comment s'appelait-il, déjà ? Comment se fait-il que j'aie oublié ? *Comment ?* Je décidai de me faire toute petite.

Je passais le plus clair de mon temps dans la grange avec les agneaux, ou alors le menton appuyé sur le rebord des fenêtres, à regarder les vaches patauger dans des bains de formol, à examiner le dos du vétérinaire qui grattait les sabots et perçait les abcès.

De nouvelles rides se creusèrent sur le front de mon grand-père. Il se passait lentement l'index sur la lèvre inférieure, en plissant douloureusement ses yeux, quand il pensait qu'on ne pouvait pas le voir. Je voulais le rejoindre. L'aider à se sortir d'affaire, comme ils m'avaient aidée avec ma grippe. Mais, à huit ans, que pouvais-je faire ?

Quand Mrs Maddox entra dans la cuisine, je courus me jeter dans ses bras. Elle était ronde et tiède et me serra contre son cœur.

« Tout doux, me berça-t-elle. Tout va s'arranger, minette. On les emmène dans un autre champ. Dans un endroit plus sec, elles en ont de la chance. »

Quel autre champ ? me disais-je. Nous n'en avions pas d'autre assez grand.

Et c'est ainsi qu'à la fin de l'après-midi, une fois les foules dispersées et le vétérinaire rentré chez lui, une fois l'odeur pestilentielle atténuée, dans la fatigue générale nous avons déplacé les vaches en les guidant à coups de bâton. Elles descendirent le chemin d'un pas lourd en balançant la tête, jusqu'à une clôture que je n'avais jamais remarquée, cachée qu'elle était par des buissons de ronces et d'aubépines.

« À qui appartient ce champ ? » ai-je demandé à ma grand-mère.

Elle a soupiré : « On n'en sait rien. On n'a jamais su. Ce n'est pas à nous, ni à Mrs Maddox, mais il est vide et c'est le seul champ à des lieues à la ronde qui ne soit pas un vrai bourbier. »

Elle avait raison. Le champ n'était pas labouré, le terrain était sec. Il descendait jusqu'à une rangée de tilleuls – rien que de l'herbe et des taupinières. Un talus couvert d'orties le bordait à droite. Les vaches en prirent possession. J'étais là sous la pluie, bien triste.

Daniel s'appuyait lourdement à la clôture.

« Qu'est-ce que ça veut dire ? » lui ai-je demandé.

Ça voulait dire que mon grand-père passait ses soirées à faire des additions et à se frotter les yeux de la paume de la main. Que ma grand-mère prenait des cachets avant de se coucher. Et qu'on m'envoya dîner chez Mrs Maddox deux soirs de suite, pour que je ne dérange personne, et qu'on continua à donner du zinc aux vaches pendant quinze jours. Je regardais l'ancien champ ; elles me manquaient. Le lendemain, quand je suis allée leur rendre visite, j'ai vu la grange en ruine à moitié cachée par les hêtres. Un endroit insolite, un peu inquiétant, et je me suis juré d'y aller un jour.

Mais la maladie des vaches eut une autre conséquence : à notre retour un peu avant six heures du soir, Rosie Hughes attendait devant notre grande porte en chêne. Elle avait son anorak rose, son jean brodé, elle se balançait sur ses patins à roulettes, et nous regardait de ses grands yeux pleins d'assurance.

Rosemary Anne Hughes – ce nom est connu de tous par ici. Il apparaîtrait bientôt sur les pancartes, les affichettes, à la une des journaux. Les gens le crieraient, les mains en porte-voix. On lui avait donné ce prénom, « Rosemary », le romarin, parce que lorsque sa mère avait prématurément accouché sur le plancher de la salle de séjour, le parfum de la bordure d'herbes aromatiques était si fort que ce fut la seule chose qu'elle remarqua. Je n'avais jamais senti de romarin jusqu'au jour où, en passant devant leur fenêtre, un soir, j'en avais arraché une poignée. C'était un parfum épicé, poivré, et il était resté sur mes mains pendant des heures. À partir de ce jour, chaque fois qu'on mangeait du gigot, je pensais à elle.

S'il y avait dans notre village une famille riche, c'était bien les Hughes. Ils habitaient une grande maison de brique à laquelle menait une allée de gravier bordée de sapins qui cachaient presque entièrement la maison. Je ne savais pas trop ce que faisait Mr Hughes, d'ailleurs personne ne le savait, car on ne le voyait guère. Mais il portait un costume-cravate, travaillait à Swansea, et gagnait assez d'argent pour offrir à Mrs Hughes des broches de diamants et un vélo d'intérieur dans le salon. Il eut également assez d'argent pour obtenir un divorce qui ne laissa rien à sa femme, un an à peine après la disparition de Rosie – ce qui n'était guère sympathique. Cae Tresaint avait exprimé sa réprobation. Ma grand-mère s'était mise en colère. Elle tapait sur la viande pour l'attendrir avec une rage renouvelée, plissait ses yeux et déclarait à Mrs Maddox :

« Mais qu'est-ce qu'ils ont, ces hommes ? Ils se tirent toujours au pire moment. C'est notre faute, à nous ? On est trop bêtes ? Est-ce qu'ils finissent tous par être des salauds, un jour ou l'autre, ou c'est juste quelques élus ? »

Mrs Maddox n'était pas la mieux placée pour répondre. Feu Mr Maddox avait été un saint, en tout cas c'est ce que l'on disait. Quand sa femme jouait des chansons d'amour au piano, il l'accompagnait. Quand elle n'avait plus de savon, il lui en glissait un tout neuf sous son oreiller pour lui faire une surprise. L'important, ce sont ces petits riens, me disait-elle, les yeux tout illuminés, lorsque je fus plus grande. Tu vois, Evie, *les beaux gestes, c'est très gentil, mais l'amour, c'est aux petits riens qu'on le reconnaît.*

« C'est un sale type, voilà tout, répondait Mrs Maddox avec bonne humeur en sirotant son sherry. Ils ne sont pas tous comme ça, heureusement. Regarde ton Dewi, par exemple. Ou Daniel, tout est bon chez lui. Tu le sais aussi bien que moi. Ah ! c'est quelqu'un, ce Daniel. Celle qui l'attrapera un jour aura de la chance, c'est sûr. »

Rosie était fille unique. On lui avait fait percer les oreilles, dans les meilleures conditions, et elle portait deux petits anneaux d'or, avec un bracelet d'or assorti. De l'or gallois, bien sûr, extrait du sol que nous foulions. Ses cheveux étaient d'un blond si éclatant qu'on aurait pu les croire teints. Presque blancs au soleil, ils rendaient ses yeux encore plus bleus ; c'est ce que je n'aimais pas chez elle – non le fait qu'elle ait des cheveux si différents des miens, mais la couleur de ses yeux. À côté, les miens faisaient terne. L'envie germait en moi, comme une petite pousse blanche sur un haricot.

Elle dessinait bien. Je me rappelle que ses œuvres étaient affichées dans le hall de l'école, et elle créait elle-même ses cartes de Noël. Je l'avais regardée un jour jouer à qui lance sa baguette le plus loin, sur le pont en dos d'âne de Tregaron, et elle choisissait son bout de bois avec soin, comme si ce jeu était vital. Tous les garçons voulaient l'embrasser. Une ou deux fois je m'étais approchée d'elle, en lui disant « chi-che ! » – pour grimper à un arbre ou manger une feuille d'ail sauvage, en espérant la mettre en difficulté. Mais elle refusait toujours avec un sourire entendu. Sous l'uniforme que nous portions à l'école, j'avais un jour aperçu de la dentelle blanche, et cela m'avait fascinée. Qu'est-ce qu'elle faisait là, cette

dentelle ? Est-ce qu'un jour j'en aurais moi aussi ?
Voilà ce dont je me souviens.

Si elle n'avait pas disparu, elle aurait sûrement
peint. Elle serait devenue une artiste, peut-être, dans
une maison au fond des monts Cambriens. Elle se
serait mariée, sûrement – qui n'aurait voulu l'épouser, avec ses yeux, et ses longs cheveux blonds ?

Et les patins à roulettes – je déteste le bruit qu'ils
font. Je déteste ce roulement impétueux, comme des
vagues qui se brisent contre le sable. À Newcastle
Emlyn, il n'y a pas si longtemps, j'ai croisé une fille
qui filait en pleine rue sur ses patins. J'avais envie de
la faire tomber, rien que pour arrêter le bruit. Comment Rosie arrivait-elle à monter chez nous en patins ?
Tout le monde se posait cette question. Une seule
réponse, elle devait être plus athlétique qu'on ne le
croyait, elle devait avoir une force cachée. C'est ce
qu'on a dit à Mrs Hughes, les premiers jours, pour
la réconforter avant qu'on ose parler d'enlèvement.

Mais ce soir-là, où la cour sentait le désinfectant
et où nous avions les chaussures couvertes de boue,
elle se tenait sur le pas de notre porte, tout à fait
vivante. Elle avait apporté une quiche, dans une
vieille boîte à biscuits. « Maman a dit que vous seriez
peut-être trop fatigués pour faire la cuisine ce soir. »

C'était gentil de sa part, j'étais obligée de le reconnaître. Ma grand-mère a manifesté son appréciation,
d'une voix lasse. J'ai regardé dans la boîte, j'espérais
y trouver une tarte aux fruits ou un crumble.

« C'est très gentil de sa part, Rosie. Remercie-la
pour nous. N'y manque pas.

— Comment vont les vaches ?

— Bien, pour la plupart. On a arrêté la maladie,
c'est le principal.

— Et les moutons ?

— Ça va. On a des agneaux. Tu veux les voir ?

— Et comment va Daniel ? »

J'ai levé les yeux. J'ai observé la façon dont ses cheveux bouclaient près de ses oreilles, et ses bijoux, et son jean brodé, j'ai regardé ses patins roses avec des bandes argentées brillantes sur les côtés. Douze ans, ça me paraissait vieux.

« Il va très bien, merci », ai-je dit.

Elle m'a regardée droit dans les yeux. Tout à coup, je me suis sentie moche, avec une vilaine peau. « Ah ! tu dois être Evangeline. »

J'ai emmené Rosie voir les agneaux dans la grange. Je ne voulais pas, mais ma grand-mère m'a fait les gros yeux. *Ne sois pas timide*, disaient-ils. *Pas aujourd'hui.*

Il faisait chaud dans la grange, et ça sentait fort. La paille et le fumier collaient sous mes bottes. Les brebis nous ont regardées d'un air méfiant tout en mâchouillant. J'ai montré à Rosie les nouveau-nés, les jumeaux, ceux qui nous avaient causé du souci, l'orphelin. « Celui-là, on le nourrit au biberon, ai-je expliqué, comme un bébé. »

Je pensais que Rosie allait s'extasier, s'attendrir, mais elle s'est contentée de se frayer un chemin dans la paille avec ses patins, les mains sur les hanches.

« Tu es contente d'être rousse ? » m'a-t-elle demandé.

J'ai fait un geste d'indifférence. « Ça m'est égal.

— Peu de gens ont des cheveux comme les tiens. » Elle a fait demi-tour.

« Et alors ? C'est pas interdit.

— Non, je sais bien. Maman dit que tes cheveux sont spéciaux. Ça veut dire que tu es entêtée et – elle écarquilla les yeux – … et que tu n'as pas de cœur.

— C'est faux ! me suis-je écriée.

— C'est vrai.

— Qui dit ça ?

— Tout le monde. Tout le village. Et Daniel aussi. Il m'a dit de me méfier des roux.

— Quand ça ? »

Elle a passé une mèche de cheveux derrière une oreille. « Avant ton arrivée. Je le connais depuis très très longtemps. Bien plus longtemps que toi. Il dit que les rouquines sont des menteuses. Il dit qu'il faut se méfier parce qu'elles prennent les cœurs et les piétinent. »

Des cœurs piétinés ? Je pensais au chewing-gum qui colle à la semelle, à la paille que j'avais sous les pieds, à un escargot écrasé sous la chaussure. Et Olwen, alors ? Et ses cheveux tout bouclés ? Daniel avait tiré sur mes boucles, puis il les avait relâchées. *Ils te vont très bien*, avait-il dit.

« C'est toi la menteuse, ai-je déclaré d'un air méchant. C'est toi ! »

Elle m'a observée un moment, la tête un peu penchée. « Non, je te dis la vérité, Evangeline. Demande à n'importe qui. Même Billy Macklin le sait. » Elle a souri. « Et pourtant il est *fou !*

— Il n'est pas fou !

— Tu l'as rencontré ? » a-t-elle demandé, en levant les sourcils.

Je mourais d'envie de répondre oui, oui, je l'ai rencontré, il est très intelligent, et c'est toi qui es folle. Mais je ne pouvais pas. L'avoir aperçu une seconde sous la pluie, ça ne suffit pas pour dire qu'on a rencontré quelqu'un, et si je le disais, cela faisait de moi une menteuse, comme elle. « Non, ai-je lâché, de mauvaise grâce. Mais je vais le rencontrer bientôt.

— Sûrement pas. Personne ne l'a vu depuis des années. Il se cache, mais lui, il voit *tout* ! » Sur ses patins elle s'est lentement approchée de moi. En se penchant pour toucher un agneau, elle a murmuré : « Il a la tête écrabouillée. Pleine de sang, affreuse. *Horrible !* »

Ne dites pas de mal des morts. Qui a dit ça ? Ai-je tort, alors, de déclarer que je l'ai tout de suite détestée ? Dès le premier jour ? Que tout en elle me mettait mal à l'aise et m'attristait ? Que je voulais la voir quitter notre cour et ne plus jamais y remettre les pieds ?

« Daniel est là ? a-t-elle demandé. Il est dans sa caravane ?

— Non, il n'est pas là », ai-je répliqué d'un ton sec.

Je l'ai regardée redescendre le chemin en patinant pour rentrer chez elle. Ses patins brillaient dans l'ombre. Tout d'un coup, j'y repense : ils n'étaient pas couverts de boue, comme par magie. C'était étrange. Un jour viendrait pourtant où on les retrouverait boueux – l'un des deux en tout cas.

Je la revis au cours des neuf semaines qui suivirent – à l'épicerie du village, à Lampeter, sur le terrain de jeux de Saint-Bart quand mes grands-parents décidèrent que j'étais suffisamment guérie pour qu'on puisse m'y envoyer. Et je l'apercevais de temps en temps sur notre chemin ombragé, tourbillonnant sur ses patins comme une danseuse. Mais nous n'eûmes plus jamais de vraie conversation. Ce fut l'unique fois. Voilà tout ce que nous nous sommes dit – que les rouquines sont malfaisantes et que Billy était fou. Nous n'avons jamais été amies, nous n'avons jamais compté l'une pour l'autre. Voilà le souvenir que je garde de Rosie, celui de notre première rencontre ce soir-là, dans notre cour dégoûtante du mois de février, sous un ciel gris de prison, avec des miasmes dans l'air, et je la vois briller au milieu de tout ce gris. Elle irradiait. Sa peau, ses cheveux, son sourire, tout était parfait.

Mrs Maddox me dit un jour que les fleurs blanches étaient encore plus belles le soir, que je devais toujours en mettre sur ma table quand je donnerais des dîners. Elle était optimiste – quand est-ce que je donnerais des dîners ? Et pour qui ? Mais son conseil me fit penser à Rosie. Je passais près des clématites ou des mille-feuilles, et je croyais la voir patiner à mes côtés. Le cerfeuil sauvage aussi me faisait cette impression, mais pas le jasmin. Le jasmin, ce n'était pas sa fleur. Il en poussait sur le mur derrière le cottage rose, et je ne voulais pas qu'il soit pour elle. Non, il n'était pas pour elle.

Daniel et moi nous parlons encore de Rosie. Pas souvent mais de temps en temps, nous écoutons les nouvelles ou lisons un journal, et son nom revient. *Rosie Hughes*. Il y a un an, des rumeurs ont couru de nouveau. Un type qui promenait son chien avait trouvé des ossements enterrés dans la forêt de Brechfa. Je revois Daniel me racontant ça, sa main fraîche et agréable sur mon bras rougi par un coup de soleil, et pendant trois jours nous n'avons pratiquement pensé qu'à cela. Nous espérions qu'il s'agissait d'elle, que l'on pourrait rassembler ses restes, la ramener à Saint-Tysul, et l'enterrer près de sa mère avec des fleurs sur sa tombe. Le soir, nous restions silencieux en y pensant. Mais ce n'étaient pas des os humains. Un cerf, a-t-on fini par conclure. Une erreur facile. Encore une fausse alerte, une de plus, vingt ans après sa disparition.

Pour moi elle aura toujours douze ans – sur des patins à roulettes étincelants. Blonde, immaculée, apportant une quiche dans une boîte à biscuits. Il s'est passé quelque chose entre nous dans la grange remplie d'agneaux ce soir-là. Au-delà de l'échange désagréable et du sentiment d'aversion. Une sorte d'entente. Je ne sais pas de quelle nature. Mais je me sentais bizarre en allant me coucher ensuite. Comme si nous étions deux créatures d'espèces différentes, chacune se dirigeant de son côté, qui s'étaient croisées dans la grange ce soir-là.

Le prédicateur

Quand je me suis étirée, K a vu ma tache de nais-
sance. Elle me fait horreur et je le lui ai dit. Mais, il
m'a prise par la taille, il s'est penché et il m'a embrassée
à cet endroit-là. Si je le leur disais, ils désapprouve-
raient tous. Mais je ne le dirai pas. C'est à nous. Et je
veux que cela le reste.
Je le retrouve ce soir, à 8 h 30.

C'est comme ça. Les enfants ont horreur de leurs
défauts physiques – on les montre du doigt, on leur
pose des questions indélicates. Mais, en grandissant,
on y accorde moins d'importance. Une fois adultes,
ce ne sont plus que des traits particuliers, des curio-
sités, qui nous rendent différents. Prenez par exemple
la marque de vaccin de Gerry, ou la cicatrice que j'ai
au poignet. Je n'étais pas la seule à chérir le petit
bateau plongeant de ma mère. Nous sommes deux à
avoir voulu toucher ce petit coin de peau tout lisse,
couleur de miel.

Je mesure un mètre soixante-quinze. C'est grand,
pour une femme. Si je m'assieds sur la marche du
bas et que j'étends les jambes, je peux toucher la
porte de la cuisine – cela ne sert à rien, mais je suis
la seule à pouvoir le faire dans la maison. Je suis pâle,
si pâle par endroits que mes veines sont bleu roi. J'ai

des taches de rousseur presque partout. Bien entendu, j'en ai beaucoup souffert pendant toute mon adolescence – si seulement elles voulaient bien se rejoindre entre elles, me disais-je en bougonnant, je serais déjà mieux. Et maintenant ? J'en ai tout un petit groupe sur l'omoplate gauche qui, prétend Daniel, ressemble à une tulipe. Je ne suis pas convaincue. « Je te jure », m'a-t-il dit et, pour me le prouver, pendant que je dormais, il l'a dessinée en pointillé. Il avait raison, si on regarde un peu de travers. Je me suis tortillée devant la glace et j'ai vu une tulipe bleue dessinée au stylo-bille qui fanait doucement.

Il a dit que cela servirait à m'identifier, si un jour on me retrouvait découpée en morceaux.

Le vieux pré des vaches derrière la maison, vide aujourd'hui, était devenu le point de ralliement des pies et des freux. Ils sautillaient au milieu de la boue, et ramassaient le foin fané et les branches que nos bêtes avaient arrachés puis abandonnés. Ils construisaient leurs nids, je le savais. Une colonie de freux s'était installée près de la plantation de pins. Quand je me promenais par là, je les entendais piailler au-dessus de ma tête.

Comme le temps s'améliorait, je pouvais rester plus longtemps sur la crête. J'emportais de vieilles couvertures et un pique-nique jusqu'à la cabane, et je passais des heures à regarder les nuages tout en réfléchissant. Qui piétinait des cœurs comme l'avait suggéré Rosie ? Pas moi. Je n'étais pas coupable. Mais alors qui ? Y avait-il d'autres rousses que je n'avais pas encore rencontrées ? C'était peu probable. Je me souvins de Mr Phipps – *J'ai entendu parler de ces boucles*, avait-il dit. Et je repensais à Daniel. Il était à moi, pas à elle. Le petit germe croissait en moi.

Je voulais trouver Billy Macklin. Je voulais même toucher son visage, pour prouver qu'elle se trompait. Je voulais lui parler des rouquines, à lui qui savait tout. C'est bien ce qu'elle avait dit. Comme tout le monde, il pouvait m'apprendre des choses – sur moi, sur K. Mais lui, on l'avait oublié. Personne ne le voyait, personne ne s'inquiétait de lui ; si je le rencontrais, qui le saurait ? Si je lui parlais de sujets défendus, comment ma grand-mère pourrait-elle l'apprendre ? Je savais qu'il serait mon secret. Je me promenais au milieu des moutons en me demandant si eux l'avaient déjà vu – un type avec une écharpe grise et une tache en forme de mûre, qui traversait leurs champs à grands pas, la nuit.

Ma grand-mère sentit que je changeais. Elle pensait que c'était à cause du piétin, sans doute, parce qu'elle me répétait sans cesse que les vaches étaient tirées d'affaire, que je n'avais plus à m'inquiéter. « Pleure un bon coup, si tu veux, me disait-elle. Peut-être qu'après tu te sentiras mieux. »

C'est à cette époque-là aussi que j'ai croisé le prédicateur.

J'attendais devant l'épicerie de Lampeter. Ma grand-mère n'avait plus de lessive et elle refusait absolument d'aller chez Mr Phipps. « Ce salaud ? J'aimerais mieux mourir », déclarait-elle. Elle faisait donc la queue, un carton dans les bras. Je m'ennuyais. Je suis sortie.

Il était debout au coin de la rue avec un panneau sur le dos, où on lisait : LE ROYAUME EST TOUT PROCHE. Personne ne faisait attention à lui, ou du moins on prétendait ne pas le voir. Il se balançait un peu, les yeux levés au ciel. Il me parut infiniment triste, alors qu'il renversait la tête et criait avec un fort accent gallois : « Repentez-vous ! Il n'est pas trop tard pour être sauvés ! »

Cette nuit-là, j'ai rêvé de lui.

Je sais que c'est à cause de ce qui a suivi que je parle de lui. Je sais que sur le moment il ne représentait pas grand-chose pour moi. Était-ce un présage ? Les présages existent-ils, d'ailleurs ? Tout ce que je sais, c'est que je n'ai jamais revu cet homme. À Lampeter en vingt et un ans, pas une seule fois. Il n'y eut que cet après-midi de printemps.

Malgré tout, je mentirais si je disais que ces paroles ne me sont pas revenues à l'esprit au cours des mois qui ont suivi. Une fois les lumières éteintes, j'y repensais, et cela me rendait triste.

Le piano à queue

Rien sur Terre n'était comparable au cottage rose de Mrs Maddox. C'était un endroit remarquable. Il était tapi en bas de notre chemin, et il possédait un potager et un magnolia. J'ai toujours adoré ce magnolia – il est toujours là, et en avril il continue à perdre ses pétales blancs, dodus, aussi lisses et aussi grands que des assiettes. Le vent les pousse jusqu'à la porte du pub. Ils sont magnifiques. Leur odeur mérite qu'on s'y arrête.

Mrs Maddox n'était pas une maniaque de l'ordre et de la propreté. Son entrée se composait d'un porte-chapeaux écossais et d'un vase de plumes d'autruche. Les toilettes du bas exhibaient une assiette ridicule d'Elvis Presley ; une machine à écrire cassée servait à retenir la porte. Elle n'avait pas non plus un grand sens pratique. Elle cachait ses clefs dans les impatiens, laissait traîner des chaises et des tasses de thé dans le jardin jusqu'au lendemain, et s'endormait parfois en laissant sa porte ouverte. Ce n'était pas qu'il y eût grand-chose à voler.

Ses murs étaient magiques, eux aussi. Des tentures chinoises, soyeuses, oniriques, montraient des arbres déployés en largeur et des ponts bien dessinés. Vous êtes déjà allée là-bas ? lui ai-je demandé. Pour moi la Chine était un endroit délicat, tranquille. Elle a fait non de la tête, expliquant que celui qui aimait l'aventure, c'était Mr Maddox. Un homme en costume de safari beige, peut-être, avec un grand sourire et un verre à la main ? C'était des cadeaux qu'il lui avait rapportés quand ils s'étaient fiancés à son retour. « Comme si son retour n'était pas déjà un cadeau », avait-elle soupiré.

Quant à sa cuisine, c'était un laboratoire effervescent aux odeurs aigres. C'est là qu'elle confectionnait ses confitures et ses conserves, avant de les vendre en jolis pots recouverts d'une toile à carreaux rouges et blancs, dans une boutique de Lampeter. Une pancarte sur la route annonçait son commerce – AR WERTH/ VENTE DE CONFITURES. Après sa mort, il y a quatre ans, on a oublié d'enlever la pancarte. Il a fallu un sécateur et toutes mes forces pour réussir à la retirer. Mrs Maddox avait largement dépassé les quatre-vingt-dix ans. Dans cette cuisine, il y avait des bassines à confiture, des grandes casseroles, des poêles et des petites casseroles pour le lait. Elle faisait pocher des fraises, des prunes de Damas, et des mûres âcres et pleines de pépins, cueillies au bout de notre allée. Elle faisait de la compote de pommes, de poires et de rhubarbe. À la fin de l'été, elle me payait pour que j'aille au milieu des ronces cueillir des prunelles dont elle enlevait les épines, et qu'elle faisait macérer pour en faire du gin. C'était un puissant breuvage. Je ne me souviens d'avoir vu ma grand-mère ivre qu'une seule fois, et c'était après avoir passé la soirée au cottage rose. Ce soir-là, je m'étais penchée par la fenêtre de ma chambre pour l'entendre babiller dans la cour avec Daniel qui la tenait par le coude, disant oui à tout ce qu'elle disait, avec ses cheveux soyeux qui brillaient.

Mrs Maddox était également pianiste, si l'on peut dire. Elle avait un piano à queue dans sa salle à manger, et, le soir, elle en jouait en fredonnant des airs nostalgiques – Cole Porter, comme je l'ai appris. Parfois, je ralentissais sur le chemin pour écouter ces chansons désuètes, l'amour sur fond de cocktails, de perles et de gants de soirée. Son époque, pas la mienne, une époque dont je n'avais rien connu. Elle avait encore une belle voix pour son âge. « J'étais une beauté », m'avait-elle assuré. J'avais du mal à associer cette veuve décatie avec la jolie fille qu'elle avait dû être. Quand on est jeune, on croit que les personnes âgées sont nées comme ça.

Mais si je venais la voir, ce n'était ni pour ses confitures ni pour Cole Porter.

« Je suis aussi galloise que le dragon, tu sais », affirmait-elle. Et c'était la vérité, car il n'y avait pas une légende, une anecdote du folklore gallois qui ne soit répertoriée dans sa tête. La Rhondda, les Cinq Nations, *Pobol Y Cwm*, les milans rouges, les canots d'osier, la légende de Gellert le chien fidèle – tout était là, serré comme des baies dans un bocal.

Et puis, surtout, elle connaissait Cae Tresaint. Elle connaissait les habitants, et savait ce que chacun faisait. C'était une vraie commère, en somme, mais avec un bon cœur. Elle polissait les rumeurs puis les exhibait en pleine lumière. Certaines étaient fondées – l'infidélité de Mr Hughes, par exemple, avait éveillé des soupçons bien avant le divorce, et seule Mrs Hughes avait été douloureusement surprise quand elle fut révélée au grand jour. D'autres rumeurs n'avaient aucun fondement. Le révérend Bickley avait perdu la foi ? Sottise, nous le savions tous. À travers la porte vitrée de l'église, je le voyais parfois, la tête penchée devant l'autel, marmonnant tout seul. « Vous vous trompez », lui déclarais-je. Il portait son col de pasteur avec fierté.

Si j'avais eu davantage confiance dans ses théories, je lui aurais peut-être demandé de but en blanc de me renseigner sur la lettre K. Mais j'avais le sentiment qu'il suffirait que je murmure cette lettre pour qu'elle disparaisse. Elle s'envolerait dans un courant d'air comme un fil de toile d'araignée, et je la perdrais. Tout le monde la verrait voltiger au-dessus des sentiers. Pire, ma grand-mère pourrait l'apercevoir, et il fallait éviter de la mettre en colère. *Ne prononce pas son nom, ne le dis à personne, tu m'entends ?* Mieux valait se montrer prudente et rusée.

Mrs Maddox était une conteuse, donc, et parfois d'histoires rocambolesques, mais elle savait beaucoup de choses, c'est certain. Même ma grand-mère en convenait. « Un esprit comme une retenue de moulin, voilà ce qu'elle a », me disait-elle. Mais qu'est-ce que cela voulait dire ? Que son cerveau était sans fond, supposais-je, plein d'algues, de brochets et de pièces détachées de vélo. Sous la surface flottaient des contes d'amour, de deuil et de tristesse. Je ne sais pourquoi, j'imaginais une jeune fille noyée, les cheveux comme des fougères, la peau blanche comme le clair de lune, sa jupe gonflée autour d'elle comme une cloche bigarrée.

Et c'est Mrs Maddox que je décidai d'aller trouver pour me renseigner sur Billy Macklin, et savoir comment le trouver.

Quinze jours après la maladie des vaches, nos bêtes arpentaient en mâchonnant leur nouveau champ, meilleur que l'ancien. Les jonquilles étaient écloses et la Brych coulait avec fracas. Le pays de Galles respirait la fraîcheur. J'enfilai un chandail propre, me nettoyai le visage, cueillis des crocus de Pencarreg et les enveloppai dans du papier d'argent, avant de me présenter chez elle. Dans son allée, je piétinai des escargots tout baveux.

« Evangeline ! Mais quelle bonne surprise ! Entre, entre donc ! s'écria-t-elle. Tu veux une tasse de thé ? »

Je répondis que ce serait avec plaisir.

Sa salle de séjour ressemblait à une serre. Les fenêtres étaient recouvertes de mousse et de fientes d'oiseaux. Sur une étagère poussaient des plants de tomates. Je partageai un sofa avec une fougère tout emplumée, et un bac de géraniums était posé à mes pieds. J'aimais bien les couleurs, mais cette abondance de plantes ne m'inspirait pas confiance. Je me disais qu'une bestiole pourrait me prendre pour l'une d'elles et se glisser dans mes cheveux.

« Qu'est-ce qui me vaut le plaisir ? »

Je fis un geste vague. « Je passais par là… »

Elle me regarda dans les yeux par-dessus le rebord de sa tasse. « Tu passais par là ? Tu passes devant ma petite maison tous les jours que Dieu fait, *blodyn*, et tu n'es encore jamais venue chez moi à l'improviste. »

Elle avait raison. « En fait, j'ai une question à vous poser.

— Ah ! » Elle sourit. « C'est bien ce que je me disais. » Elle se pencha un peu plus. « Dis-moi, Evie, il ne s'agit pas, au moins, de ce que doit savoir une grande fille ? Ce n'est pas tellement mon rôle, tu sais. »

J'ai bu une grande gorgée. C'était une tisane de cynorhodon, au goût aigre. « C'est à propos de Billy Macklin le Fou. »

Elle a tressailli. « Billy ? Macklin ? Voilà un nom que je n'ai pas entendu depuis longtemps. Pourquoi me poses-tu cette question ? Pourquoi cet intérêt soudain ?

— Parce qu'il a reçu un coup de sabot sur la tête, ai-je dit. C'est vrai, non ? »

Elle s'est redressée. « Tout à fait. Mais dites-moi, Miss Jones, vous voulez entendre des choses horribles ? Vous n'aimez pas les belles histoires ? »

« Je voudrais savoir, c'est tout, ai-je expliqué. Personne ne me dit jamais rien, ici. Ce n'est pas pour le rencontrer, pas du tout. » Et j'ai pris un air boudeur, un air d'enfant triste, en tirant sur mes doigts. « C'est juste pour savoir, Mrs Maddox. C'est arrivé quand ? ai-je ajouté d'une voix timide. Et comment ? »

Elle a soupiré d'un air pensif. Au fond, me disais-je, le poison, ça doit avoir exactement la même odeur que ces géraniums. Je frissonnais. « Voyons, laisse-moi réfléchir. Cela s'est passé il y a bien des années, longtemps avant ta naissance. Avant le départ de ta mère, ça, c'est sûr. Dix ans, peut-être ou plus. Je vais te dire – elle se pencha en avant, avec son énorme poitrine qui ballottait –, c'était terrible. Un miracle qu'il ne soit pas mort sur le coup. »

Elle a remué son thé, en tapotant deux fois avec une cuiller le bord de sa tasse.

« Qu'est-ce qui s'est passé exactement ? ai-je demandé.

— Eh bien, a-t-elle commencé, il avait toujours été assez solitaire. Toujours. Même quand il était petit, Mr Maddox le voyait traîner tout seul sur le pont. On ne lui connaissait pas d'amis. Il vivait avec sa mère dans une maison à des kilomètres de tout. Il y a un chemin de traverse qui mène à Ffarmers – de la main elle a indiqué une direction derrière elle –, un endroit perdu. Elle était bizarre aussi, cette femme. Pas du tout sociable. Elle avait refusé d'envoyer Billy à l'école – tu imagines, tout ce qu'il a appris, c'est par ouï-dire, ou grâce au bibliobus. Elle ne répondait jamais quand on sonnait à sa porte. Ni au téléphone. J'ignore ce qu'il fallait faire pour prendre contact avec elle. Elle envoyait Billy faire les courses par n'importe quel temps. Je me rappelle – elle agitait son index pour souligner son propos –, un jour, je l'ai trouvé trempé jusqu'aux os sur la route de Tregaron. Complètement trempé. Il ne devait pas être beaucoup plus vieux que toi aujourd'hui. Elle l'avait envoyé chercher du lait ! En plein orage ! À huit kilomètres de chez elle ! Vous parlez d'une enfance ! » Elle a secoué la tête. « Ton thé est assez sucré ?

— Il habite toujours dans cette maison ? »

Mrs Maddox a bruyamment avalé une grande gorgée et a fait claquer ses lèvres. « Apparemment. On se demande comment il arrive à se débrouiller. Quand sa mère est morte, la maison est allée à vau-l'eau. Il y a plusieurs années de ça. Une angine de poitrine, officiellement – le cœur. Mais je crois que c'est le choc qui l'a tuée, en vérité. Voir son fils unique dans cet état… Tu imagines ? Je crois qu'elle n'a pas pu le supporter. Je crois que ses nerfs ont lâché. En tout cas, la maison est dans un état lamentable maintenant. Même les rats n'en voudraient pas. Je ne crois pas qu'il y passe beaucoup de temps. C'est une véritable porcherie.

— Alors, il va où ?

— Billy ? » Elle a esquissé une grimace. « Va savoir. Un vagabond, voilà ce qu'il est. Il doit coucher dehors. »

Elle serra sa tasse entre ses mains. Il couchait dehors ? Comme les sans-abri ? J'en avais vu, des sans-abri. Ils se réfugiaient dans les passages souterrains, ils dormaient dans l'embrasure des portes, la tête cachée, comme des chenilles humides, solitaires. « Mais il doit bien vivre *quelque part* ? »

Elle a haussé les épaules, fait claquer ses lèvres. « Tu sais ce que c'est, les squatters ? Bon, il y a quelques maisons vides dans le coin. Des vieilles églises. Pense à toutes les remises qui existent dans une région comme la nôtre ! Je ne sais pas trop où il habite actuellement, mais si j'étais Billy, je me trouverais un abri bien chaud, bien tranquille, et je resterais planqué. Voilà ce que je ferais.

— Qu'est-ce qu'il mange ?

— Je ne sais pas. Il fait peut-être les poubelles la nuit, ce genre de chose. Remarque, il doit avoir un peu d'argent – dans le temps, il faisait des petits boulots au village – tondre les pelouses, refaire des peintures… Et puis sa mère était peut-être folle, mais elle n'était pas exactement pauvre. » Elle a pincé les lèvres. « Assez bizarre, tout ça, finalement. »

Cela me paraissait affreux « Les poubelles de qui ?

— De n'importe qui. Les pubs, peut-être. Les cafés. Il mendie peut-être de temps en temps. »

Je me suis soudain demandé s'il venait fouiller dans nos poubelles la nuit, en silence, avec des gestes précautionneux, comme un chirurgien qui opère. Après tout, j'avais déjà entendu du bruit de ce côté-là. Est-ce qu'il prenait nos œufs ? Possible. Mais comment les faisait-il cuire ? Il lui fallait du feu, une poêle.

« Enfin…, reprit Mrs Maddox en bougeant sur sa chaise, visiblement contente de notre conversation. Ça s'est passé en octobre. Je m'en souviens parce que c'était un peu avant Halloween, et que Mr Phipps avait cette affreuse citrouille ricanante dans sa vitrine. Elle ne plaisait à personne. Elle était franchement affreuse. Ta grand-mère et moi, on a boycotté sa boutique. On a refusé de faire nos courses chez lui. Qui irait faire ses courses dans un magasin qui exhibe une pareille créature, sournoise et malfaisante ? »

Je reconnaissais bien là Mr Phipps.

Elle a fini son thé, puis elle a posé la tasse et la soucoupe sur la table basse. « Cela s'est passé à Bryn Mawr. Il n'y a pas de coupable, en fait. Billy aurait peut-être dû se méfier. Il devait avoir dix-sept ans, mais ce n'était pas un garçon chahuteur. Plutôt un taciturne, comme je te l'ai dit. Et il aimait les chevaux. Il ne les montait pas, mais il leur apportait des pommes, des pastilles de menthe. Il traînait souvent autour des écuries, sans parler à personne, et puis, un jour, il est passé derrière une jument et *bing !* » Elle a tapé sur son fauteuil de son poing noueux. Ses bras ont flageolé. « D'un seul coup d'un seul ! »

Je suis restée bouche bée. Qui aurait pu prévoir une chose pareille ? Qui aurait pu prédire que cela arriverait à un garçon sans amis dont la mère n'était pas normale et qui ne dérangeait personne, quelques jours avant Halloween ? Il y avait tant de choses injustes – je le savais déjà, bien sûr. Tant de choses cruelles, et douloureuses, et absurdes. Pourquoi n'était-ce pas arrivé à un garçon hâbleur, arrogant, brutal, qui se serait moqué du cheval ou qui aurait voulu faire le malin devant les autres ? Pourquoi fallait-il que cela tombe sur Billy, un garçon avec une mère indifférente et sans le moindre ami, qui ne se trouvait à Bryn Mawr que parce qu'il aimait donner des friandises aux chevaux et les caresser ? Trop de questions, et qui ne datent pas d'hier. Sans nul doute tout le monde à Cae Tresaint les posa, en même temps que les habituels *Comment va-t-il ? Vous l'avez vu depuis ? À quoi ressemble sa tête ?*

Mrs Maddox m'apprit que Billy avait été projeté à trois mètres environ. Avec un bruit comme celui d'une balle de cricket frappée par la batte – un claquement sec, dur. Il n'y avait pas eu beaucoup de sang, me dit-elle. Ce qui m'étonna. J'avais imaginé un fleuve de sang envahissant peu à peu la cour. Des flaques rouges, la paille qui devenait rose.

« Et tu sais, il aimait bien ta mère. »

J'ai tressailli.

« Enfin, à sa façon. Il avait quelques années de plus qu'elle, mais il la suivait partout, les yeux en extase, pauvre gamin. Même s'il n'avait pas l'ombre d'une chance.

— Il aimait bien maman ? »

Elle m'a regardée d'un drôle d'air, à ce moment-là, un air comme endormi. Elle a tendu sa main vers moi. Je l'ai regardée, avec ses veines bleues et ses taches de vieillesse. « Oh ! *cariad*. Elle te manque beaucoup ? »

Que lui répondre ? Il y avait tant à dire ! J'ai fait un sourire forcé, j'ai légèrement haussé les épaules.

Elle m'a tapoté la jambe, puis elle a retiré sa main et s'est levée.

« En fait, Billy ne s'est jamais remis du départ de ta mère. Il en a eu le cœur brisé. Ce n'est pas sa faute à elle. Elle ne savait probablement pas qu'il l'aimait, mais c'était clair comme le jour pour nous tous. Cela se voyait comme le nez au milieu de la figure. Encore un peu de thé, Miss Jones ? »

Je n'en voulais plus. Je n'aimais pas son thé. Quand elle a tourné la tête, j'ai vidé ma tasse dans les géraniums.

Le mot qu'elle employait pour désigner Billy était *simple*. Comme si, nous autres, nous étions compliqués. Comme si, à cause de son accident, Billy avait été réduit à un état minimal, celui de pur objet. Tous les ornements avaient été enlevés, arrachés comme les grosses feuilles fanées d'un chou.

La simplicité, dans ce contexte, était considérée comme une chose tragique. Mrs Maddox prononçait le mot dans un murmure, le regard baissé ou en secouant la tête. En rentrant chez moi, je repassai tout l'épisode dans mon esprit. C'était une bien triste histoire. J'en avais le cœur serré. Mais en quoi Billy avait-il changé ? Avant le coup de sabot, il était déjà solitaire. Il arpentait déjà seul la vallée de la Brych. Il n'avait pas d'amis. L'accident ne l'avait pas privé de grand-chose, ce qui me fait de la peine aujourd'hui encore. C'est presque trop insupportable. Quelle vie avait été la sienne ?

Après cette conversation, la nuit je me mis à guetter de nouveaux bruits. Le moindre bruissement du vent me faisait courir à la fenêtre pour apercevoir Billy fouillant dans nos poubelles. Je cherchai de nouvelles empreintes. Je gardai un lacet et un gant de cuir dépareillé en me disant qu'ils lui appartenaient. Ce n'était pas une obsession, mais j'étais curieuse. Et jamais je n'eus vraiment peur. Beaucoup d'enfants auraient sans doute tremblé en pensant à cet homme mystérieux, silencieux comme une ombre, qui parcourait les chemins, mais pas moi. Le bruit d'une brindille qui craque sous les pas ne m'effrayait pas, pas à l'époque. Quant à Billy, je ne me rappelle pas avoir eu envie, une seule fois, de prendre mes jambes à mon cou.

Dès le début, je lui ai accordé une place importante. Il ne s'agissait pas seulement de prouver que Rosie avait tort – je savais qu'il comptait bien plus que cela. Je savais que s'il y avait un petit coffre à secrets que je n'arrivais pas tout à fait à ouvrir, il en détenait la clef.

En quittant Mrs Maddox, je suis allée tout droit voir nos vaches. Elles ont levé la tête quand je suis passée près d'elles, pataugeant dans l'herbe mouillée pour me diriger vers le bois de hêtres. En me glissant sous la clôture, mes cheveux se sont accrochés au fil de fer. Cela sentait le renard, dans ce coin-là.

La grange était dans le champ voisin. À moitié démolie, avec les orties qui gardaient la porte. Je ne l'ai pas explorée à ce moment-là, il était tard, et il faisait froid. Mais j'ai bien regardé, et j'ai su qu'il venait là. Et j'ai juré de revenir jusqu'à ce que je le voie.

Je suis retournée à la grange trois fois avant le jour où Billy et moi nous nous sommes rencontrés pour la première fois en bonne et due forme. L'endroit avait une drôle d'allure. Je sursautais quand j'entendais un pigeon ramier lancer soudain un roucoulement dans les chevrons. Des rayons de lumière passaient à travers le toit. Je contournais de grosses araignées, en évitant de m'en approcher. Tout était poussiéreux. Dehors, contre le mur exposé au sud, poussaient des fraises des bois, mais ce n'était pas ce que j'avais espéré. Elles n'étaient pas encore mûres, c'étaient des petites baies toutes dures, si âpres qu'elles m'arrachèrent une grimace lorsque je les goûtai. Certaines étaient toutes blanches, comme vidées de leur sang.

Personne ne semblait venir dans cette grange, même si rien n'en interdisait officiellement l'accès. C'est donc là que je courais me réfugier dès qu'il était question d'école. Je me frayais un chemin au milieu du troupeau pour retrouver la grange et son silence. « À quoi elle servait, cette grange ? », ai-je demandé un jour d'un air indifférent, à Daniel.

Il m'a fait une réponse vague. « À ranger le foin, peut-être. Je l'ai toujours connue dans cet état. Fais attention tout de même, elle tombe en ruine, regarde bien où tu mets les pieds. »

Le sol était en terre battue. Je m'asseyais là, j'attendais, j'écrivais mon nom avec des brindilles. *Evangeline Jones*. Pour qui écrivons-nous ce genre de choses – dans la poussière, dans le sable mouillé, sur les rebords de fenêtres avec un couteau de cuisine ? Peu importe. C'est la preuve que nous sommes venus là. Que nous sommes venus et repartis, quand les traces de pas ne suffisent pas. Il y en avait pourtant, des traces, grandes, espacées. Quand j'essayais de mettre mes pieds dedans et de les suivre, je perdais l'équilibre. Une démarche maladroite, comme celle d'un homme blessé.

L'anniversaire de ma mère tomba le jour de la naissance du dernier agneau. On le secoua pour lui permettre de trouver son souffle, on le mit sur ses pattes, et nous partîmes tous les quatre à Tor-y-gwynt, formant une procession d'anoraks gonflés par le vent et de fleurs aux pétales envolés. Je portais un bouquet un peu fané d'anémones des bois et de chélidoine de la part de Mrs Maddox – ses jambes étaient trop faibles pour affronter la montée. Ma grand-mère tâcha de protéger son foulard contre le vent d'est, mais ce dernier fut le plus fort. En voyant ce foulard à pois flotter sur la vallée, j'eus envie de rire. Je dus me mordre les lèvres pour me retenir tout en enfonçant mon menton dans ma veste pour dissimuler mon sourire. Cela m'étonna moi-même, c'était une sensation inconnue, un petit coup de fouet.

Elle aurait eu vingt-neuf ans – son âge brun-rouge, son dernier regard en arrière avant les trente ans.

Porte-bonheur

Personne n'a encore rien remarqué, mais cela ne saurait tarder. Je ne peux pas porter éternellement des manches longues. L'épicerie ? J'ai regardé. Pas le cimetière. Pas le Tor, mais malgré tout ça pourrait être dans les marais. Si c'est le cas, adieu. Est-ce que je peux accuser une pie ? Ou mes poignets, trop fins ? Sale histoire. Une vie entière protégée par des porte-bonheur, et je les ai perdus. Où ça ? La grange ? Peut-être. J'espère. K ne comprend pas – il dit que c'est juste un bracelet. Il me dit tu n'as qu'à en acheter un autre. Mais par où commencer ? Des chaussons de danse ; une bible ; un fer à cheval ; une galoche ; une église avec un clocher ; un cheval ; un parapluie ouvert. Je me souviens de ceux-là, mais il y en avait d'autres. Quelle sale histoire ! Peut-être la grange. La grange, j'espère.

Elle semblait affolée. Je peux le comprendre – tout le monde peut le comprendre. On a tous un jour perdu un objet de valeur. Mais je préfère que ce soit elle plutôt que moi. Un bracelet ancien avec des amulettes – un héritage du côté de ma grand-mère. Presque un demi-siècle de mariage, et un porte-bonheur par année – aucun mot, aucune somme d'argent ne peut compenser une telle perte, et ma mère en était bien consciente.

Non qu'il ait porté vraiment chance à la mère de ma grand-mère. C'est un objet lourd. Trop d'amulettes, peut-être. *Trop de magie*. Elles se cognent les unes contre les autres, et s'accrochent à la laine. Et puis le bracelet est trop large, il est fait pour un bras boudiné. Il a noirci à certains endroits. Il sent encore le bois brûlé. Finalement, il n'a jamais été fait pour être porté, en tout cas plus maintenant.

Aberporth

Comme c'est toujours le cas, quand mon grand-père est mort il y a deux ans – emporté par un simple mauvais rhume qui a mal tourné – il y a eu des affaires à régler. Il laissait une pièce entière pleine de cartons. Rien n'était en ordre. Je suppose qu'il ne s'était pas rendu compte que la fin était proche, sinon il se serait un peu mieux organisé. Mais il n'avait que soixante-seize ans. Somme toute, ce n'était pas si vieux.

Il y avait des cartons, des enveloppes, des classeurs, des blocs, des numéros de téléphone, des mémos, des catalogues de bétail, des brochures pour se débarrasser des tiques, et des feuilles volantes où étaient griffonnés des mots qui ne nous disaient rien ni à l'un ni à l'autre. Il nous fallut trois semaines, à Daniel et à moi, pour tout trier, faire des piles, remplir de vieux sacs-poubelle, et rassembler tout ce qui était en rapport avec la ferme dans une caisse en plastique rouge où l'on avait marqué *Pencarreg*. Trois grandes semaines, mais on y est arrivés. J'ai donné ses vieux vêtements, en ville, au Secours populaire, en me sentant gênée. Mais je n'étais sûrement pas la première à le faire. L'employée m'a fait un sourire réconfortant en prenant les vêtements, comme si elle savait exactement d'où ils venaient. Que peut-on faire d'autre des vieilles vestes, des vieilles cravates ? Dans ce genre d'endroit, tous les habits sont certainement les effets que les morts laissent en partant.

En rentrant à la maison, d'humeur mélancolique, j'ai trouvé une photo dans le premier tiroir de la table de chevet de mon grand-père. Elle était froissée, écornée, vaguement coloriée. Je l'ai approchée de la fenêtre pour mieux la regarder. Ma mère avec des tresses et une frange trop longue. Un vrai sourire comme si on l'avait surprise en train de rire. Un cornet de glace entre les mains – à la fraise ? J'ai retourné la photo et j'ai lu, inscrit au crayon : *Bee, Aberporth, juin 60.*

Mon grand-père l'appelait Bee. C'était son surnom, son petit nom secret : Bee comme abeille, et même Bumble Bee, bourdon, quand elle était toute petite. Sur cette photo, elle devait donc avoir douze ans et deux mois. Pas encore mère, ni amante, juste la fille de ses parents, qui n'avait pas d'autre responsabilité qu'une frange rebelle et une glace rose en train de fondre.

Ce n'est pas ma photo préférée, mais elle vient tout de suite après. Elle capte un moment de joie pure. L'expression de Bee est merveilleuse. Elle a ce sourire éclatant, naturel, qui n'appartient qu'aux enfants. J'imagine mon grand-père derrière l'appareil, heureux. Il grisonnait à peine à l'époque. Je suppose que ma grand-mère devait barboter non loin de là, les cheveux retenus en arrière contre la brise marine, le pantalon relevé jusqu'aux genoux.

Nous aussi nous sommes allés à Aberporth, Daniel et moi. Il y a longtemps – probablement plus de vingt ans. Il avait frappé à ma porte avec entrain un matin

d'avril – Rosie était encore vivante – et il avait dit :
« Vous êtes occupée, madame ? »

J'avais secoué la tête, pleine d'espoir.

« Un petit tour sur la côte, ça vous dirait ? »

J'étais folle de joie. J'ai tourbillonné dans ma chambre, à essayer des hauts, à m'aplatir les cheveux, la cervelle pleine de récits de marins. Je n'avais jamais vu la mer. Je connaissais seulement ses légendes – les naufrages, les pirates, les sirènes et (ma préférée) les pieuvres géantes qui aspiraient les bateaux vers le fond et pressaient leurs yeux immenses, insondables, contre les hublots à la recherche de créatures vivantes. Je savais que c'étaient des récits peu plausibles, des fictions, mais seul le lieu le plus magique de la Terre pouvait inspirer ce genre de contes.

« Il n'y a pas de pieuvres, mais des carrelets, avait dit Daniel, et des bars, des plies, des labres, des brèmes. Des turbots. Des maquereaux frais en été. Et même, en mer, pas très loin de la côte, des requins bleus. »

Nous avions emprunté la Land Rover pour la journée. Daniel portait une chemise jaune pâle qui soulignait le hâle de ses bras et des lunettes de soleil relevées sur ses cheveux. Il faisait chaud pour un mois d'avril. Si nous avions su que la chaleur allait durer tout l'été, que dès le mois de juin nous prierions pour qu'il pleuve, nous ne serions peut-être même pas allés à la mer ce jour-là. « Profites-en bien, a dit ma grand-mère. Ce sera peut-être notre seul jour d'été. » J'étais assise sur le siège du passager, pieds en chaussettes sur le tableau de bord.

« Des requins bleus, ai-je dit, excitée. Est-ce qu'ils peuvent vous manger ? »

Il a souri : « Ils pourraient te donner un méchant coup de dent.

« — Quoi d'autre ?

— Il y a des phoques.

— Des phoques ? Pour de vrai ?

— Comment, tu n'as jamais vu de phoques ? a-t-il dit en feignant la surprise.

— Tu sais bien que non.

— Eh bien, tu en verras peut-être un aujourd'hui... »

Les premiers cerfeuils sauvages de l'année commençaient à sortir. Tandis que nous roulions sur les petites routes sinueuses autour de Lampeter, j'ai sorti ma main pour caresser les tiges. On passait sous des arbres, sur des ponts. Même les yeux fermés, je devinais quand nous passions sous des arbres, parce que la lumière devant mes paupières passait du rouge au noir, puis de nouveau au rouge.

Aberforth. Je me rappelle avoir vu ce nom. Le ciel était aussi bleu que possible. Tout étincelait – la mer, le parking, les vitrines – et nous sommes entrés doucement dans l'eau. « Trop froid pour moi », a-t-il dit en faisant semblant de grelotter.

Nous avons écrit mon nom en entier sur le sable avec un petit bâton. « Pourquoi diable ne t'a-t-on pas donné un prénom plus court ? » a-t-il demandé. J'ai trouvé un crabe mort. Daniel m'a parlé de chez lui, de sa famille dans les Malverns, et il m'a dit que ça me plairait là-bas. On a mangé des glaces avec des copeaux de chocolat, sur un banc au-dessus de la plage, et on a regardé la marée monter. Elle venait heurter les rochers sur lesquels nous nous trouvions quelques minutes plus tôt. Mon nom fut effacé à l'exception de la longue boucle du « g ».

Ce fut une journée parfaite je crois. Je ne me souviens pas d'une seule chose qui soit venue la gâcher. J'ai connu d'autres journées parfaites depuis, bien sûr, mais goûter à la perfection pour la première fois, c'est ce qui met le plus de temps à s'effacer, je suppose. Vingt ans ont passé, et je peux encore sentir le sable entre mes orteils. Je n'attrapai même pas de coups de soleil, parce qu'il m'avait acheté un chapeau de marin bleu foncé dans un stand sur le front de mer. Il n'y avait pas de phoques à Aberporth, mais plein de mouettes. J'ai découvert l'odeur de la mer – elle ne sentait pas le poisson, comme je l'avais imaginé, mais elle était si salée que l'eau m'en venait à la bouche. Je vis des femmes se retourner sur Daniel, mais cela ne me dérangeait pas, car il était à moi pour la journée.

Donc si j'aime cette photo de ma mère, c'est pour cette raison toute simple. Moi aussi, j'ai été heureuse dans cet endroit. Pas à la même époque bien sûr, celle à la glace à la fraise fut prise huit ans et dix mois avant ma naissance. Mais nous sommes allées sur la même plage, elle et moi, et nous avons souri. Je reconnais le monticule de bancs blancs qui s'élève derrière elle. Je sais que, à sa droite, c'est la mer d'Irlande qui s'étend.

Nous sommes rentrés peu après cinq heures. Mr Phipps nous a vus passer devant le cottage rose, et j'ai croisé son regard. Comme l'autre fois, on y lisait clairement de la malveillance. Son regard était aussi dépourvu d'âme qu'un œil de poisson, mais il ne réussit pas à me gâcher ma journée. J'étais assise à côté de Daniel, Billy était à ma portée, aucun événement malheureux n'avait encore eu lieu, et le soleil avait commencé à éclaircir les pointes de mes cheveux.

Papillons

Ma mère ne fait qu'une seule allusion à Billy dans ses écrits de la boîte à chaussures. Du moins, je suppose que c'est de lui qu'il s'agit. Elle avait l'habitude agaçante de mettre des initiales à la place des noms – signe peut-être qu'elle n'imaginait pas que quelqu'un d'autre puisse lire ces lettres. Je fus soulagée de voir qu'il n'y avait pas de E : E, comme éléphant, église, écureuil, mais surtout Evangeline. J'étais égoïste. J'avais le sentiment que cette lettre m'appartenait, comme si j'en avais le monopole.

B et son cerveau ! Je lui demande comment il fait pour connaître tant de choses, mais il se contente de hausser les épaules. Moi je suis là, j'arrive du Tor avec une tige de nielle des blés coincée derrière l'oreille, et il me montre des plantes en parlant latin. Comment fait-il ? Il a toujours su ? K et moi on s'est cachés de lui hier. J'ai des remords, encore maintenant, mais on est mieux à deux qu'à trois, non ? Et les deux en question se retrouvent dans la vieille grange où je m'écorche le dos contre la solive cassée. Je n'arrive pas à le croire ! Je n'arrive pas à croire que je fais ces choses mais je ne veux pas m'arrêter ! Je rougis ! K parle gaélique. Il me murmure des phrases à l'oreille. Quand je lui pose des questions sur Limerick, il me dit qu'il m'y emmènera.

J'ai choisi un début de matinée pour partir à la recherche de Billy. Je ne sais pas pourquoi. Peut-être que ça me paraissait le moment de la journée le plus simple – tranquille, sans personne, le moment dont voudrait profiter, me disais-je, un homme solitaire. Je me rappelle le chant des oiseaux. Les lapins me regardaient avancer dans le champ en trébuchant.

J'avais raison ; il était là. Je l'ai vu à travers l'enche-vêtrement des mûriers et les miroitements de la lumière. Un homme mince avec une veste verte en coton huilé, assis sur une souche ; un homme avec de grandes mains blanches qui pendaient entre ses genoux, et un crâne où le soleil se reflétait. Il levait les yeux. Des papillons volaient alentour – certains avec des ailes bordées d'orange, et des piérides du chou toutes blanches –, il les observait, la tête pen-chée sur le côté, la bouche entrouverte.

Clouée sur place, je retenais mon souffle.

C'était lui, l'homme que Rosie avait traité de fou ? L'homme à propos de qui Mrs Maddox avait hoché la tête ? Deux papillons se heurtèrent en plein vol. Je le vis lever une main, se frotter le nez, reposer sa main. Comment pouvait-il être fou ? Dans mon esprit, les fous, ça déblatérait, ça écumait, ça parlait tout seul. Ça ne restait pas assis sur une souche peu après le lever du soleil à observer des papillons.

Je le revois assis là.

Et si on me le demandait, je pourrais dessiner de mémoire sa tache sur le visage. Quand je me suis avancée au milieu des orties, il s'est tourné vers moi. Cette tache était d'une couleur bizarre – ni rouge ni rose. Elle était moins grande que dans mon souvenir. Elle ne lui mangeait pas toute la figure comme un masque grimaçant parcouru de veines ; elle allait de l'oreille au sourcil, puis se perdait dans les cheveux.

Elle fleurissait comme une vieille rose, se recourbait comme une feuille de hêtre. Elle avait une certaine beauté.

Il y avait un trait sombre qui faisait une boucle au milieu. Ce trait entourait l'orbite, comme si quelqu'un l'avait dessiné à la plume. Le bord du sabot. Le coup. L'endroit où il avait saigné.

Sa tête n'était pas du tout défoncée.

Je me suis dit, *tout le monde ment*.

« C'est vous, Billy ? »

Il gardait la tête de côté, la tache hors de vue. J'avais envie de dire : *Vous n'êtes pas obligé de la cacher. Ce n'est pas aussi vilain que vous le croyez*. Il se contentait de me regarder comme si j'étais un objet rare.

« Je suis Evangeline, ai-je dit. Jones. De la ferme. Là-bas.

— Je sais. »

J'ai tressailli. « Comment le savez-vous ? »

Simple ne voulait pas dire fou. Simple ne voulait pas dire idiot, ni cruel, ni irréfléchi. « Je le sais, c'est tout », m'a-t-il dit. Aucun mépris. Aucun sens caché. Tout naturel.

Quand je lui ai serré la main, elle m'a paru légère et sèche comme de l'écorce.

J'avais huit ans. Il ne me vint pas une seconde à l'esprit qu'il pouvait y avoir des amitiés dangereuses ou qu'elles pouvaient se développer pour de mauvaises raisons. J'ai juste souri, et je me suis assise près de lui sur la souche. J'étais contente de l'avoir trouvé. J'ignorais tout des trahisons, à l'époque.

Saint-Barthélemy

Nous ne nous donnions jamais rendez-vous, Billy et moi. C'était plutôt une question de chance quand nous nous retrouvions. Sitôt que j'avais fini ce que j'avais à faire, je me précipitais à la grange. Il y était ou il n'y était pas. C'est comme ça que ça se passait.

Et, comme par hasard, on me donna plus de choses à faire que d'habitude dans les jours qui suivirent. Ma grand-mère avait proposé mes services au révérend, et je passais de longs après-midi à faire briller l'argenterie de l'église avec un vieux chiffon et une crème qui sentait l'œuf. Mrs Maddox, elle aussi, m'embaucha pour aller faire ses courses, et je dus supporter l'humeur revêche de Mr Phipps. *L'argenterie, on ne devrait pas la confier à n'importe qui*, avait-il fait remarquer. Un après-midi, l'homme aux yeux verts brandit devant moi un billet de cinq livres – pour laver sa voiture, m'expliqua-t-il. Mais j'étais déjà bien assez riche et je refusai. « Dix livres, ça t'irait ? Allez, elle est dégoûtante. » J'avais mieux à faire.

Inutile de préciser que je rencontrais toujours Billy en secret. Je savais que si j'en parlais à ma grand-mère, elle pousserait des cris et me l'interdirait, comme tout adulte responsable d'une petite fille l'aurait fait. Un homme solitaire d'une trentaine d'années, défiguré et au mode de vie mystérieux – comment ne pas lui donner raison ? Même moi, je devinais que notre amitié n'était pas tout à fait normale. Alors je n'en parlais à personne. Si on me posait des questions, je mentais. J'étais devenue experte.

« Où tu vas comme ça ? », demandait ma grand-mère de la fenêtre de la cuisine. J'avais toujours une réponse prête : *À la Brych. À la cabane de berger. Au pub, pour acheter des chips.* Si elle ne me croyait pas, elle n'en laissa jamais rien paraître.

Je quittais la maison avec des sandwichs et des biscuits pris en douce, que je grignotais avec lui sous l'avant-toit à moitié pourri. Il mangeait rarement, mais quand il le faisait, c'était lentement, en examinant tout d'un œil circonspect, comme si ce que je lui apportais lui paraissait bizarre. Il aimait bien le pain de ma grand-mère, mais pas la croûte, alors on la donnait aux pigeons ramiers. « Ils font des nids, m'avait-il annoncé.

— Où ça ? »

Il me fit un sourire prolongé et refusa de me le dire. Lui seul savait.

Nous nous retrouvions parfois aussi par hasard à la mine d'or, même si ce n'était pas pour les mêmes raisons. « Il n'y a plus d'or, tu sais », m'assurait-il, mais j'étais persuadée du contraire. Je touillais la boue sur le côté du sentier, en espérant y dénicher une fortune. Billy se contentait de me regarder, étonné. Quand je m'arrêtais, il se penchait vers moi et disait : « Alors ? Tu as trouvé quelque chose ? »

Il est important de le décrire. Et de souligner que même s'il avait quatre fois mon âge, ou peut-être davantage, je ne sentais pas la différence. Depuis le début, je l'avais considéré comme mon égal.

Malgré le coup de sabot, le reste de son visage était lisse. Pas une ride. Je le regardais à l'oblique dans la pénombre de la grange, et je me demandais : il ne se tracassait donc jamais ? Il ne riait jamais ? Sa figure aurait dû en porter des traces. Daniel était beaucoup plus jeune, et pourtant il avait des petites rides autour des yeux à force de les plisser au soleil. Pourquoi Billy n'en avait-il pas ? Aujourd'hui, je me dis que c'était dans les gènes : il avait de la chance.

Ses cheveux étaient d'une couleur étrange, entre le blond et le brun, très fins, et il était un peu chauve sur le dessus du crâne. Ils m'étonnaient, ces cheveux. J'avais envie de les toucher, pour voir quel effet cela ferait sous ma paume calleuse. Après tout, les seuls cheveux que j'avais connus jusque-là étaient épais.

Il se déplaçait avec lenteur, comme si rien ne le pressait, ce qui était sans doute le cas. Pas de travail, à ma connaissance, pas d'école. Que faisait-il de ses journées à part se promener, seul ? Il avait des yeux bleus. Ses mains étaient grandes et calleuses. J'imagine, en y repensant, que je devais tout autant l'étonner. J'avais surgi de nulle part, les cheveux en bataille, petite fille précoce, habillée en garçon, têtue, réclamant son amitié. Une vision familière, en un sens.

Il n'était pas fou. Pas du tout. Bien sûr, les gens préfèrent dire qu'il l'était – ça embellit l'histoire. Le présenter comme une créature sauvage complètement ravagée satisfait ce qu'il y a d'obscur en nous. Mais, en réalité, Billy était un homme tranquille, pensif, fatigué, qui avait appris tout seul tout ce qu'il savait, dont la famille avait disparu, qui refusait de s'intéresser à ce que les gens de Cae Tresaint pouvaient bien penser de lui. Il était beaucoup plus intelligent que la plupart d'entre eux, cela c'est certain.

Qui d'autre que lui savait que la renouée peut donner des ampoules, que les gargouilles existent, ou qu'un soleil voilé indique une pluie imminente ? Il m'apprit ces choses-là, et beaucoup d'autres. C'est grâce à lui que je connais les fleurs. Il appartenait à Cae Tresaint comme personne.

Même s'il haussait les épaules, je crois, malgré tout, que les commérages le blessaient. Tout le monde a son point faible, quel que soit son âge. Je crois qu'il avait honte en secret de ce qu'il était. Je crois que, au fond de son cœur, il souffrait de ce que la vie lui avait offert. Que serait-il devenu si les circonstances avaient été différentes ? Sous sa tache, il n'était pas vilain. Il s'en serait fallu de peu pour que son sourire, qui s'étirait sur le côté un peu bizarrement, ait du charme. Il menait sa vie loin des sentiers battus ; il vivait autrement. C'était tout.

Oui, il boitait. Ce que personne ne m'avait dit – même Mrs Maddox ne le savait pas –, c'est que cette claudication n'avait rien à voir avec le coup de sabot. Peu de temps après la mort de sa mère, il avait fait une chute et il s'était cassé la cheville. En tombant d'un tronc d'arbre, m'avait-il dit d'un ton neutre. Pas de calmants, pas de repos au lit, pas de plâtre. Il avait fallu des mois, mais il avait fini par guérir tout seul. De travers, d'où la boiterie. Il était dur au mal.

Il est important aussi de préciser qu'il se montra toujours d'une extrême gentillesse avec moi. Il cherchait toujours à me faire plaisir. Et il me regardait parfois comme si j'étais jolie. Personne d'autre ne l'avait fait avant, et cela me plaisait.

Billy n'était ni fou ni dépravé. C'était un homme droit, sincère – peu importe ce que croient les gens de Cae Tresaint et les histoires qu'ils racontent à leurs enfants pour les empêcher d'aller se promener trop loin et pour les obliger à faire ce qu'on leur dit.

Nos premières rencontres furent courtoises et réservées. Je me tenais à distance, attendant mon heure. Mais juste au moment où je commençais à le questionner sur ce qu'il savait et à me rapprocher de lui, nos rencontres furent interrompues aussi brusquement qu'elles avaient commencé. J'avais mal calculé mon coup. Comme chaque année, au mois d'avril, les merles se remirent à chanter le soir, des bourgeons poisseux commencèrent à éclore au bout des branches, et je dus retourner à l'école.

Cela tombait au mauvais moment, bien sûr, mais avec l'école, c'était toujours le cas. Je m'étais habituée à mon nouveau mode de vie – les journées au marché, les promenades jusqu'au Tor, les bancs poussiéreux à l'église. J'avais des cals aux mains à force de me balancer aux clôtures. J'avais appris à siffler les chiens, qui m'obéissaient désormais. En plus, les agneaux étaient devenus parfaits – ils étaient dans les champs et faisaient des sauts comme tous les agneaux.

Un temps j'avais espéré que c'était cela, la vie au pays de Galles : pas d'école. On laissait simplement les enfants se construire des tanières au milieu des fougères et faire de l'exploration. Mais, au fond de moi-même, je savais que c'était faux. J'avais vu Rosie dans son uniforme, j'avais repéré le bus de ramassage scolaire qui passait deux fois par jour en direction du monument aux morts. Mais je croisais les doigts. Peut-être qu'on ferait une exception pour moi. Je l'avais dit à Lewis qui s'était aussitôt moqué de moi en me traitant d'idiote. J'avais rétorqué : « Moins que toi. »

Un soir, peu de temps après Pâques, alors que j'étais assise sur la roue arrière du tracteur et que je regardais les pipistrelles tournoyer dans la cour, ma grand-mère m'a rappelée dans la maison plus tôt que d'habitude. J'ai fait la grimace : il n'était pas encore l'heure d'aller se coucher. Puis mon cœur s'est serré. Je suis entrée lentement dans la grande pièce, et je suis restée près du sofa en me mordillant les ongles pendant qu'on m'annonçait la nouvelle. Ces mois pleins de galipettes, de randonnées, d'urticaire avaient été une parenthèse destinée à m'aider à m'adapter, à me remettre. Maintenant j'étais bien habituée, j'étais prête. Terminé, dit mon grand-père. On reprend le collier. On reprend contact avec la réa-lité, *cariad*.

Je n'ai pas cédé tout de suite. Deux soirs plus tard, je suis descendue, et d'un air déterminé je leur ai expliqué que je savais déjà tout ce que j'avais besoin de savoir. L'école, ai-je dit, ne me servirait à rien – en quoi des leçons d'histoire pourraient-elles m'être utiles ? Ou le français ? Ou ces stupides mathémati-ques ? Qu'est-ce qu'une petite fille a besoin de savoir qu'elle ne puisse apprendre à la ferme ? Je fis de mon mieux pour avoir l'air futé. J'employai les mots les plus savants de mon vocabulaire, et je fis les yeux ronds, parce que Mrs Willis m'avait dit un jour que ça me donnait un air attendrissant.

Ils m'écoutèrent, mais refusèrent de modifier leur position. Ma grand-mère dit qu'il était temps que j'aie un peu de compagnie ; mon grand-père leva les yeux de son *Farmers Weekly* et déclara qu'aucune fille ne pouvait s'en sortir dans la vie si elle ne savait pas réciter sa table de douze, ce qui n'était pas de jeu, parce qu'il savait qu'à partir de la table de onze, je calais. J'étais en colère. Je leur annonçai que je refuserais d'apprendre quoi que ce soit, que les microbes et les poux et l'air confiné me tueraient, et qu'alors ils seraient bien embêtés.

Daniel vint me rejoindre sur la crête ce soir-là, et nous restâmes un moment silencieux. Il me montra les étoiles. « Tu vois, là ? me dit-il. C'est le Grand Chariot. La Grande Ourse. »

Je l'ai longuement contemplée, en reniflant. Chaque fois que je vois ces étoiles, maintenant, au-dessus du toit de la grange ou reflétées dans l'eau de l'auge, j'éprouve le même sentiment de déception.

Je souffrais d'un chagrin tout nouveau pour moi, un chagrin inconnu. Je me lançai dans de longues promenades. Comme je n'arrivais pas à trouver Billy, j'allai toute seule jusqu'à la plantation de pins, et traînai les pieds au milieu du tapis d'aiguilles. Je crus voir l'homme aux yeux verts se faufiler au milieu des branches au bout du sentier, mais la lumière était bizarre à cet endroit, j'avais pu me tromper.

Puis, au cours de ma dernière semaine de liberté, je m'aventurai plus loin que jamais. Sans rien dire à personne, je pris la route qui mène à Llanddewi Brefi, où j'arrivai vers le milieu de l'après-midi. Un joli petit village endormi – je pressai mon visage contre les vitres et me roulai en boule sur le banc de pierre du porche de l'église, en pensant que j'étais bien malheureuse. Je descendis jusqu'à la Brefi et la regardai sauter sur les cailloux. « Emmène-moi », la suppliai-je, et les corbeaux dans les arbres se désolèrent avec moi. Quand la nuit tomba, j'appelai en PCV de la cabine téléphonique et ma grand-mère fonça pour venir me chercher.

« Tu me dois quelques explications, jeune fille ! Monte dans la voiture ! »

Pour toute explication, je haussai les épaules et refusai de manger.

« Je me demande de qui elle tient ce côté buté », grommela ma grand-mère à Daniel tandis que je montais me coucher. J'imagine que cela le fit sourire.

Les vaches m'offrirent leur sympathie à leur façon – lippe baveuse et yeux brillants, et en les quittant, un soir, je trouvai Daniel sous les tilleuls.

« Je ne veux pas y aller », lui dis-je.

Il roula lentement une cigarette, lécha le papier. « Je sais. Mais il le faut, Olwen. » Il frotta une allumette, me conseilla de voir les choses du bon côté. « L'uniforme de Saint-Barthélemy n'est pas mal, me dit-il.

— On voit que ce n'est pas toi qui le porteras », répliquai-je.

Mais il avait raison, bien sûr : cela aurait pu être pire. À Birmingham, il y avait une école où les élèves devaient porter de l'orange et du bleu marine. Je l'avais vu, de mes yeux vu – une blouse couleur queue de renard, une jupe bleue, et des collants de laine beiges qui donnaient à leurs jambes une allure de saucisses et auraient été un supplice pour mon eczéma. Quand on rencontrait ces élèves, ma mère secouait doucement la tête. Elles passaient devant la maison sous la pluie ou s'attroupaient devant l'arrêt de bus, et elles avaient toujours l'air d'avoir honte. J'avais décidé que, si on me forçait à porter de l'orange et du bleu marine dans ma nouvelle école, je ferais une grève de la faim. J'aurais une crise de nerfs, ou je me sauverais pour aller vivre toute seule dans la vieille cabane de berger. Je me nourrirais de baies sauvages et de foin, je boirais de l'eau de pluie. Les moutons me réchaufferaient. Billy et moi on se retrouverait en pleine nuit et on volerait des œufs ensemble. À huit ans cela paraît possible de survivre en vivant à sa guise.

Je mis le blazer qui avait appartenu à ma mère. Il était délavé par endroits, et beaucoup trop grand pour moi, et on avait eu beau l'exposer au soleil et le battre avec la tapette, il sentait encore le grenier. Il y avait un trou au fond de la poche gauche où je pouvais enfoncer le doigt. À l'intérieur, sur la dou-blure, on voyait une traînée de taches d'encre noire, comme si un chat mouillé avait marché dessus, une patte après l'autre. Ma grand-mère avait tout essayé, mais elle n'avait pas réussi à enlever les taches.

« Une bataille d'encriers, j'imagine, avait-elle dit, la connaissant... »

Le reste de mon uniforme avait été acheté d'occa-sion ; mes nouveaux chandails avaient des noms d'élèves cousus à l'intérieur, et cela me faisait drôle d'imaginer les pieds d'une autre dans mes chaussu-res de hockey, le derrière d'une autre sous la jupe bleue. Mon haut de jogging était encore parfumé, alors il avait fallu le laver deux fois. Mais il sentait toujours la fleur.

Je passai mon dernier jour de liberté à faire le tour de la ferme d'un air lugubre. J'allai bouder près du carré de rhubarbe, traîner au milieu des vaches. J'allai jusqu'à Tor-y-gwynt, là où le monde était à l'état sauvage. Je me cachai dans la grange abandon-née, j'y restai si longtemps que les écureuils oubliè-rent ma présence et que les pigeons se mirent à roucouler doucement.

Quand je rentrai ce soir-là, les yeux bouffis et avec des graines de foin dans les cheveux, ce fut pour trouver une cuisine remplie de vêtements bleu marine avec des lisérés jaunes.

Je me suis essuyé le nez, horrifiée.

« Ne fais pas la sotte, Evangeline. Ce n'est pas vilain du tout. Et puis tu ne seras pas la seule à porter ça, voyons. Franchement !

— Je déteste le jaune.

— Mais non. Tu fais des simagrées.

— Beurk !

— Arrête. »

J'avais encore une croûte d'eczéma au coin des lèvres, mais si je les tenais serrées, on ne la voyait pas. Je m'étais exercée devant la glace de la salle de bains la veille au soir. Ma grand-mère a retroussé ses manches et a égalisé mes cheveux avec ses ciseaux de couturière, en s'appliquant pour que j'aie l'air coiffée. J'ai grogné, mais le lendemain, on les a tirés en arrière avec une brosse mouillée et on les a retenus bien serrés par deux barrettes bleu marine. Ma grand-mère, toute rouge, avait l'air épuisée.

« Voilà ! regarde ! Viens voir, Dewi ! Une œuvre d'art, Evie, une véritable œuvre d'art ! » J'ai éternué à cause de la laque, et une épingle est tombée.

Quand je me suis risquée à sortir dans la cour, Lewis, qui traînait près du parc à moutons, en chemise, a ri et a émis un long sifflement entre ses dents. Alors j'ai tiré la langue et je lui ai montré le majeur.

Daniel a enlevé une poussière sur mon blazer, il a passé sa main sur mon menton et m'a fait un sourire, le sourire qu'il réservait, disait-il, aux gens qu'il aimait tout particulièrement. Il portait un tee-shirt blanc trop petit pour lui et, lorsqu'il leva les bras, je vis les poils sur son ventre. Ils dessinaient une ligne.

« Tu as l'air d'une vraie demoiselle », m'a-t-il dit.

Ils ont tenu à prendre une photo de moi avant que j'aille prendre le bus scolaire. Je me suis plantée devant la porte du fond, là où Wilfred s'était tenu un siècle plus tôt, et j'ai fait un sourire froid, sarcastique. La photo est longtemps restée fixée sur la porte du réfrigérateur. On m'y voit pomponnée, avec un air têtu, bien déterminée à faire face.

J'ai fini par bien aimer cette photo. Je la voyais chaque fois que je faisais une descente dans le réfrigérateur. C'était la seule où mes cheveux semblaient beaux – le soleil jouait dessus, et un côté avait presque l'air blond.

Saint Barthélemy. J'ignorais tout de ce saint. Je ruminais dans ma chambre, en me grattouillant les pieds et en répétant son nom à voix haute. Il avait dû mourir d'une mort cruelle, avec dignité, parce que, apparemment, c'est ce que faisaient tous les saints. D'après quelque chose que Mrs Willis m'avait montré, je me les représentais en bure, les yeux baissés, avec un anneau d'or très fin mystérieusement perché au-dessus de leur tête. Je me demandais si saint Barthélemy avait jamais porté du bleu marine avec des lisérés jaunes. Je me demandais si à l'école quelqu'un savait seulement épeler correctement son nom.

C'était un drôle d'endroit, surtout pour une école. La bâtisse posée bien en vue sur la route secondaire qui mène à Aberyswyth se composait de quatre étages en pierre grise. En hiver, elle avait une allure menaçante. Mon grand-père m'avait dit que, jadis, c'était une demeure familiale. Au début, j'avais refusé de le croire. J'avais peine à imaginer que quelqu'un puisse vouloir habiter un endroit aussi plein de courants d'air et d'échos, où il faisait toujours froid. Après les heures de retenue, j'errais dans les couloirs en essayant de me représenter à quoi ça pouvait ressembler avant – avec des tapisseries et du cognac, du feu dans les cheminées. Mais, même dans ces conditions, l'endroit n'était pas accueillant. Les plafonds étaient si hauts que personne ne pouvait atteindre les toiles d'araignée. Je voyais d'énormes araignées là-haut.

Elle avait été construite par les Morgan Rees, une famille qui, deux siècles plus tôt, avait fait fortune dans les mines, ou quelque chose ayant trait aux mines. Ils n'étaient pas très appréciés. J'avais appris qu'ils se pavanaient en fourrures et donnaient de somptueux dîners, cependant que les ouvriers des mines, noirs de suie, étaient pauvres et fatigués. Geneviève Morgan Rees s'était brisé le cou dans le grand escalier, disait-on. J'adorais les rumeurs qui circulaient dans l'école selon lesquelles elle aurait été assassinée. Son fantôme continuait, à en croire les grands, à circuler dans les couloirs, le nez poudré, des boucles étincelantes aux oreilles, accompagnée de son chien de manchon. En fin d'après-midi, quand la lumière oblique apparaissait par les fenêtres du haut toutes poussiéreuses, j'avais l'impression qu'elle se tenait à mes côtés. J'espérais qu'elle avait été bousculée par un amant ou poussée par-derrière, mais ma grand-mère ne croyait pas une seconde à ces bêtises. Elle disait qu'elle était probablement tombée après avoir sifflé un verre de trop, et que les mineurs avaient considéré cet accident comme un exemple de la justice immanente.

Les membres de la famille partirent les uns après les autres. La demeure resta vide pendant des années. Le lichen grimpait sur les murs et les orages d'hiver fendaient les vitres. Puis un monsieur avec une barbe et un nom très long consacra sa fortune à remettre l'endroit en état. Il installa des tableaux noirs, des pupitres, suspendit un portrait de lui dans le hall d'entrée, et créa l'école Saint-Barthélemy. Chaque année, à la veille des grandes vacances, un ou une élève de terminale lançait un œuf sur le tableau. C'était la tradition, une règle qui, à ma connaissance, ne fut jamais prise en défaut. Ma mère l'avait fait, j'en suis certaine. Je crois la voir, les cheveux au vent, le bras replié en arrière. Moi-même j'en ai lancé un à dix-huit ans – un œuf bleu, car nous avions des poules de race argentine à ce moment-là.

Donc, en hiver, l'endroit ressemblait à une prison, mais, dès qu'il faisait beau, les gens trouvaient qu'il avait de l'allure. L'été, la pierre luisait doucement dans la lumière du soir. Au mois de mai, les rhododendrons aux mille couleurs se déployaient sur toute la pente. Je savais que ce n'étaient que des plantes sauvages qui poussaient à profusion au milieu des fougères, mais comme elles étaient belles, personne ne protestait – c'est comme ça, la beauté. Et puis ils étaient célèbres, on en parlait dans les guides touristiques. Pendant les petites vacances, l'école servait du thé et des gâteaux aux visiteurs, amateurs de jardins, qui faisaient des kilomètres pour venir les admirer.

Un couple de choucas venait se nicher chaque année entre deux des nombreuses cheminées. Au début, l'école n'en voulait pas ; on avait mis des piques sur le toit et des petits capuchons métalliques sur le haut des cheminées, mais les oiseaux revenaient quand même. Chaque printemps, quand les oisillons sortaient de l'œuf, il y avait un petit article dans le journal local, accompagné d'une photo de Mrs Ifans qui s'efforçait de ne pas avoir l'air ébahi. Moi, j'aimais bien les choucas. Des labos de sciences-nat on entendait leurs cris, et leurs fientes venaient s'écraser sur les tuiles du toit, sur les rebords des fenêtres et sur les têtes fraîchement shampouinées.

Je devais prendre le bus de ramassage scolaire. Vert foncé, brinquebalant, il sentait l'ado, le talc pour bébés, les lotions antiseptiques, les pieds, l'after-shave bon marché, le chewing-gum à la menthe qu'on mastique entre les dents. Parfois, aussi, la ciga-rette. Les marches étaient couvertes de mottes de boue laissées par les chaussures de foot, et les après-midi de pluie il était fumant de la vapeur des corps mouillés. On pouvait s'y sentir très seul. Il y avait des cheveux sur les bras des sièges. Chaque fois que le bus freinait, des tubes de baume pour les lèvres et des boîtes de soda roulaient par terre.

Le premier jour je fis le chemin tristement assise dans le bus. Je ne pensais qu'à la ferme, et à ce que j'allais rater. Avril promettait d'être un beau mois chaud, et je me disais qu'il n'y avait rien au monde de mieux que la crête par ce joli temps. On y avait repéré des cerfs. J'avais demandé à Billy de m'emme-ner voir un jour sa vieille maison délabrée ou de me montrer où vivaient les milans rouges, et c'était le jour idéal pour ça. Malheureuse, je tirais sur les fils de mon blazer, en me demandant quels prénoms commencent par un K.

Le hall d'entrée était froid et sentait l'encaustique. Je me rappelle que les murs étaient turquoise, et le fameux escalier se déroulait devant moi. Sur la liste des nouveaux élèves, j'étais inscrite sous le nom de *Jones, E.*, et je dus me mettre sur la pointe des pieds pour me présenter, au bureau d'accueil, à une femme qui avait un grain de beauté. Elle ne fit pas le moin-dre sourire. Moi non plus.

« Attends dans le coin là-bas », me dit-elle.

Les premiers jours dans un endroit nouveau, on ne comprend rien, tout se mélange, tout va de travers. Je regardais les autres élèves passer en rangs devant la fenêtre et je les trouvais tous tellement grands, réels, solides. Ils savaient ce que signifiait chaque sonnerie. Ils savaient où menait chaque lourde porte. Ils parlaient un langage qui m'était inconnu.

« *Melyngoch !* » Un garçon qui éclatait dans son blazer me montra du doigt à travers la vitre. Il me lança un baiser moqueur.

En réponse, je lui fis les cornes.

Il eut un rire gras, et poursuivit son chemin.

« Ne fais pas attention », dit une voix.

Je me suis retournée pour rencontrer une paire d'yeux inquiets sous des cheveux bruns d'épouvantail. Des yeux pâles avec de longs cils. Pourquoi avait-il, lui, des cils aussi longs et épais, alors que les miens étaient courts et roux ?

« Qu'est-ce qu'il a dit ? ai-je demandé. Je ne suis pas galloise.

— Je sais, a-t-il dit. Tu es de Birmingham.

— Qu'est-ce qu'il a dit ?

— C'est tes cheveux. Ils t'appellent Poil de carotte.

— C'est tout ? »

Eh bien, moi, comme vacherie, j'aurais trouvé mieux.

C'était Geraint – mais je pouvais l'appeler Gerry, si je voulais. Et pendant que Mrs Jones (simple homonymie) désignait une fille à lunettes au nez bouché pour s'occuper de moi pendant ma première semaine, ce fut Gerry qui m'apprit les choses importantes.

Ne prête pas ta gomme ou tu ne la reverras pas.

Quand tu bois à la fontaine, rentre tes fesses.

Notre école est hantée, tu sais.

Ne mange pas de chou.

Tu vois ce garçon ? Joe Vickery. Il a le rein de quelqu'un d'autre.

Je ne pouvais pas le croire. « Ce n'est pas possible ! me suis-je écriée.

— Je te jure. Tout le monde le sait. Il a le rein d'un garçon qui est mort. Si tu ne me crois pas, demande-lui. » Je n'ai rien demandé, évidemment, ça ne se faisait pas. Mais avoir l'organe de quelqu'un d'autre qui bat là, sous votre peau. Ça me paraissait incroyable.

Gerry était très bon élève. Son travail lui avait été rendu le deuxième jour avec la meilleure note de la classe. Il me posait tout le temps des questions sur Birmingham. Il voulait que je lui parle de nos mines de charbon, des bus à impériale et des restaurants indiens. Il m'interrogeait sur les bombes de l'Ira et sur les heures de pointe. Alors je lui racontais. On s'asseyait l'un à côté de l'autre sur les marches, à l'heure du déjeuner, et je lui racontais les histoires que j'avais jusque-là gardées soigneusement cachées – les rats sous la remise du jardin, les choses que j'avais vues sous le pont du chemin de fer, le fait qu'on arpentait la grand-rue de haut en bas, le samedi, en essayant de repérer des hommes roux. Parler de ma ville me donnait un sentiment d'importance. Les autres m'écoutaient aussi. Je forçais sur mon accent ; je corsais mes histoires.

« Comment est-ce que ta mère est morte ? », m'avait demandé Gerry, le mercredi, pendant qu'on se promenait dans la cour de récréation en mâchant nos caramels. J'ai haussé une épaule. « Comme ça.

— Mon père a entendu dire que c'était un suicide.

— Eh bien, tu peux dire à ton père que c'est faux. Il a tort, ton père. Elle avait le cœur malade.

— Malade comment ? »

J'ai fait une moue d'incertitude. « Je ne sais pas bien. Elle avait le cœur fragile. Il n'était pas fait comme tous les autres cœurs.

— Alors elle a eu une attaque ?

— Non. Ce sont les vieux qui ont des attaques. Son cœur s'est arrêté de battre, voilà tout. »

Il a réfléchi à ma réponse. « Est-ce qu'elle te manque ? »

Pourquoi me posait-on toujours cette question idiote ? J'ai baissé les yeux sur le blazer de ma mère. Je voulais dire qu'elle sentait le jasmin, qu'elle me servait mon dîner avec cérémonie, comme si le repas était magique. Mais j'ai juste répondu : « Quelquefois. »

En échange, il m'a raconté que ses parents se tapaient dessus.

« Jamais sur le visage, précisa-t-il, ça laisse des traces et les gens s'en aperçoivent. »

À la fin de ma première semaine, j'eus le sentiment que nos secrets avaient été pressés l'un contre l'autre pour ne plus faire qu'un seul et même objet, et qu'on ne pourrait plus jamais les séparer.

Mon premier vendredi. On s'en souviendra, de ce vendredi.

C'était l'heure du déjeuner.

Gerry jouait au football, alors je suis allée à la cantine toute seule. J'ai fait la queue et j'ai pris mon plateau métallique.

La salle sentait les légumes bouillis. Elle était aussi bruyante et humide qu'une piscine. Je me suis assise toute seule à une place. J'avais trop chaud, j'étais fatiguée, d'humeur grognon. Je ne pouvais pas quitter ma chaise en plastique avant d'avoir tout fini, mais je n'avais envie de rien, et je n'avais pas encore appris qu'on peut aplatir le contenu de l'assiette et le dissimuler sous les couverts, ou que les choux de

Bruxelles peuvent être lancés sous la table à l'aide d'une cuiller.

Je suis restée là presque une heure. C'était de la quiche au fromage. Je m'en souviens, parce que c'est facile à tenir en main et à lancer.

La fille était plus âgée que moi – et deux fois plus grande. Elle portait du rouge à lèvres. Elle avait remonté sa jupe pour montrer ses genoux. Je l'ai vue se diriger vers moi en roulant les hanches, elle a posé ses deux mains sur la table devant moi et elle s'est penchée. Elle sentait très fort le parfum. Elle portait du vernis à ongles écaillé. J'étais troublée. Est-ce que je la connaissais ? Des garçons m'observaient.

« Ces croûtes sur ta bouche ? T'es lépreuse ? »

À Birmingham, des années plus tôt, dans la cour de récréation, un garçon de l'autre classe s'était moqué de mon eczéma. Je l'avais mordu. J'avais enfoncé mes dents de lait dans son bras charnu. Il avait hurlé et il avait voulu me battre. Mais j'avais réussi mon coup. Un demi-cercle rouge entaillé s'était mis à enfler sur son bras et avait pris la couleur d'une banane talée. Cet exploit m'avait valu de sérieux ennuis. On écrivit chez moi, je fus privée de récréation pendant quinze jours et le garçon porta un sparadrap pendant presque une semaine. Mais ça en valait la peine. J'étais assez fière de moi. Il s'était moqué de ma peau, j'avais abîmé la sienne. Cette fois-là, la violence avait été efficace.

« Hé ! je te parle ! T'es sourde ou quoi ? *Byddar ?* J'ai dit : est-ce que t'es lépreuse ? »

Et puis, il y avait eu cette fois, en hiver, où ma peau était affreuse, et au Bull Ring une femme s'était couvert la bouche et le nez en passant près de moi. Comme si j'étais contagieuse. Je l'avais suivie partout après, comme un petit diable, lui soufflant mon haleine dessus, la tirant par la manche, et elle, elle se dégageait avec horreur, ce qui renforçait mon envie de la poursuivre. Ma mère m'avait tirée par le bras et gardée serrée contre elle tout le reste de la journée. Cette femme, au Bull Ring, je l'avais haïe de tout mon cœur ; j'aurais voulu la mordre elle aussi.

« Je me suis laissé dire, continua la fille sur un ton persifleur, que tu étais la bâtarde d'un voleur irlandais. En plus d'être lépreuse », a-t-elle ajouté en souriant.

Alors j'ai bondi sur elle. Je lui ai tiré les cheveux, lui en arrachant des poignées. Mes ongles rongés ont lacéré son visage. Elle a battu des bras, flanqué des claques à la volée, mais soudain mon poing a jailli et je lui ai asséné un grand coup contre la poitrine. J'ai cogné comme on m'avait appris à le faire, le pouce enserrant bien les doigts, le coup frappé de bas en haut, propulsé par le coude, et tout en la frappant je hurlais. Elle en a perdu le souffle. Mon verre d'eau est tombé et s'est brisé, mes couverts ont dégringolé par terre avec un tintement. Les élèves ont repoussé leurs chaises, et moi je frappais encore. Son visage était rouge, couvert de sueur. Elle a essayé de se dégager, mais je me suis agrippée à son chandail. Puis j'ai attrapé un morceau de quiche et je le lui ai fourré dans les cheveux, avant qu'on me saisisse par les épaules pour m'éloigner. Je hurlais et elle tremblait. Je criais : « Retire ce que t'as dit ! Retire ce que t'as dit ! » Toute la cantine était en effervescence.

En reculant, trébuchante, hors d'haleine, j'ai aperçu le visage de Rosie dans un coin de la salle – pâle, inexpressif, plus beau que tous les autres. Et j'ai vu aussi qu'elle était la seule à ne pas avoir peur.

J'étais assise dans le bureau de la directrice, et je balançais mes jambes. J'eus droit à un discours d'une heure, deux mille lignes à copier, quinze jours de retenues, pas de récréations pendant un mois, une lettre bien sentie et circonstanciée à mes grands-parents. La directrice déclara que, comme c'était ma première semaine, elle me donnait encore une chance. Mais attention : une seule !

« Quels que soient les problèmes que vous avez pu connaître, Miss Jones, je ne tolérerai pas ce genre de conduite ! Vous m'entendez ? C'est terminé ! »

Elle portait des lunettes rectangulaires. Un œil ne remuait guère – il avait l'air un peu visqueux et elle le fixait au-dessus de mon épaule, comme si le bruit s'était répandu que j'étais double. J'ai opiné docilement. Elle avait des sourcils comme deux traînées de bave d'escargot qui se rencontrent au milieu.

Pendant le trajet du retour, je m'aperçus que la bagarre m'avait valu un second trou dans ma poche. Je perdis pas mal d'argent de cette façon pendant toute ma scolarité à Saint-Bart.

Cette bagarre eut des répercussions. Des années plus tard, nous avions alors presque dix-huit ans, Gerry me raconta qu'il avait tout vu à travers la fenêtre de la cantine. Je l'ignorais. Il m'expliqua que, jusqu'à ce jour-là, il avait pensé que j'étais vulnérable. Cela me fit rire et, avec un clin d'œil, je lui demandai comment il avait pu penser une chose pareille. *Vulnérable ? Pourquoi ?*

Son opinion sur moi avait radicalement changé ce jour-là, m'expliqua-t-il. En mieux ou en moins bien, je n'en sais rien, je ne lui posai pas la question. Mais je savais qu'il haïssait la violence. Il y avait droit chez lui, et maintenant, à l'école. Mes poings le mettaient-ils mal à l'aise ? Ou était-il impressionné de voir une fille riposter de cette façon, une gamine avec des barrettes ? En tout cas, nous sommes toujours amis. La leçon que nous en avons tirée tous les deux, c'est qu'un seul événement suffit pour voir quelqu'un sous un jour totalement différent.

Quant à Daniel, à huit ans déjà, son opinion comptait pour moi. Je voulais qu'il m'apprécie vraiment. En toutes circonstances j'avais dans un coin de la tête la question : *Est-ce qu'il serait d'accord ?* Après la bagarre, en me posant aussitôt la question j'eus peur d'avoir pris le risque de le perdre. Pendant tout le trajet du retour, ma seule pensée fut : *Ne me déteste pas.*

Mais après notre premier baiser, il y a deux ans, la seule question importante pour moi fut : Quand a-t-il cessé de me considérer comme une enfant ? Quand suis-je devenue une femme ? Quand m'a-t-il vue telle que je suis aujourd'hui ?

Il n'y a pas si longtemps, un dimanche matin où on traînait à la maison, je me suis tournée vers lui et je lui ai dit : « Daniel, quand ai-je cessé d'avoir huit ans à tes yeux ? »

Je ne m'attendais pas à une réponse claire et nette je crois, mais il me la donna pourtant :

« Quand tu es rentrée de l'université, m'a-t-il dit. Tu montais dans l'allée, encombrée de tous tes bagages. Tu avais les cheveux qui tombaient jusqu'aux épaules, à l'époque, tu te rappelles ? Eve, tu ne peux pas savoir… »

Bien sûr, je me rappelle. Je sens encore mon dos qui me faisait mal, et le crachin, et mon piercing qui me tirait le haut de l'oreille. J'avais quitté l'université à cause de Daniel. J'avais compris que je ne voulais pas être là où il n'était pas, que cela m'était physiquement insupportable. J'avais dix-huit ans. Il en avait un peu plus de trente. Je suis arrivée en haut du chemin, et je l'ai trouvé là, sous les tilleuls, habillé en bleu.

L'hôtel de la Truite

Sur un sous-bock ramolli :
Hôtel de la Truite, Llandysul, 12 février
« *Il est trop tard pour partir/Vers des destinations autres que celles du cœur.* »

Un poème ? Ce serait bien son genre, à cette âme romantique, de se tourner vers la poésie, une fois amoureuse. Dans ce cas, avait-elle trouvé ce vers elle-même, ou mon père le lui avait-il récité et elle l'aurait griffonné pendant qu'il se rendait au juke-box ou au bar ? Je reconnus son écriture. Aujourd'hui encore, le sous-bock sent la bière éventée et la cigarette. J'ai cru déceler un jour une odeur de jasmin, mais c'est sans doute mon imagination. Je le prends, je le porte à mon nez, je le respire – elle n'y est plus. Mon bébé et moi ne sentons pas l'odeur du jasmin. Il n'y a aucun parfum fleuri dans un sous-bock qui est resté vingt-neuf ans dans une boîte.

Ont-ils passé la nuit à l'hôtel de la Truite ? Si oui, qui en prit l'initiative ? Sous des draps blancs, dans une chambre aux murs marron.

Un coup de soleil

Tout le monde entendit parler de ma bagarre.

Comme toutes les mauvaises nouvelles, celle-ci se glissa sous les portes. Mes grands-parents étaient furieux. « On élève un voyou ! » a lancé ma grand-mère d'une voix sifflante, les mains sur les hanches, la chevelure en désordre. J'ai essayé de plaider ma cause. Je lui ai expliqué que les coups de poing étaient parfaitement mérités, que la fille m'avait agressée. Wilfred, lui dis-je, en aurait fait autant. Mais mes protestations ne servirent à rien. Ma punition fut d'aller au lit à huit heures du soir, toutes lumières éteintes, pendant quinze jours – cruel châtiment alors qu'il faisait si beau. Même les moucherons restaient dehors plus tard que moi. Je boudais. Je pensais à Billy, assis là-bas tout seul. J'avais encore tant à découvrir sur lui, alors j'enrageais. Si on frappait à ma porte, je criais : *Ça m'est bien égal, fichez-moi la paix !* Ma grand-mère disait à Daniel en grommelant que, si c'était un avant-goût de ma future adolescence, ses nerfs lâcheraient et elle finirait dans la tombe avant les soixante-cinq ans.

Mr Phipps se montra plus hautain que jamais en apprenant que je m'étais battue. *Tu as démontré que j'avais raison*, me dit-il. Chaque fois qu'il me voyait, il prenait un air ricanant, son nez bulbeux se plissait et sa bouche se tordait. « Je l'avais bien dit, n'est-ce pas ? répétait-il à Mrs Hughes. N'est-ce pas ?

— C'est exact, répondait-elle sobrement.

— Et ce n'est que le début ! C'est dans son sang...

— Certes...

— Il ne se passera pas longtemps avant qu'elle crée de nouveaux ennuis. Retenez bien ce que je vous dis. *Vous verrez...* »

Comment je sais ça ? Gerry avait surpris la conversation et avait cru de son devoir de me la rapporter – *Parce que tu es ma meilleure amie*, avait-il dit avec un petit geste d'excuse. Un gentil garçon, Gerry. Il était plus féminin que moi, d'une certaine façon. J'avais le cheveu en bataille, la mâchoire carrée, personne ne grimpait aux arbres et n'escaladait les clôtures mieux que moi. Gerry était frêle, délicat même, avec des yeux comme deux flaques d'eau, et totalement incapable de courir. Ses jambes battaient l'air, si bien qu'il avait l'air d'une grue apeurée. Chaque fois qu'on faisait la course, je gagnais. Et je me rengorgeais. « Tu es *si* lent », lui disais-je. Il était bien obligé de l'admettre.

Il n'a jamais été mon meilleur ami. Ce n'est pas gentil de dire ça ? C'est pourtant la vérité. Bien sûr, nous sommes plus proches aujourd'hui, ayant traversé les mêmes épreuves. Cet été-là, la chaleur, l'incendie, l'inquiétude, tout cela nous a liés, en un sens. Mais à l'époque, je le voyais surtout comme un compagnon de jeu, on volait ensemble les poires du révérend. Et puis il inventait des choses qui m'impressionnaient : aller regarder sous les jupes de Mrs Hughes, embêter le vieux chien de Mrs Jessop jusqu'à ce que ses aboiements la fassent sortir de sa boutique comme une furie, agitant les poings et écumant de colère. Et puis, il m'aidait pendant les contrôles de gallois en secouant sa feuille pour faire sécher l'encre tout en inclinant la réponse de mon côté. Un camarade précieux à cet égard.

En échange, je lui ai montré la cabane de berger. Je lui ai offert la vue, les tourbières, le Tor. Je crois que sa soif de voyages est née sur notre crête. Il restait planté les bras grands ouverts, à avaler de grandes goulées d'air en souriant. Il adorait ça. Le soir, il me regardait avec reconnaissance. Là-haut, il avait une impression réelle de liberté, du moins dans sa version enfantine.

Quant à Daniel, en entendant le récit de ma bagarre il s'efforça de dissimuler un sourire. Il m'emmena au bord de la Brych un soir, et écouta d'un air grave mes doléances. Je lui dis que c'était trop injuste, toute l'école avait assisté au spectacle, alors qu'aurais-je pu faire d'autre ? « La prochaine fois, tu t'en vas, c'est tout », me conseilla-t-il.

S'en aller ? Plus facile à dire qu'à faire – comment peut-on tourner le dos quand on vous attaque ainsi ? Mais il était si séduisant, ce soir-là, au bord de la rivière, hâlé par le soleil, rassurant, avec ses yeux gris et doux comme des ailes de pigeon, et je me sentais si heureuse d'être assise là, à ses côtés, les yeux levés vers lui, que je promis de m'en aller la prochaine fois. Oui. « Je ne me battrai plus, dis-je. Plus jamais. »

J'ai tenu ma promesse. Je n'ai frappé personne d'autre depuis. Mais si je l'avais fait ? Si j'avais manqué à ma parole six semaines plus tard, la brisant sur mon genou comme une branche, laissant des écorchures ou des marques de morsure qu'il aurait fallu expliquer ?

Et si... ? On se pose cette question pour se faire du mal.

Le mois de mai fit son entrée avec des nuées de mouches. Elles harcelaient les vaches en s'agglutinant autour de leurs yeux, et les guêpes pénétraient partout. Elles se glissaient sur les fleurs des tombes : le jardin du Cerf blanc ne cessait de bourdonner. L'une d'entre elles me piqua. Elle se noyait dans l'écuelle du chien, alors j'avais plongé le pouce pour la sauver. Elle enfonça son dard dans le gras du doigt, et je hurlai : « Maman ! » Mon pouce enfla comme une prune. Voilà comment j'étais récompensée ! À partir de ce jour-là, je fis la chasse aux guêpes. Si je pouvais les écraser, je le faisais.

Les hommes se mirent à travailler torse nu, mais malgré la chaleur Billy portait toujours sa veste verte. Je l'apercevais parfois près du Tor, ses mains pétrissant l'air quand il évitait les marécages, avec les pans de sa veste qui battaient sur les côtés. Un soir où je le rencontrai dans le chemin, quelques minutes avant l'heure de mon couvre-feu, je l'interrogeai à ce sujet :

« Vous n'avez pas trop chaud avec ça ? »

Il me regarda comme si c'était une question piège. Peut-être se disait-il que j'allais lui donner un coup de poing s'il donnait la mauvaise réponse. « Non. »

J'ai haussé les épaules. « Bon. Si vous le dites. »

Il sortit de sa poche une petite fleur violette, toute fragile.

« Des pensées pour les pensées », me dit-il. Je le vis sourire lentement et redescendre le chemin avant de disparaître.

Il était comme ça : une veste en coton huilé en pleine vague de chaleur ; un regard inscrutable et un visage à deux faces. Il cueillait les fleurs comme si elles lui appartenaient – comme s'il les avait possé-

182

dées, puis perdues. *Tiens, voilà*, disait-il en plongeant la main dans l'herbe.

Quelques jours plus tard, dans la pénombre de la grange abandonnée, alors que je mangeais le fruit que j'avais caché sous ma chemise, je lui ai demandé pourquoi il venait à la grange. J'étais censée être à l'école. J'étais en uniforme. J'avais enlevé mes chaussures et gardé mes chaussettes. Ce soir, je ferais un mot d'excuse en imitant l'écriture de mon grand-père. *Evie a eu une légère indisposition*. Je savais que je pouvais m'en tirer.

« Si vous avez une maison, pourquoi venir ici ? »

Il avait pris un coup de soleil sur le crâne – preuve que l'été était déjà là. Malgré la faible lumière, on en distinguait la rougeur. Je savais l'effet que ça fait d'attraper un coup de soleil. Je savais que si j'appuyais dessus, la peau blanchirait pendant une seconde ou deux. Allait-il lui aussi attraper des taches de rousseur ?

« Ici ?

— Oui. Pourquoi ? »

Il était appuyé contre une poutre, les genoux repliés, les bras posés dessus. « C'est tranquille. Personne d'autre ne vient ici.

— Comment l'avez-vous trouvée, cette grange ?

— Par hasard. »

J'ai croqué dans ma pomme. « Quand ça ? »

Regard soupçonneux. « Il y a très longtemps.

— Moi, je ne savais pas qu'elle existait. Je l'ai aperçue à travers les arbres. À qui elle appartient ? Vous le savez ? »

Billy fit non de la tête. Au bout d'un moment, il remua un peu et dit : « Alors, tu as frappé quelqu'un. »

Ce n'était pas une question, juste une constatation. Comment l'avait-il su ? Comment Billy avait-il pu apprendre la nouvelle aussi vite, alors qu'il ne parlait à personne ? J'ai secoué la poussière avec la main. J'aurais préféré qu'il ne sache pas. « Elle le méritait. »

Sourit-il dans le noir ? Si oui, à peine l'ombre d'un sourire. « Tu n'auras pas d'amis.

— Quoi ? Comme vous ? »

Pas de réaction.

« Parce que vous n'en avez pas. C'est vrai, non ? Vous en avez ?

— Je suis heureux comme je suis. »

Je ne le croyais pas. Tout le monde doit avoir des amis. Je savais que je n'en avais pas beaucoup, depuis toujours, je n'en avais jamais eu beaucoup, mais j'avais eu ma mère, et maintenant j'avais mes grands-parents et Daniel. Cela me suffisait. Mais n'avoir personne ? Pas un seul être à qui parler ? Même moi, je ne l'aurais pas voulu. Ce serait la solitude dans toute son horreur.

« Vous ne pouvez pas être heureux ! Ce n'est pas possible. Les gens ne vous manquent pas ? »

J'ai senti qu'il se rembrunissait. Il a sorti de sa poche gauche un objet argenté ; il l'a examiné. Je choisis de me taire. C'était préférable.

J'ai fini par rompre le silence en disant : « Vous avez pris un coup de soleil sur la tête. Vous le saviez ? C'est rose. »

Il a soupiré.

« Pas là ! Là ! » J'ai montré son crâne du doigt. « Si vous voulez, je peux vous apporter de la crème. On en a à la ferme. Moi j'en mets toujours, sinon j'attrape des coups de soleil. C'est ma peau. J'ai le teint des Celtes.

— Ça, c'est sûr. Ça vient de ton père. »

Il se leva, brossa son pantalon. Je savais que je l'avais offensé. Je l'avais renvoyé dans un endroit éloigné auquel lui seul, Billy, avait accès. Il sortit lentement de la grange vers la lumière. Je ne pouvais pas le laisser partir comme ça. Je ne pouvais pas me le permettre. « Billy ! ai-je appelé. Écoutez ! Je serai votre amie. Si vous voulez ! »

Il ne répondit pas.

« Où vous allez ? » Il ne se retourna pas. « Je reviendrai bientôt ! » ai-je promis. J'espérais qu'il m'avait entendue. Il avait déjà atteint la moitié du champ et claudiquait au milieu des vaches, les mains dans les poches, la tête baissée.

Je suis revenue – avec de la crème solaire, de la réglisse et des bouteilles d'orangeade qui avaient englouti mes économies. Et il revint lui aussi. Il m'examinait avec ses immenses yeux bleus, et quelquefois il faisait tournoyer un bouton-d'or entre le pouce et l'index, mais il ne parlait guère. Moi je brûlais de lui poser mille questions – *Est-ce que votre tête vous a fait mal ? Est-ce que vous vous en souvenez ? Qui était K ? Qu'est-ce que vous savez d'autre ? Et cette histoire de cœurs piétinés ?* Mais j'avais la sagesse d'y aller doucement. Ce n'était pas un homme qu'on pouvait bousculer, je risquais de le perdre – il disparaîtrait de nouveau dans les orties, pour n'être plus qu'une rumeur, une trace ondoyante dans l'herbe.

Encore une chose : à cette époque-là, d'autres fleurs furent déposées sur notre véranda. Pas des pensées ou des boutons d'or, mais d'immenses tiges de cerfeuil sauvage – le pollen me faisait pleurer. Personne n'y comprenait rien. On m'accusa pendant un temps : *Pour l'amour du ciel ! Evangeline ! C'est une plaisanterie, ou quoi ?* Mais ces fleurs n'avaient rien à voir avec moi.

Plus tard, mon grand-père en informa la police, voyant là quelque chose de sinistre, soupçonnant de mauvaises intentions. Mais les policiers furent aussi perplexes que lui. Un admirateur secret ? suggérèrent-ils. Ma grand-mère les envoya gentiment promener : « Vous ne croyez pas que je suis un peu vieille pour ça ? » dit-elle.

Baignade

Est-ce pour cela qu'on offre des fleurs ? Pour exprimer son admiration ? Quelquefois. Mais il y a d'autres raisons. Comme symbole d'amour, ou de pitié. Une façon de dire merci. Une marque de respect. La preuve que nous aimons beaucoup quelqu'un, et que nous voulons le voir sourire. Et nous déposons des fleurs sur les tombes pour dire : *Regarde, nous pensons encore à toi. Tu as laissé un vide.*

14 mai.
Le jour le plus chaud de l'année, dirent les journaux. Nos vaches piétinaient dans la poussière ; nos moutons furent tondus. Je vis, ce matin-là, ma toute première taupe. De la fenêtre du palier, j'avais aperçu de la terre rejetée au pied du sycomore, alors j'étais sortie en courant et là je la vis. Elle cherche de l'eau, supposa mon grand-père. C'était une petite chose vulnérable.

L'après-midi, nous sommes allés nager, Daniel et moi. Il m'avait dit que mes grands-parents pouvaient se passer de lui pendant une heure, alors j'ai pris une serviette sous le bras et je l'ai suivi sur la piste des mûriers, en passant près des moutons. Il faisait un temps lourd, collant. Dans les herbes hautes, nos pas dérangeaient les faucheux qui s'envolaient paresseusement, comme un ballon dont on lâche la ficelle. J'avais trop chaud pour les attraper. Je trottais derrière Daniel, dont la chemise blanche était plus sombre au bas du dos.

Le lac était rond comme une pièce de un penny, et de la même couleur. Je pataugeais là où j'avais pied en regardant Daniel s'aventurer vers les eaux sombres. On disait que des brochets vivaient dans le lac, et des perches. J'avais aussi entendu dire que ces lacs étaient très profonds, d'immenses cuvettes d'eau noire qui étaient là depuis des siècles. N'importe quoi pouvait s'y cacher. Au loin, Daniel glissait sur le dos et je pensais : *Ne va pas si loin. Allez, reviens maintenant, reviens.*

Je me souviens de cet après-midi, parce que j'étais restée si longtemps assise dans l'eau que les bouts de mes doigts étaient fripés comme le cœur d'une pomme. Pendant que Daniel fumait, allongé sur le dos, j'ai réussi mon premier ricochet. Sur le chemin du retour, les moucherons ont commencé à me piquer le cuir chevelu, alors j'ai enroulé ma serviette autour de ma tête, et j'ai marché les bras écartés pour maintenir mon équilibre. Cela a fait sourire Daniel.

Cet après-midi-là fut la dernière fois où l'on ait vu Rosie. Juste avant quatre heures, elle fit un grand sourire au révérend Bickley en passant en trombe devant l'église sur ses patins à roulettes. Au même moment, je fouillais la terre d'argile pour y trouver de l'or. Si elle a bien été enlevée, comme on le pense maintenant, ce fut pendant que je scrutais l'eau, les yeux plissés pour regarder Daniel nager. La courbe de ses bras, sa présence paisible. Je me souviens aussi que, ce jour-là, j'ai à peine pensé à ma mère.

LIVRE DEUX

Fantômes

La nuit, mon bébé bouge. La chaleur m'empêche de dormir, alors je reste allongée dans le noir, les yeux grands ouverts. Mon bébé ne dort pas non plus. Comme s'il sentait mon état, il pousse un petit pied contre la paroi de mon ventre. J'ai envie de lui dire : *Je suis désolée. Désolée de ne pas dormir, et désolée qu'il fasse aussi chaud.* Du bout des doigts je caresse mon gros ventre de haut en bas, comme je le ferais avec une colonne vertébrale. Je me demande ce qu'il sait. Facile de ne rien dire du tout, parce que c'est un fœtus, il n'est pas encore né. Mais tandis que j'écoute ma respiration et les aboiements des renards, je suis persuadée que cet enfant est omniscient. Je le sens plein de sagesse. Comme si, parce qu'il est à l'intérieur de moi, il voyait tout.

Mrs Hughes s'est donné la mort, finalement. Elle a fait provision de somnifères et de cachets d'aspirine, et elle s'est allongée sur son couvre-lit en soie avec deux bouteilles de vodka, et l'album de photos de Rosie bébé. Son mari s'était déjà remarié à l'époque. Il n'a pas assisté à l'enterrement. Il n'a même pas envoyé de fleurs.

J'ai peur. Cela ne me ressemble pas de l'admettre, ce n'est pas moi du tout. Mais j'ai peur, je n'y peux rien. Ce que je ressens à l'égard de cette créature – de ce petit paquet dense qui appuie ses poings contre mes côtes, qui me donne des aigreurs d'estomac, des jambes enflées, qui m'a fait avoir pendant deux mois des envies de vinaigre à en avaler des cuillerées entières, qui n'a pas encore de nom, de visage, rien – ce que je ressens, c'est déjà trop pour moi. Je ne savais rien jusqu'ici. J'ignorais à quoi ressemble la peur. Qu'avais-je éprouvé quand une main indésirable était descendue le long de mon dos de petite fille de huit ans, puis plus bas ? Une version atténuée, confuse de ce que j'éprouve aujourd'hui. Ce que j'ai ressenti à dix-neuf ans, quand je me suis rendue en voiture à l'hôpital après que ma grand-mère avait eu un malaise au marché, le matin, c'est une sensation plus forte – une peur bien précise parce que je ne voulais pas qu'elle meure, je n'étais pas prête, et je ne voulais pas avoir à retourner dans la salle d'attente de l'hôpital pour retrouver mon grand-père et lui annoncer, en le regardant dans les yeux, que c'était fini. Oui, c'était bien de la peur. J'avais eu peur alors. J'ai toujours peur, aussi, quand Daniel est en retard. Des idées me viennent, voletant comme les chauves-souris au crépuscule : *Qu'est-ce que je ferais ? Qu'est-ce que je deviendrais ?* J'en ai le souffle coupé.

Mon grand-père m'avait dit un jour, après son veuvage, qu'il n'y avait plus de joie. Le bonheur revient, m'avait-il dit, on retrouve le rire, on apprécie les bonnes choses que le monde vous offre et on sourit de nouveau. Mais la vraie joie a disparu. On a un sentiment de manque permanent. Mrs Hughes avait bien connu cela.

Mais par-dessus tout, ma plus grande peur, c'est de le perdre. De lui faire défaut. D'avoir le dos tourné au moment crucial, au moment précis où il aura besoin de moi, et mon enfant aura disparu. Mon petit faon qui donne des coups de pied. Mon second battement de cœur. Comment ma grand-mère avait-elle supporté ça ? Comment avait-elle fait pour ne pas s'effondrer, devenir folle ?

Je voudrais tant pouvoir lui parler. C'est seulement maintenant que je la comprends. Je voudrais la remercier, car je ne crois pas l'avoir jamais fait.

C'était une femme remarquable. Je sais maintenant que sa vie était accablée par une tristesse insondable, bien plus qu'aucun d'entre nous ne l'imaginait. Et pourtant elle fredonnait, et elle se souvenait de tous les anniversaires.

Pas étonnant que le révérend Bickley ait été secrètement, et sans retour, amoureux d'elle. Il l'est encore aujourd'hui, après tout ce temps, malgré sa mort. Il dépose des lis sur sa tombe, et des baisers timides, secs et tristes sur ma joue quand il s'en va, parce que ma joue est encore le meilleur substitut.

Ma grand-mère n'était pas née au pays de Galles. Elle venait de Cornouailles. Elle avait été élevée dans un village battu par les vents, sur la côte nord, un village où les vitres des maisons étaient collantes d'embruns et où les girouettes n'étaient jamais au repos.

« Des fantômes habitaient dans notre maison, prétendait-elle. De vieux contrebandiers. Le soir, je les entendais descendre l'escalier qui grinçait. » J'observais avec attention son visage, ne sachant jamais s'il fallait la croire ou pas.

Elle était rebelle, déjà, de caractère emporté. Son père était directeur d'école et, bien que je n'aie jamais vu de photo de lui, j'ai l'impression de le connaître à force de l'imaginer : un grand nez, le teint pâle, il passait en trombe dans les rues vides en serrant des livres contre son cœur, les pans de son manteau noir battant contre ses talons. Il frappait de sa canne les mollets des élèves, mais épargnait sa fille unique. Elle était insolente. Elle entrait dans la mer tout habillée. Elle contredisait le pasteur et rentrait chez elle à la nuit tombée.

« Mais je n'ai jamais été battue, m'affirma-t-elle, pas une seule fois. À la place, il m'enfermait – chaque fois que ça lui prenait. Il disait que ça me ferait du bien.

— Et il avait raison ?

— Non, répondit-elle. Pas du tout. »

Quant à Mrs Fenwick, elle était grabataire et ne sortait jamais de chez elle. Je ne pouvais rien imaginer de pire. Tout ce bord de mer, et pas moyen de l'explorer.

« Grosse, carrément grosse. Même avant ma naissance, elle avait de l'embonpoint. Ils faisaient chambre à part, mes parents. Lui avait la chambre sous le toit, avec la vue sur la mer, et elle occupait l'arrière de la maison. » J'ai vu les yeux de ma grand-mère se figer, fixer soudain le lointain. « Toute ma vie, je l'ai connue allongée dans le noir.

— Toute ta vie ?

— Elle avait honte qu'on la voie.

— Même toi ?

— Surtout moi. Quand j'allais dans sa chambre, elle m'insultait. Elle me disait de disparaître de sa vue. »

Cette image me hantait : une créature tiède, trop en chair, étendue dans une petite chambre sinistre, sentant la sueur aigre et la poudre de talc, et qui s'enfonçait encore un peu plus sous les couvertures quand sa fille entrait. J'ai dit que je n'arrivais pas à comprendre – pourquoi s'était-elle laissée aller à devenir aussi grosse ? Et pourquoi s'étaient-ils mariés ? Comment faisait-elle pour sa toilette ? J'ai dit que Mr et Mrs Fenwick me paraissaient former un drôle de couple.

« Peut-être, murmura ma grand-mère. Mais l'amour prend toutes sortes de formes, tu sais. Il lui avait offert ce bracelet avec des amulettes, tu te rappelles ? Un porte-bonheur par année de mariage. C'était bien une preuve d'amour, ça. »

Et donc la jeune Louisa Fenwick fréquentait les pubs, fumait des Woodbines, et avait appris à quitter sa chambre en douce par la fenêtre, en s'accrochant au rebord, pour rejoindre des soldats en permission. Elle s'asseyait au bord des falaises. Elle relevait ses jupes et buvait du gin dans les dunes. Cela, je l'ai appris de mon grand-père. Il me raconta qu'elle avait baguenaudé. *Baguenaudé* – un joli mot, même si, à l'époque, je n'avais pas la moindre idée de ce qu'il signifiait.

Plus tard, je découvris ce que ça voulait dire : elle avait eu un amant.

En cachette bien sûr – à cette époque les femmes étaient réservées, gardaient les jambes croisées et protégeaient leur vertu. Mais il faut dire que ma grand-mère respectait rarement les traditions. J'aurais dû deviner qu'elle avait de tels secrets.

Elle me fit des confidences quand j'eus quinze ans – par une soirée pluvieuse, au troisième verre d'eau-de-vie. « Une cicatrice sous l'œil gauche, me dit-elle, comme un croissant de lune. C'était un pêcheur, figure-toi. Il travaillait sur des bateaux de pêche, au chalut, à la ligne, à la nasse, tout. Il partait de Padstow, et moi j'étais là, sur le quai, à le regarder en me demandant ce qui se passerait s'il ne revenait pas. »

Un vrai roman. J'imaginais la scène. Ma grand-mère sur la jetée, retenant ses cheveux d'une main, et de l'autre serrant son manteau autour d'elle. Ou la levant peut-être dans un geste d'adieu teinté de nostalgie. « Et alors ? ai-je demandé. Est-ce qu'il revenait ?

— Avec des bars, ou même des homards. » Elle prit une gorgée d'eau-de-vie. « L'été, on attrapait des bars tout près de la côte. Tu as raté quelque chose, ajouta-t-elle, en n'habitant pas au bord de la mer. »

Pourquoi cette découverte me troubla-t-elle ? Parce que j'avais toujours supposé que mon grand-père avait été l'amour de sa vie. J'avais toujours pensé qu'il était le seul homme auquel elle pensait à la tombée de la nuit. Après tout, elle l'avait épousé. Mais, à quinze ans, mon cœur était plus avide que jamais. J'étais mûre pour l'amour, je l'attendais avec passion, et ce soir-là j'allai me coucher avec le pêcheur en tête. Je restai allongée, croyant le voir – le visage ridé à force de plisser les yeux, sentant l'huile, sa main sur la nuque de ma grand-mère tandis qu'il l'embrassait. Ces rêveries me laissèrent un point douloureux sous les côtes. Pas tellement à cause de mon grand-père – il avait dû savoir qu'il y avait eu un autre homme. Et il y avait dû y avoir des signes physiques dans le lit des jeunes mariés à Pencarreg. C'est pour elle surtout que je souffrais. Une peine immense m'envahit soudain. Qu'est-ce qui n'avait pas marché ? Pourquoi ne s'étaient-ils pas mariés ? Ne l'aimait-il pas suffisamment ?

La vérité, c'est qu'il mourut. Je l'appris après le décès de ma grand-mère. En lisant une coupure de journal pliée en deux et glissée dans un roman pour jeunes filles. Disparu, présumé noyé, disait le journal. On avait retrouvé son bateau de pêche se balançant doucement, la coque pleine d'eau, sans équipage. Ma grand-mère avait tout juste dix-sept ans. Une gamine encore. Je l'imagine, la bouche grande ouverte en apprenant la nouvelle, portant les deux mains à ses tempes. Je la vois sangloter à grand bruit la nuit, ses parents prétendant ne rien entendre. Le bateau s'appelait la *Louisa*. Je suppose que cela n'arrive pas deux fois dans une vie, un amour pareil.

J'ignore ce que mon grand-père savait de tout ça. Il est certain qu'il fut aimé, mais ce ne fut sans doute pas de la même façon. Après tout, il était très différent. Il était peu bavard, il s'éloignait rarement. Quand il embrassait, c'était de façon timide, comme s'il entrait dans une pièce inconnue. Et son gagne-pain, c'était la terre galloise, ce qui est tout de même moins traître que la mer.

« Et alors, comment as-tu rencontré grand-père, puisque tu vivais en Cornouailles ? »

Ma grand-mère sourit et fit tourner dans son verre les dernières gouttes d'eau-de-vie. « Ici. Au pays de Galles. J'étais venue habiter quelque temps chez ma tante. Pendant qu'on enterrait ma mère. »

Un grand monticule de terre au cimetière. « Comment ?

— À une fête de village. J'avais vingt-deux ans. Une vieille fille – si on peut dire. Il m'a offert trois tournées de jeu de massacre. »

Trois semaines plus tard, ils étaient fiancés. Elle me raconta qu'il lui avait demandé de l'épouser sur le chemin couvert de feuilles au-dessus des mines d'or et que, en se relevant, il avait un genou tout mouillé. C'était l'histoire que je préférais. Je voulais entendre parler d'un amour qui tourne bien, pas d'un amour perdu dans une tempête. Je voulais croire que les sentiments pouvaient être aussi simples que ça, aussi lisses. Pas de mensonges, pas de cœurs brisés.

Mais une question m'a toujours taraudée, inquiétante comme une vipère tapie dans les hautes herbes : que se serait-il passé si le pêcheur n'était pas mort ? S'il n'y avait pas eu, il y a cinquante ans, cette brusque tempête arrivée sur l'Atlantique sans préavis, sans vagues noires pour la précéder en guise d'avertissement ? Ma grand-mère l'aurait épousé dans une petite église trapue de Cornouailles, sous un ciel plein de mouettes. Ma mère ne serait pas née. Ni moi. Le bébé dans mon ventre n'existerait pas. Et Billy Macklin n'aurait pas arpenté à minuit les sentiers de Cae Tresaint, ni marmonné tout seul, ni récité les noms des fleurs devant lesquelles il passait – *Campanula rotundifolia, Clematis Vitalba, Viola tricolor*. Sa tête et son cœur seraient toujours intacts.

Ça ne sert à rien de raisonner ainsi. Qu'est-ce que ça vous apporte ?

Ce qui compte, c'est que ma grand-mère a eu plus de chagrins dans sa vie qu'elle n'aurait dû. Et voilà tout.

K

Bien sûr, tout a changé avec la disparition de Rosie, mais pas du jour au lendemain. C'est facile, rétrospectivement, de croire que Cae Tresaint fut saisi de panique, qu'on ferma soudain les portes à double tour, qu'il fut interdit d'aller dans les champs, qu'on imposa un couvre-feu. Cela ferait, peut-être, un meilleur récit si je parlais des endroits sinistres, de la façon dont Tor-y-gwynt nous observait, des sentiers obscurs, des tourbières, des anciennes mines d'or où il faisait froid et humide, même par temps sec. C'était des endroits inquiétants, bien sûr. Et les traditions galloises sont pleines d'ombres. Mais les changements furent lents à venir. Insidieux. Ils s'infiltrèrent dans nos vies aussi lentement qu'une tache d'humidité sur un mur.

Malgré la disparition de Rosie, les libellules revinrent. Gerry et moi laissions tomber nos devoirs et cavalions jusqu'à la Brych avec des filets à papillons pour les attraper. Certaines étaient immenses, d'un bleu électrique, et elles vrombissaient sous les aunes avant de filer en tourbillonnant. Nous en attrapions rarement. Elles planaient en nous surveillant. Elles ne se laissaient pas prendre à notre jeu.

Certains soirs, j'allais retrouver Daniel sur les marches de sa caravane pour lui parler de l'école, de la ferme ou de lui. Il s'asseyait toujours sous le vent par rapport à moi, afin de m'éviter la fumée de sa cigarette, même si je le regrettais parfois, parce que j'avais appris à aimer cette odeur. S'il y avait des étoiles, il essayait de les nommer – je le soupçonnais d'inventer parfois des noms, et je le lui disais. « Ils sont tous vrais, m'assurait-il. Je les ai appris quand j'étais petit. Mon père avait un téléscope, je te rappelle. » C'était de bonnes soirées, j'aurais pu rester assise sur ces marches métalliques pendant des heures. Ça me donnait le cafard d'entendre ma grand-mère m'appeler de la galerie pour me dire qu'il se faisait tard et que j'avais classe le lendemain.

Et Lewis était plus occupé que d'habitude. Il s'était trouvé une nouvelle petite amie, une femme de la ville, plus âgée que lui, dont ma grand-mère m'avait signalé, d'une voix monocorde, que c'était une blonde oxygénée. Je ne savais pas exactement ce que cela voulait dire, mais je savais que ce n'était pas recommandable. On se mettait toutes les deux à la fenêtre du palier pour la voir marcher dans les bouses de vache avec des chaussures inappropriées, et ma grand-mère avait beau se taire, je savais bien ce qu'elle pensait d'elle. Comment s'appelait-elle ? Je ne me rappelle pas. Mais c'est elle qui me fournit ma première occasion d'apercevoir des seins. Elle avait descendu les bretelles de sa robe dans le pré aux vaches désert alors que j'étais cachée derrière la cage du chien. Je fus pétrifiée. Moi aussi j'allais avoir *ça* ? Elle avait peut-être deviné ma présence, parce qu'ensuite, quand elle me voyait, elle me faisait un petit clin d'œil. Elle dura plus longtemps que la plupart des petites amies de Lewis – environ trois semaines. Mais elle prit brusquement le large, quand le village devint un endroit trop tendu, trop brûlant, trop sombre pour qu'on ait envie d'y rester. J'étais contente qu'elle ne soit pas prête à supporter ça pour Lewis. Mais lui, cette fuite le rendit amer. Tout ce qu'elle lui laissa (et à moi par la même occasion), c'est le souvenir de ses cheveux décolorés et de ses seins lourds.

Et le château de Carreg Cennen. Je me souviens que l'école y organisa une excursion à ce moment-là. À y repenser, cela m'étonne d'ailleurs. Personne ne craignait donc un enlèvement ? Ne se disait que lâcher des enfants dans la campagne, étant donné les circonstances, était imprudent ? L'école estimait peut-être qu'il fallait maintenir une vie normale. Ou refusait d'accepter l'inacceptable. Ou peut-être était-il simplement trop tôt pour s'inquiéter vraiment – après tout, la vie de famille de Rosie était loin d'être parfaite, et les fugues, il s'en produisait de temps en temps. Quoi qu'il en soit, nous fîmes notre sortie à Carreg Cennen, et j'en garde un bon souvenir. C'était un vieux château étonnant, exposé au vent. Une armée d'élèves en bleu marine et jaune avait envahi les ruines et les allées. Debout sur les remparts, les cheveux dénoués, avec derrière moi la chaîne des Black Mountains, je me sentais la reine de l'univers. J'adorais le fait que le château soit si haut perché. J'adorais contempler de là le panorama du Carmarthenshire en prétendant que tout cela m'appartenait, que je régnais sur les étendues qu'embrassait mon regard. Nous étions à des kilomètres de la côte, et cependant j'avais l'impression de sentir la mer.

Le beau temps semblait rendre Billy nerveux. L'hiver, entre la pluie, la boue et le vent en rafales, les sentiers et les collines étaient son domaine, me disait-il. Il ne les partageait avec personne : qui voudrait marcher jusqu'au Tor quand souffle la tempête ?

« Pendant des semaines, je ne vois personne. » Mais il y avait des visiteurs maintenant. Les milans rouges avaient fait leurs nids près des marais de Cors Caron, et chaque jour on voyait apparaître de nouveaux promeneurs. Des jumelles étincelaient sur la crête. Mr Phipps avait vendu toutes ses cartes postales. Ma cabane de berger avait perdu son attrait depuis que des randonneurs venaient me déranger en passant devant avec leurs joues rouges et leurs chaussettes de laine. Alors j'allais retrouver la vieille grange. Je restais allongée dans son ombre avec Billy, et je l'entendais faire sonner quelque chose au fond de sa poche. De la monnaie sans doute – avais-je toujours pensé.

« Je suis sûre que personne ne viendra ici, lui dis-je. Pour quelle raison, d'ailleurs ? Ce n'est qu'une grange. »

Les yeux fermés, il me répondit. « Parce qu'elle est venue ici à patins. »

La nouvelle me fit bondir. « Quoi ? *Ici ?* Dans la grange ? *Notre* grange ?

— Juste sur le sentier. Je l'ai vue. Elle allait du côté de votre ferme. Ce qui veut dire qu'ils finiront par venir fouiller ici. »

J'ai poussé un soupir de soulagement, et je me suis de nouveau appuyée contre une vieille poutre. Elle n'était pas venue *ici* – juste sur le sentier. *Cette grange était à moi.* « Billy, où est-ce que vous irez, quand ils viendront ?

— Pas loin. Je n'ai pas envie d'aller loin.

— Vous avez déjà été à la mer ? »

Il a souri, fait non de la tête.

« C'est beau. C'est là que j'irais, si j'étais vous. »

Mais ce n'était pas assez pour le réconforter. Il paraissait inquiet, et il lui arrivait de sursauter à mon arrivée.

Un après-midi, je le trouvai assoupi sous l'avant-toit. Je portais mon uniforme. Je me suis approchée tout doucement, je me suis accroupie pour être tout près de son visage et j'ai examiné sa cicatrice. La peau était plus brillante à cet endroit-là. En retenant mon souffle, en m'approchant encore plus, je vis le pointillé qu'avaient laissé les points de suture. Je pouvais presque le toucher. J'aurais voulu pouvoir sentir la peau lisse et les boursouflures. Mais il se réveilla soudain. Il avait deviné ma présence, entendu battre mon cœur, ou senti ma sueur de petite fille, et il sauta sur ses pieds, trébucha et courut jusqu'au coin en criant : « *Quoi ? Quoi ?* »

« Pardon », ai-je dit.

Il lui fallut dix minutes pour se sentir capable de revenir à la lumière et s'asseoir à côté de moi.

Quelquefois, je lui posais des questions sur l'accident. Il rechignait à l'évoquer. Souvent, il détournait son visage, ou se contentait de grommeler : *Laisse tomber. Je ne veux pas en parler.* Quand il était de cette humeur, je n'insistais pas. Je ne voulais pas le troubler.

Mais, parfois, il se montrait mieux disposé. Un jour, après l'école – nous traversions alors la plantation de pins et je marchais derrière lui –, je lui ai demandé : « Vous vous rappelez ce qui est arrivé ?

Il a secoué la tête. « Pas vraiment. Je ne pouvais pas voir de cet œil. Il m'a fallu des mois pour recouvrer la vue.

— Vous étiez aveugle ? » Personne ne me l'avait dit.

« À moitié, a-t-il corrigé. Mais mon œil a pratiquement guéri. Tu vois ?

— Vous avez eu mal ? »

J'imaginais que la réponse serait oui, oui, j'ai souffert, et que parfois sa tête lui faisait encore mal comme si elle était à nouveau fracassée. J'imaginais que le sang venait battre dans son crâne, la nuit, et que si on touchait sa peau, il avait des fourmillements à cet endroit. Quel effet la pluie faisait-elle sur la partie abîmée de la peau ? Lui était-il déjà arrivé de se cogner contre une poutre basse et, dans ce cas, qui avait-il appelé à l'aide ? Sa mère ? Quelqu'un d'autre ? Mais il s'est contenté de hausser les épaules.

« Pas tellement. C'est plus tard.

— Plus tard ?

— Quand il a fallu regarder ça, dit-il en montrant l'endroit du doigt. Pour la première fois. »

Imaginez : avancer à tâtons jusqu'à une glace après l'accident, et découvrir quelqu'un de totalement différent. Voir ce bourgeon rouge envahir tout un côté de votre visage. *Cela pâlira sans doute un peu*, disent les docteurs. Et vos amis, si vous en avez, diront par exemple : *Ce n'est pas aussi terrible que tu le crois.*

Le premier vrai changement, si je me souviens bien, vint de ma grand-mère. Et encore, ce fut subtil. Rien de plus qu'un front soucieux, le premier ou le deuxième jour. Elle me regardait descendre l'escalier, les sourcils froncés et les lèvres pâles. Et puis, au lieu de parler aux poules quand elle allait ramasser les œufs, elle se mit à le faire en silence, puis à oublier carrément les œufs. Cela devint ma tâche le matin, avant de partir en classe, d'ouvrir la petite porte en bois et de tâtonner dans le noir. Le poulailler sentait le renfermé, mais quelle joie de trouver un œuf tiède dans la paille. Pondu rien que pour moi, pouvais-je croire. J'aimais la façon dont il tenait tout juste dans le creux de ma main.

Un soir, je l'ai entendue marcher en chaussons jusqu'à la salle de bains, ouvrir le robinet et fermer la porte à clef. Elle était devenue un peu plus lente. Quand j'allais prendre le bus, je jetais un regard derrière moi et je la voyais qui me surveillait. Pourquoi ? Parfois je lui faisais signe, parfois non. On aurait dit qu'elle attendait quelqu'un et non qu'elle assistait à mon départ. Je me faisais du souci pour elle.

Et puis soudain, elle se montra plus sévère avec moi. Les caramels et le chewing-gum furent bannis de la maison, sans raison. Un jour où je descendais l'escalier en courant avec des ciseaux à la main, je me fis sérieusement gronder. Ou alors, comme un faucon fondant sur sa proie, elle m'arrachait des mains de la ficelle pour emballage comme si elle pouvait me blesser. Je n'y comprenais rien. Elle voulait toujours savoir d'où je venais et où j'allais : *Où ça exactement sur la crête ?* me demandait-elle, en fermant un œil d'un air soupçonneux. Et un soir, je rentrai en retard de l'école et la trouvai écumant de rage.

« D'où tu sors ? »

J'ai fait la grimace. Deux heures de retard, il n'y avait pas de quoi s'inquiéter, me semblait-il. « Du cimetière, ai-je répondu, avec Gerry. » Un mensonge, bien sûr. J'avais été dans la grange, où j'avais appris que ma mère avait fait un jour une bataille de seaux d'eau avec Billy, dans notre chemin, avant son accident : l'eau lancée, les cris, sa jupe trempée qui battait. « De toute manière, je ne suis pas tellement en retard », ai-je protesté.

Elle m'a donné une tape sur les fesses avec son gant de cuisine, ce qui m'a mise hors de moi. J'ai hurlé : *J'ai huit ans ! Tu n'as pas le droit de me battre !* Elle a répliqué avec une deuxième fessée, j'ai crié comme un putois, et je suis sortie de la maison en claquant les portes pour aller retrouver Daniel. Je me suis affalée dans l'herbe devant sa caravane en pleurnichant. Il m'a écoutée en fumant, sans dire grand-chose. Il avait l'esprit ailleurs, je pense.

Et puis elle passait de moins en moins de temps à Pencarreg. Je rentrais à la maison pour trouver un mot sur la table de la cuisine. *Suis chez les H. Il y a du jambon dans le frigo. Bisous, G.* Elle préparait un plat pour Mrs Hughes et allait le porter à la maison de brique rouge. Le soir, elle lui téléphonait en prenant une voix réconfortante. Je me disais alors que c'était passager, je ne me doutais pas que cette relation allait durer quatre ans. Jusqu'au suicide. Ce serait sans doute exagéré de prétendre que ma grand-mère et Mrs Hughes étaient devenues amies – au sens où elles auraient ri des mêmes choses, organisé des sorties communes, échangé des cartes de Noël ou partagé des secrets. Mais elles se fréquentaient. Après tout, si quelqu'un avait le droit de rendre visite à Mrs Hughes, c'était bien ma grand-mère. Elle était la seule femme de Pencarreg à savoir ce que c'est d'entrer dans la chambre de votre fille quand elle a disparu. Les livres laissés ouverts en pleine lecture, les mugs de thé froid, les rubans pour cheveux, les socquettes enlevées à la hâte, encore à l'envers et jetées par terre, vous défiant.

Je ne saurais dire à qui ces rencontres furent le plus bénéfiques, au début. Je les imagine, toutes les deux posées dans les fauteuils du salon immaculé de Mrs Hughes, regardant la pendule et se tripotant les ongles. Je les vois prenant le thé. Elle avait bon cœur, ma grand-mère, c'est sûr, et je suis bien certaine qu'elle plaignait profondément cette femme qui ignorait où était sa fille et dans quel état. Mais je crois qu'elle cherchait en secret son propre réconfort. Elle se rendait dans la maison de brique rouge parce qu'enfin il y avait une autre femme qui venait de perdre un enfant et qui souffrait. Le deuil est une chose solitaire.

Je force l'interprétation. Pourtant cela se comprendrait si bien. La douleur de Mrs Hughes était incommensurable, intolérable, mais elle servait de pont à ma grand-mère qui le traversait chargée de plats mijotés et de soupes maison. Elle pouvait finalement regarder dans les yeux une autre mère qui n'était peut-être plus mère.

C'est d'ailleurs le nœud de la question. On dit ex-épouse, ex-amante. Devient-on jamais une ex-mère ?

Il y eut des affichettes. Il y en a encore, si vous regardez bien. Rosie a un air démodé, aujourd'hui, un peu passé, comme si, avec les années, son sourire avait perdu de son éclat. Je regarde cette photo et, au lieu de voir une grande fille coquette, sûre d'elle, intelligente, je ne vois qu'une enfant. Une petite fille de douze ans blonde et naïve, et je me dis : *J'ai de la chance, ça aurait pu être moi*. Rosie n'est plus qu'un nom poussiéreux, un instantané pâli, et moi je suis là, je respire, avec mes premiers cheveux gris et une cicatrice au poignet gauche, m'apprêtant à passer le cap des trente ans. Cela aurait-il pu être moi ? Ai-je failli être enlevée, moi aussi ?

La première fois que j'ai vu une affichette, c'est en descendant du bus de l'école. Elle est venue voler dans mes pieds. *AVIS DE RECHERCHE*, lisait-on. *Rosemary Anne Hughes, 12 ans*. Je dois le reconnaître, c'était une bonne photo d'elle. Un anniversaire ? Sa robe avait une collerette, et une fine boucle de papier rose était accrochée à son épaule, comme si quelqu'un avait lancé des serpentins d'un bout à l'autre de la pièce. Elle portait ses boucles d'oreilles, et ses deux nattes étaient attachées par un ruban de soie bleue. J'ignorais que son deuxième prénom était Anne. Je n'avais jamais su qu'elle mesurait un mètre cinquante-sept, qu'elle avait une cicatrice sur le torse, à la suite d'une opération quand elle était bébé, ni que la dernière fois qu'on l'avait vue, elle portait une jupe écossaise, une blouse de coton blanc, et roulait sur des patins à roulettes roses. Elle me souriait. *Y en a des choses que tu ne sais pas*, semblaient me dire ses yeux bleus. Je ne regrettais pas encore qu'elle ne soit plus là.

À l'école, on imaginait le pire. C'est bien ce que font les enfants. La nouvelle de sa disparition s'était répandue dans les couloirs comme une traînée de poudre. Tout le monde murmurait son nom, tout le monde avait sa version des faits. Elle était partie à Cardiff pour devenir célèbre. On l'avait enfermée dans un asile d'aliénés. Dans un geste follement romantique, elle s'était enfuie avec un amant plus âgé qu'elle. Un détraqué l'avait trouvée et découpée en morceaux. Cette dernière version devint, de loin, la plus populaire, puis la plus vraisemblable.

Étions-nous trop jeunes pour comprendre ce qu'était un viol ? Presque. La sexualité était encore quelque chose d'assez flou : je connaissais les principes de base, mais pas les détails. Comme une branche contre une fenêtre, le mot revenait me tarauder. Et je sentais qu'il valait mieux ne pas le prononcer. Le viol, pour moi, c'était d'abord des coups de poing, de la gadoue, et des ruelles obscures. C'était des bleus, des portes fermées, de la honte, de la tristesse, et j'étais sûre que si je prononçais le mot, je me ferais punir. Pourtant, il circulait à Saint-Bart. Pas entre filles – on était plus prudentes, comme si, tout au fond de nous, nous savions que nous, les filles, avions plus de raisons de le craindre. Mais, la main devant la bouche, les garçons le prononçaient. Viol. *Trais rhywiol*. Ils ne savaient pas de quoi ils parlaient.

J'ai tout de même osé en parler à Daniel. Pas pendant cet été-là – plus tard, une fois la police repartie et la saison des mûres terminée. J'ai frappé à la porte de sa caravane, je me suis assise au milieu de ses livres, de ses coussins et de ses chandails qui sentaient le feu de bois, et j'ai dit : *C'est quoi le viol, exactement ?* Il a changé de position sur sa chaise. Il a appuyé sa tête contre le mur, les traits tirés de fatigue.

Je me souviens de sa réponse mot pour mot – car c'était, je m'en rends compte aujourd'hui, la réponse parfaite. *C'est corrompre une chose merveilleuse*, m'a-t-il dit. Quand j'ai insisté, il a cédé, et il m'a donné une autre explication, plus simple. Il s'est servi de termes techniques qu'il lâchait comme à regret. J'écoutais très attentivement. Le savoir s'infiltrait en moi comme la lumière sous un store. *Une chose merveilleuse*, disait-il ? Cela me paraissait si étrange. Je suis sortie de sa caravane ce jour-là en voyant le monde sous un nouveau jour.

Joe Vickery à son tour mit tout le monde en émoi. Il annonça qu'il avait vu Rosie faire du stop sur la grand-route – affirmation qui lui valut des ennuis avec la police avant la fin de la semaine. En fait, personne ne croyait jamais Joe. Un garçon qui a le rein de quelqu'un d'autre, comment lui faire confiance ? Et puis tout le monde savait que faire de l'auto-stop, ce n'est pas malin. C'est *aller au-devant des ennuis*, tout le monde savait ça.

Soit parce qu'il avait mieux à faire, soit parce que son rein n'aurait pas supporté l'effort, Joe n'empruntait jamais notre chemin. Nous n'étions pas amis. Nous n'avions aucune raison de l'être. À part une ou deux exceptions, je ne m'intéressais pas aux garçons. Pour toute l'école j'étais la nouvelle, avec un sale caractère, un air sévère d'adulte, et de temps en temps une crise d'eczéma. Nous nous regardions avec indifférence. Je l'apercevais parfois à l'épicerie, dans le bus et, une ou deux fois, dansant d'un pied sur l'autre devant l'église. Je l'avais même aperçu un jour à la foire aux bestiaux de Llandovery, ce qui était bizarre, car il n'avait aucune raison d'être là. Nous nous étions soigneusement évités du regard. Il ne venait jamais à la ferme.

C'est pourquoi j'ai été fort étonnée quand, deux jours après que Rosie eut été vue pour la dernière fois, il est apparu dans notre pré à moutons.

J'étais sur la crête. J'avais passé la matinée à chercher Billy, sans le trouver nulle part, alors j'étais allée, avec un livre, dans un endroit frais. Un vent très agréable soufflait ce jour-là, vif, sentant bon l'herbe. Au bout d'une heure ou deux de lecture tranquille au soleil, j'ai levé les yeux et j'ai vu Joe s'approcher.

« Qu'est-ce que tu fais là ? » ai-je demandé.

Il n'a pas répondu. Il s'est contenté de s'asseoir à côté de moi en regardant la vue.

J'étais outrée. Il n'avait pas le droit d'être là ! Mais il ne m'a pas répondu. Je me demandais s'il allait sortir une remarque profonde. Sa déclaration à propos de l'auto-stop n'avait pas encore été infirmée.

Et s'il avait dit la vérité…

Peut-être allait-il se tourner vers moi et dire : *Je l'ai vue*. Peut-être avait-il choisi de se confier à moi. Il savait exactement où elle se trouvait, ou bien qui l'avait emmenée, et il voulait me le dire. Il était sûrement amoureux de Rosie – tous les garçons l'étaient. Mais pourquoi me le dire à moi ? J'ai attendu. J'ai tiraillé sur mes doigts en retenant mon souffle.

« Alors, Joe ? »

Il a pris mon livre, il s'est plongé dans sa lecture.

« Rends-le-moi ! » Je le lui ai arraché des mains. « Qu'est-ce que tu fais là ? Dis-moi ! »

Mais il n'a rien dit du tout.

Il s'est juste penché en avant, il me cachait le soleil, nos nez se sont touchés, et ses dents ont cogné contre les miennes. Ce baiser avait quelque chose de hâtif, de léger, d'inattendu. Pendant une seconde – une demi-seconde – je l'ai laissé faire. Puis j'ai réagi et je l'ai repoussé. « Qu'est-ce que tu fabriques ? Tu es fou ! Lâche-moi ! Lâche-moi ! »

Il s'est remis debout gauchement et il a filé jusqu'au bout du pré sans se retourner. Je l'ai regardé partir, je me suis frotté la bouche du dos de la main, et très vite j'ai compris. C'était un pari. Chiche que… ! Il s'était approché furtivement, il m'avait embrassée, puis il avait filé. Quelque part il avait une bande de copains qui attendaient son rapport. *Alors, elle s'est défendue ? Comment c'était ? Pas trop désagréable ?*

Ou bien, autre possibilité, il avait pu jeter son dévolu sur moi pour s'exercer. J'étais sans doute le choix évident. Les jolies filles de Saint-Bart ne lui adressaient même pas un regard, alors l'embrasser, n'en parlons pas. Non, il n'y avait que moi. Pas si idiot, finalement.

Quoi qu'il en soit, tandis que je le regardais courir au milieu des moutons, j'ai prononcé le mot tout haut : un baiser. Un mot plein d'attrait. Je l'ai lancé aux quatre vents : Un baiser !

Les baisers ouvrent les portes, je l'ai remarqué. Ce simple geste peut lever des secrets, aider les sentiments à s'exprimer. On n'y peut rien : un baiser est un baiser, c'est comme ça et pas autrement. Les baisers font irruption dans des sous-sols dont on ignorait l'existence.

Mais ils peuvent aussi fermer les portes – un baiser d'adieu, un prix de consolation – et, d'une certaine façon, à mon avis, ce sont les meilleurs. Avec ceux-là, on est plus tranquille, c'est moins risqué. Avec un baiser qui dit au revoir, au moins on sait où on en est. On peut lui tourner le dos, se sourire intérieurement, et poursuivre sa route. Ce genre de baiser vous donne de la force. C'était ma spécialité. Je le lançais aux garçons, et je partais de mon côté. Jusqu'à Daniel, j'ai à peine connu l'autre sorte de baiser.

Cette autre sorte est dangereuse. Elle vous expose. Elle vous met à la merci de celui qui vous rend votre baiser. C'est le baiser dont on rêve à Hollywood – celui qui fait trembler les genoux tandis que votre cœur cesse de battre, qui vous fait dire des choses que vous risquez de regretter bientôt. Pour ces baisers-là, vous vous avancez en pleine lumière, comme pour dire, *Voilà. Pour le meilleur ou pour le pire, je suis comme ça.*

C'est ma philosophie. Et le baiser de Joe, malgré sa maladresse, sa brièveté, et les raisons cyniques qui le motivèrent, marqua un tournant. Il déverrouilla quelque chose. Il me libéra. Un sentiment nouveau surgit en moi. Assise là sur la crête, je me rendis compte que je n'étais plus disposée à patienter, à attendre le bon moment. Et tant pis pour la dixième règle, ne pas parler du passé, j'étais décidée à l'enfreindre. J'allais l'écraser comme un tesson de bouteille ou une coquille d'œuf. Je me suis levée en rejetant mes cheveux en arrière : je savais ce que j'avais à faire.

Je suis rentrée en retard pour dîner, ce soir-là, parce que j'avais couru chercher Billy. J'avais galopé au milieu des moutons, comme une fugitive, sentant encore sur ma bouche un picotement à l'endroit où les lèvres de Joe s'étaient posées, brièvement.

Il n'était pas dans la grange, ni dans le pré aux vaches, alors j'ai couru dans tous les petits chemins écartés en criant son nom. Sur une piste qui menait aux bois des jacinthes, j'ai croisé l'homme aux yeux verts qui m'a souri en me disant : *Qui cherches-tu ?* Mais je n'ai pas répondu. Je l'ai dépassé et j'ai disparu en escaladant une clôture.

J'ai trouvé Billy près de Saint-Tysul. Il se rongeait les ongles et transpirait à cause de la chaleur. Il avait l'air absent. « Qu'est-ce que ça veut dire, K ? » lui ai-je demandé.

Je lui ai déroulé ma liste, celle que je m'étais faite dans ma tête pendant six longs mois – kangourou, koala, kilt, klaxon, kimono, kayak, kilomètre. Je lui ai parlé de la lettre sur le rebord de ma fenêtre, et de la façon dont les gens détournaient la tête quand j'y faisais allusion, et je lui ai parlé de la dixième règle, avec son énorme point final, et du fait que j'avais peut-être huit ans, mais que je n'étais pas idiote. Je pensais aux cœurs piétinés et au fait d'avoir du mauvais sang, comme si une noirceur allait jaillir de moi si on me découpait en rondelles. « Qu'est-ce que ça veut dire ? »

De l'autre côté de l'église, j'ai vu des policiers qui s'essuyaient le front.

« Billy ? » Je tirais sur sa veste.

Sans tourner les yeux vers moi, il a dit. « Kieran. OK ? »

J'ai pensé : *qui ça ?*

« Tu es son portrait craché. »

J'ai cillé.

Billy s'est essuyé la bouche du revers de sa main. Il m'a regardée.

« Il faut que tu fasses attention », a-t-il dit.

Je suis repartie. J'ai couru pour le plaisir, sautant par-dessus les fougères, me faufilant au milieu de nos vaches, ne cessant de répéter dans ma tête ce mot, *Kieran*. Un claquement suivi d'un murmure ; pas un nom à dire trop vite. *Kie-ran*. Était-ce un nom qui tenait bien sa place ? Étais-je en train de me raconter, bêtement, que ce nom m'était familier ? Je voulais me dresser toute droite sur le Tor, et le crier. Je voulais le tracer dans la poussière, le peindre en rouge sur les murs. Je voulais courir jusqu'au rebord de ma fenêtre, et redessiner cette lettre taillée dans le bois, parce que je le méritais maintenant. Je suis restée dehors jusqu'à la tombée de la nuit. Tandis que je rentrais dans la cour en courant, une image s'imposa à moi : mon nouveau savoir comme des bulles de savon roses et bleues et argent, et moi un plongeur qui remonte à la surface pour respirer.

Clair de lune

C'est officiel : relation interdite. Qu'est-ce que tu sais de lui ? fut l'argument de maman. Que pouvais-je répondre ? Je sais qu'il est chatouilleux à certains endroits ; qu'il a des taches de rousseur presque partout. Imaginez la tête de ma mère ! Qu'allons-nous faire maintenant ? K a ri quand je lui ai raconté. Il m'a murmuré à l'oreille qu'on allait se retrouver la nuit – comme dans les livres ! Quand il n'y a pas de lune, je ne le vois même pas. Il n'est que mains et bouche. Hier soir, il avait apporté du vin, et j'ai failli réveiller les chiens en trébuchant sur la véranda.

Dans la boîte à chaussures, il n'y a pas que des bouts de papier. Il y a des objets – des choses qui avaient sans doute une signification secrète, intime. Des gages d'amour, comme aurait dit Mrs Maddox. Il m'est déjà arrivé de tout renverser sur le tapis. Avec un mug de thé ou un whisky d'avant-grossesse, je les triais soigneusement, retenant ceux qui me plaisaient, les exposant à la lumière. Ces objets me rendent à la fois heureuse et songeuse. Elle amassait ces objets telle une souris. Elle s'en entourait, les gardait bien au chaud. Dans le noir et la poussière sous son lit à Birmingham.

J'ai trouvé en effet un bouchon de vin – qui sent l'aigre et s'effrite sous la main. Et une guirlande de marguerites séchées. Un galet veiné de blanc ; trois mégots de cigarette durcis ; une plume de chouette ; un unique brin d'herbe, qui m'a laissée perplexe – quel souvenir peut bien s'y attacher ? Collée sur le côté de la boîte à chaussures, une fleur toute desséchée de cardamine ou cresson des prés, *Cardamine pratensis*, qu'on ne peut pas détacher. Une coquille d'œuf d'oiseau – de merle ? Un reçu de trois livres et quatre shillings ; un bout de papier d'aluminium doré, au dos duquel quelqu'un a griffonné d'une écriture oblique, hâtive, qui n'est pas celle de ma mère : sept heures ce soir !

Ces objets sont sans valeur pour moi. J'ignore leur histoire. Tout ce que je peux faire, c'est essayer de deviner. Mais, pour elle, ils représentaient quelque chose. Ils la stimulaient, je suppose. Dans ses mauvais jours, quand il faisait gris à Birmingham et que les petites annonces parues dans l'*Evening News* demandant des nouvelles de Kieran Green restaient sans réponse, cette boîte devait constituer pour elle une sorte de réconfort. Le parfum de sa plus belle année.

Lui venait-il parfois à l'esprit qu'il ne souhaitait pas être retrouvé ? Cela devait arriver – bien sûr, c'était une rêveuse, mais personne ne peut s'empêcher parfois de redouter le pire. Elle devait le sentir au plus profond d'elle-même, comme le grain de sable dans la perle. Elle continuait pourtant. La boîte à chaussures et le fait de me voir suffisaient peut-être à lui donner un regain d'intérêt pour les hommes aux cheveux roux. Elle se raidissait quand elle en voyait un. Elle se soulevait sur la pointe des pieds, elle retenait son souffle, son pas se faisait plus rapide, elle lâchait ma main. Je m'en souviens très bien.

La côte cassée

C'est étrange, l'importance que nous accordons à un nom. Serais-je la même personne si ma mère avait cueilli là-haut des lettres différentes pour me nommer, une autre pomme, plus ordinaire, dans l'arbre ? Un prénom excentrique vous pousse-t-il à mener une vie déréglée ? À l'inverse, mon grand-père, doté d'un nom de saint gallois, était-il destiné à devenir un homme solide, qui respecte les lois, nationaliste, un croyant qui ne clame pas sa foi ? Peut-être. Tout ce que je sais, c'est qu'il faut choisir un prénom avec sagacité – on le garde toute sa vie. Il nous entoure jusqu'à la mort, comme un microclimat personnel. Et même quand nous finissons par mourir, il continue à exister. En fait, notre nom est la seule partie de notre être qui survive : des lettres gravées sur une tombe, une plaque sur un banc. C'est une vue pessimiste ?

Plus personne ne m'appelle Evie. Ce nom a été rangé dans une boîte et mis de côté avec les autres jouets et souvenirs d'enfance. Quand on avance en âge, le prénom change pour des raisons pratiques. Evangeline, dès le début, c'était trop long. Quant à Evie, il a eu son utilité mais, quand j'ai eu treize ans, je l'ai écourté. Je trouvais qu'il faisait trop petite fille, ce n'était plus moi, il évoquait des rubans roses et des jeux de marelle. Comme un serpent qui mue, je

suis devenue Eve : plus forte, plus franche, plus com-
pétente. Eve peut cracher, l'emporter dans une dis-
cussion, parler avec les hommes à la foire. Eve peut
tondre les moutons sans aide, et rapidement. Eve
peut être une bonne mère. Dans l'ensemble, c'est
mieux, comme prénom, même s'il a une élégance
étrange qui ne me correspond guère.

Kieran. Aucune bouche ne peut prononcer ce
prénom avec brutalité. C'est un prénom doux. Un
prénom qu'on salue en levant son verre.

Bon, ça suffit.

Tout en écrivant, j'entends Daniel qui s'active dans
la cuisine, en bas, et la bouilloire sur le feu. Il siffle
entre ses dents – c'est un de ses traits distinctifs. Il
le fait parfois sans même s'en rendre compte. Il sait
aussi siffler pour de bon, longuement, à vous percer
les oreilles, les doigts dans la bouche, la tête renversée en arrière. Cela m'a toujours impressionnée.
C'est un talent que je ne suis jamais parvenue à
acquérir, bien que je me sois entraînée tout un été.
Une fois, une seule fois, j'y suis arrivée. Un long cri
aigu s'est soudain échappé de moi, réverbéré dans
les collines. J'étais ivre de joie. Daniel a applaudi. Je
n'ai pas abandonné l'espoir de pouvoir le refaire.
Quand on réussit une chose une fois, on croit toujours qu'on sera capable de recommencer.

Vous voyez ? *Daniel*. Même dans la fosse aux lions,
on ne l'attaque pas.

Retour à mes huit ans.

Un après-midi, deux policiers sont venus frapper à
la porte en chêne construite par mon arrière-arrière-
grand-père Samuel.

On s'y attendait, bien sûr. Ma grand-mère a eu l'air
à peine surpris quand elle a ouvert la porte et les a

trouvés plantés là, les mains jointes devant eux, en position d'attente. Après tout, ils avaient déjà rendu visite à tout le monde à part nous. Gerry m'avait tenue au courant. C'était un garçon à qui on ne faisait pas attention – avec sa silhouette fluette, discrète, personne ne le remarquait quand il se faufilait dans le village, aux aguets. Il savait qu'ils avaient parlé pendant des heures au révérend Bickley, qu'ils arrêtaient les voitures sur la route avec des photos de Rosie. En plus, Gerry connaissait bien les policiers. Il connaissait même l'un d'eux par son prénom, parce qu'il avait été réveillé plus d'une fois la nuit par leurs gyrophares bleus et leurs coups frappés à la porte. C'est ça la vie d'un petit garçon qui a des parents violents. J'avais sincèrement de la peine pour lui.

Du *porte-à-porte*, c'était le terme officiel. Comme des représentants de commerce, sauf qu'ils n'avaient rien à vendre. Mrs Maddox nous avait prévenus par téléphone : « Ils viennent chez vous, Lou. Préparez-vous ! » J'ai aussitôt repensé aux sauterelles qu'on avait étudiées en classe, aux énormes nuages de sauterelles qui envahissaient les villes et détruisaient les récoltes, si bien que les gens étaient affamés et mouraient. Je me suis dit qu'il fallait se prémunir contre la police. Remplir ses placards, fermer ses fenêtres. J'ai retenu mon souffle et, de la grille du bétail, je me suis mise à surveiller.

Comme toujours, Pencarreg venait en dernier sur la liste. Et comme tous ceux qui montaient nous voir, les policiers étaient hors d'haleine quand ils ont fini par atteindre la ferme.

« Vous n'êtes pas venus en voiture ? a demandé ma grand-mère froidement. C'est plus loin qu'on ne croit, n'est-ce pas ? »

Ils n'étaient pas comme j'avais espéré. Un seul portait un uniforme. L'autre était en civil – pantalon gris, vieille chemise blanche au col fatigué, le bas des manches retourné. Il sentait. L'odeur d'un homme qui a chaud – une odeur forte, rance, presque animale. Il avait une moustache roussâtre qui me faisait penser à un balai de crin. Et des poches sous les yeux. Il nous a fait un sourire coincé, professionnel, sans desserrer les lèvres, sans qu'on voie ses dents.

« Bonjour. Nous sommes...

— Je sais qui vous êtes, a-t-elle dit. Je vais mettre de l'eau à chauffer. »

Je l'ai suivie dans la cuisine en socquettes, glissant sur les dalles. Les deux hommes étaient grands, mais le deuxième était plus jeune, beaucoup plus jeune. À mon avis, il devait avoir l'âge de Daniel, peut-être même moins. Avec des cheveux coupés. Très blonds. Couleur paille.

Le policier le plus âgé m'a remarquée sur le pas de la porte. Son expression s'est figée comme souvent chez les gens de la région. « Ce doit être...

— Oui, a dit ma grand-mère. Bravo. C'est Evangeline. Evie, je te présente l'inspecteur Gregory.

— Inspecteur chef, a-t-il dit.

— Chef ? Voyez-vous ça ! »

J'ai jeté un coup d'œil sur ma grand-mère. Pourquoi se montrait-elle si peu aimable ? Elle a jeté des sachets de thé dans la théière. « Tu le connais ? » ai-je demandé.

Le cliquetis des mugs. « Ça remonte à très loin. Écoute, file chercher les hommes, s'il te plaît. Essaie du côté de la piste des moutons. Dis-leur que la police est là. » Elle a ajouté sèchement : « Juste quelques questions de routine... »

Je n'avais pas envie de partir – normal pour une petite fille de mon âge ! Alors j'ai filé vers la piste des moutons en quatrième vitesse. Le gravier de la cour traversait mes socquettes.

« Grand-père ! ai-je crié. La police est là ! »

Trois têtes se sont levées vers moi.

Comme j'aurais pu le prédire, je fus bannie de la maison par mes grands-parents. Cela ne concernait que les grandes personnes, me dirent-ils. Il fallait que j'attende dehors jusqu'à ce qu'ils soient repartis. Va jusqu'au carré de rhubarbe, me dit ma grand-mère, et pas plus loin. Mais le carré de rhubarbe n'avait rien d'intéressant à m'offrir. J'ai examiné les autres possibilités. La fenêtre de la cuisine était-elle ouverte ? Par ce temps, il y avait de bonnes chances... J'ai fait le tour de la maison en douce et je me suis enfoncée dans le buisson d'hortensias. Pas la meilleure des cachettes, mais elle n'était pas trop mauvaise pour écouter une conversation.

Le premier policier était en train de dire : « Nous voudrions juste savoir quand vous avez vu Rosemary pour la dernière fois. Où et quand. Si cela ne vous ennuie pas. »

Il y a eu un silence. Même moi, j'ai essayé d'y répondre : où l'avais-je vue ? À l'école, je suppose. Se promenant, aérienne, dans la cour de récréation. Avec ses cheveux parfaits.

J'ai entendu Lewis marmonner qu'il n'en avait pas la moindre idée.

Mon grand-père suggéra que c'était à l'époque du piétin, quand elle était venue nous apporter une quiche. Il y avait trois mois environ. « Mais je ne l'ai pas vue depuis. »

Ma grand-mère, elle, l'avait vue – dans le chemin, sous les tilleuls. « La semaine dernière.

— Vous pouvez vous rappeler quand, exactement ? »

Je l'imaginais soufflant sur la surface de son thé, les yeux comme des perles de verre. « Oui. Jeudi. Après-midi. Vers trois heures. Je l'ai croisée en voiture. En allant chez le docteur Matthews. Des migraines, pour tout vous dire. »

Jeudi ? Mais c'était un jour de classe. Rosie aurait donc manqué l'école ?

« Dans le chemin, avez-vous dit ?

— Il y a un écho ou quoi ? Question suivante ? »

Quelqu'un se racla la gorge. « Dites-nous, Mrs Jones, savez-vous ce qu'elle faisait sur ce chemin ? Comme vous l'avez dit vous-même, il y a une trotte.

— Une longue glissade, vous voulez dire.

— Elle était à patins ? »

Elle a acquiescé. « Et en jupette toute courte. »

Il y eut un silence. J'ai entendu un stylo gratter sur le papier. Que faisait Rosie sur le chemin ? Que venait-elle chercher là-haut ? Pas moi. Je piétinais les cœurs. On ne pouvait pas me faire confiance. Alors qui ? Je crois que je le savais très bien.

« Écoutez, interrompit une voix, ma voix favorite. Je…

— Elle avait le béguin pour Daniel, a dit ma grand-mère. C'est pour ça. C'est pour ça qu'elle était sur le chemin et qu'elle montrait sa petite culotte. C'est pour ça qu'elle faisait sa mijaurée chaque fois qu'elle le voyait. »

Mon sang ne fit qu'un tour.

« Est-ce que c'est vrai, monsieur ? »

À travers la fenêtre et le bleu épais des fleurs d'hortensia, j'entendis Daniel dire oui. Oui, il supposait que c'était vrai. Oui, elle avait l'air… empressée ? Attentive ? Depuis plusieurs mois déjà. Mais, bien entendu, il l'avait découragée depuis le début. Il faisait de son mieux pour ne pas être disponible. Quand il l'entendait venir, il se montrait toujours absorbé par une activité. Que faire d'autre ? Comment calmer un emballement de petite fille ? « Je suis sûr, dit-il, que cela lui aurait passé avec le temps. C'était une phase.

— Une phase sacrément longue », a grommelé ma grand-mère.

Si j'avais fait le choix de me relever à ce moment-là et d'abandonner ma cachette, au risque de me faire rabrouer, si je m'étais retournée pour regarder dans la cuisine, je suis sûre que je les aurais tous vus en train d'acquiescer de la tête, comme des marionnettes. Après tout, ça se comprenait. Il était plein de charme. Il avait les cheveux bruns, des yeux doux, le sourire facile, et Rosie faisait beaucoup plus que son âge. Pourquoi n'aurait-elle pas été attirée par lui ? Comment aurait-elle pu ne pas l'être ? J'aimais cet homme, moi, alors pourquoi pas elle ?

J'ai soudain pensé : *les fleurs.*

C'est elle qui laissait les fleurs.

« Mais pour votre gouverne, avant que vous posiez la question, a lancé ma grand-mère, ce jour-là, il était avec Evie.

— Lou, ce n'est pas la peine de...

— Le 14. Ils sont allés se baigner au lac. Ils y ont passé tout l'après-midi, Evie pourra vous le dire. Allez lui demander, si vous voulez. Je ne vous empêche pas. Elle est derrière la maison. Vous voulez que je l'appelle ? Ça vous aiderait dans votre enquête ?

— Ce n'est pas nécessaire. Pas pour le moment. Merci. » Une chaise fut repoussée. « Ce sera tout pour l'instant, Mrs Jones. »

De mon buisson d'hortensias, j'ai regardé les policiers repartir. Ils avaient l'air las. Ils avaient jeté leur veste sur l'épaule, l'un d'eux chassait les moucherons. Quel triste métier, me disais-je, de rechercher des gens morts. Est-ce qu'ils avaient au moins une vie de famille pour se réconforter ?

J'ai fermé les yeux, et je me suis appuyée contre les briques. Elles avaient gardé la chaleur de la journée.

« Incroyable ! disait ma grand-mère. C'est le même type ! Tu te souviens de lui ? Seigneur ! S'il n'est pas foutu de retrouver un rouquin d'Irlandais d'un mètre quatre-vingt-trois avec les poings en sang et une sacoche bourrée de fric, comment aurait-il la moindre chance de retrouver une gosse de douze ans ? »

Bruit de tasses qu'on jette sans précaution dans l'évier.

Daniel. Je mentirais pour lui s'il le fallait, je ferais n'importe quoi. Même s'il n'avait pas été avec moi en train de nager dans les eaux calmes du lac de la forêt, au moment de l'enlèvement de Rosie, je ne leur aurais jamais dit. J'aurais brodé un magnifique mensonge. J'aurais posé ma main sur la Bible et juré, avec un beau regard franc, sans l'ombre d'une hésitation.

Il a juste dit : « Lou, on ne peut jamais savoir. »

Il a raison. On ne peut jamais savoir. Les coïncidences, les ironies du sort, les volte-face du destin.

Ce qui suit n'a aucun rapport direct avec la disparition de Rosie, ni avec ce qui devait encore arriver cet été-là. Mais ce jeune policier blond allait réapparaître plus tard dans ma vie. J'avais alors presque seize ans, il approchait de la trentaine. Je fis sa rencontre dans un pub de Tregaron, et de fil en aiguille… Il ne sembla pas me reconnaître – comment l'aurait-il pu, après toutes ces années ? Mais moi je le reconnus. Je donnai un faux nom. Et je mentis sur mon âge, bien sûr : ce que nous faisions était illégal, j'étais mineure, à un mois près. Il se laissa aisément trom-per : j'ai toujours fait plus que mon âge. Je n'étais déjà pas loin de mon mètre soixante-quinze. J'avais déjà un pli soucieux entre les yeux et un air indiffé-rent. Un air blasé, maussade.

Et voilà. Je me rappelle avoir été soulagée et un peu triste après. Je me souviens de la pression contre moi de sa côte cassée.

Elle aimait Daniel. Ce n'était pas la révélation que j'aurais voulue. Je me répétais ces trois mots en silence. La nuit, ce savoir me perturba, lancinant sous les draps comme des piqûres d'ortie. Quand je me réveillai le matin, je sus qu'il y avait une affreuse, une sombre raison d'être triste. Elle était montée en patins jusqu'à notre ferme certains soirs – peut-être pour l'épier par les fenêtres, peut-être dans l'espoir qu'il ne serait pas encore endormi. Elle lui avait tournicoté autour dans la rue. Elle avait cru qu'il pourrait l'aimer en retour, et je détestais cette pensée. Je détestais me représenter ses doigts blancs frappant à la porte de sa caravane, et l'imaginer déposant des fleurs sur notre véranda, à la nuit tombée. Tandis qu'elle rentrait chez elle, sur ses patins, de Pencarreg, lui était-il arrivé de s'arrêter en chemin pour écouter Mrs Maddox jouer du Cole Porter, avait-elle penché la tête de côté en imaginant que ces chansons étaient faites pour elle ? Je grinçais des dents à cette pensée. Et je contemplais le vide laissé par Daniel quand il quittait une pièce.

Je le connais depuis très très longtemps, avait-elle dit.

Mrs Maddox devait être au courant. Si ma grand-mère avait remarqué cet amour sans retour, sûre-ment qu'elle aussi. Après tout, des patins à roulettes, ce n'est pas très discret, et Rosie passait forcément devant le cottage rose chaque fois qu'elle montait à la ferme. J'imaginais Mrs Maddox entendant le bruit des patins dans son sommeil, et hochant la tête d'un air docte dans le noir. Elle avait sûrement tout deviné. Elle avait ajouté cette information à sa collection, comme on mettrait une nouvelle bille dans un sac en cuir fermé par un lacet.

En rentrant, chargée et fatiguée, après l'école, je la vis qui travaillait dans son jardin. Les manches relevées, avec un chapeau pour se protéger du soleil. La chair flasque sous ses bras se balançait comme un pendule. « Evie ! a-t-elle appelé. Viens me voir ! »

Nous avons bu de la liqueur au citron vert sur les chaises en fer forgé près du magnolia. Les guêpes tournaient autour de nos verres, et je les chassais. Je ne voulais pas être encore piquée.

« La police est venue vous voir, hier ?

— Oui. Mais ils ne m'ont pas parlé à moi.

— Ils le feront peut-être plus tard, *blodyn*.

— Mais je ne sais rien.

— Tu sais peut-être quelque chose sans savoir que tu le sais », m'expliqua-t-elle. Nous bûmes notre liqueur. Elle murmura : « Quelle affreuse histoire ! »

Je la laissai boire un moment, et changer de position sur sa chaise. Puis je dis : « Est-ce qu'elle aimait Daniel ? J'ai entendu dire que oui. »

Mrs Maddox leva les yeux vers moi. « Aimer ? Tu sais, Evie, c'est un mot très fort. »

Je pensai : *Je le sais bien.*

« Elle l'aimait beaucoup, ça oui. Je crois que tout le monde le sait. Rosie ne s'en cachait pas. Tu sais qu'elle montait à la ferme rien que pour le voir ? »

Je hochai la tête.

« Peut-être croyait-elle que c'était de l'amour. Peut-être que c'était vraiment de l'amour, sauf qu'elle ne le connaissait pratiquement pas.

— Ah ! bon ? »

Mrs Maddox a pris un ton moqueur. « Mais non ! Il lui disait à peine trois mots ! Comment peut-on aimer un inconnu ? Elle s'était *entichée* de lui, voilà ce que je dirais. Mais ce n'était pas de l'amour, oh, non ! »

Je me sentais beaucoup mieux. J'ai bu, j'ai respiré le parfum du chèvrefeuille, et j'ai pensé à lui – sa façon de chantonner sous la douche ; le fait qu'on lui avait enlevé l'appendice, comment il ne prenait pas de sucre dans son thé, mais deux sucres dans son café ; comment il imitait mon accent et m'appelait Olwen, et connaissait les noms des étoiles. Quand il éternuait, il enfonçait sa figure contre le haut de son bras. Il répondait toujours au téléphone avec un *allô ?* plein d'énergie. Pour moi, ce n'était pas un inconnu. Je le connaissais, moi. « Lui non plus il ne sait rien. »

Elle a réagi aussitôt. « Daniel ? Bien sûr que non ! Et puis, est-ce qu'il n'était pas au lac avec toi ? »

J'ai répondu que oui.

« Tu vois. Mais je vais te dire, Evie, il y a quelqu'un ici qui... »

— Quoi ?

— Qui sait. Quelque chose. Il y a forcément chez nous une langue qui a débité des mensonges... »

Je l'ai dévisagée à travers mes boucles. La chaleur avait laissé des perles de sueur sur sa lèvre supérieure. Quelqu'un qu'on connaissait ? Qui racontait des mensonges ? Cette pensée avait quelque chose de stupéfiant. J'en avais le souffle coupé. En la regardant, je sentis mon estomac se glacer, comme si j'entrais dans le lac couleur cuivre et que l'eau se refermait autour de moi. *Qui ?*

« Réfléchis. Tu ne crois pas que je l'aurais remarqué, si un inconnu avait rôdé par ici ? Tu ne crois pas qu'on l'aurait repéré ? Où qu'elle soit, elle est bien cachée. Ça se sait. Même la police l'a admis. » Elle a secoué la tête. « C'est forcément quelqu'un de chez nous.

— Elle est peut-être tombée ?

— Tombée où ? On l'aurait retrouvée, depuis.

— Une fugue ? »

Elle a secoué la tête. « Voilà presque une semaine, ma jolie – une semaine ! – et personne ne l'a vue. Tu ne penses pas qu'elle aurait pris des bagages ? De quoi manger ? De l'argent ? Tu ne penses pas qu'on l'aurait remarquée, une jolie fille comme ça ? »

Je me suis dit que oui. Sans l'ombre d'un doute.

Quelqu'un qu'on connaissait.

Alors Mrs Maddox s'est penchée en avant. Elle a posé son verre et m'a prise par les poignets. Soudain, ses yeux furent plus foncés. Ils brillaient d'une façon étrange, que je n'avais encore jamais vue. De la peur ? Elle luisait sur elle comme une bougie dans une grotte. « Evie, a-t-elle murmuré, fais attention à toi. Tu me le promets ? *Promis ?* Ça peut recommencer. On ne sait jamais. Tu comprends ce que je te dis ? Regarde derrière toi. Ne fais confiance à personne. Ne va pas te promener trop loin. Ne reste pas dehors trop tard. Tu me le promets ? Tu me le jures ? »

Je suis rentrée lentement, écoutant le tonnerre au loin. Les ombres près de la Brych semblaient avoir des formes maternelles.

Cœurs

Le docteur Matthews est maintenant à la retraite. À quatre-vingts ans, il dépense l'argent de sa pension au pub Le Lion rouge de Llandewi Brefi et dans des excursions organisées par des amateurs de voitures de collection. Il a mis son fidèle stéthoscope dans un cadre au-dessus de sa cheminée. Le même stéthoscope pendant cinquante-quatre ans, me rappelle-t-il fièrement. « Un vieil ami, tu sais. Imagine tous ces battements de cœur ! »

C'est vrai, ça donne à penser. Des cœurs bien portants, des cœurs malades, des cœurs en train de mourir ; des cœurs solitaires, passionnés, meurtris, brisés, des cœurs pas encore nés qui ont à découvrir le vaste monde. Ce disque de métal froid a entendu beaucoup de vies. Mon cœur à moi, le docteur Matthews le connaît bien : depuis son état prénatal jusqu'à ma grippe, et les oreillons quand j'avais treize ans et que mon cou était tellement enflé que pendant une semaine je n'avais rien pu avaler à part des pêches en conserve. Quelquefois, il me laisse écouter ses gargouillis et ses coups sourds, en disant, avec une étincelle dans l'œil : *Celui-là, c'est un vrai costaud, et je m'y connais.* Jusqu'ici il ne s'est pas trompé. Il bat, il n'est pas brisé – même si, comme tous les cœurs, il a reçu des coups au cours des années.

Hier, je l'ai retrouvé au salon de thé de Tregaron, qui donne sur la place. Nous nous y rendons tous les quinze jours, et je crois que cela lui fait plaisir. Je lui raconte où j'en suis. Il hoche la tête, me donne des conseils, content de jouer son rôle de docteur, quelqu'un qui a une influence sur les gens. J'aime bien le voir moi aussi. Surtout, il me fait penser à mon grand-père. La jeune réfugiée du dictionnaire s'appelait Laura, m'a-t-il appris. Elle était jolie, timide, elle parlait d'une voix pressée et très douce.

Nous échangeons des souvenirs. Il avait joué un certain rôle dans les recherches pour retrouver Rosie. À Pencarreg, nous n'avions pas la télévision, mais on m'a raconté qu'il était souvent interviewé. Personnalité respectable, sachant s'exprimer, souvent sollicitée pour un avis médical ou autre. Il avait passé de longues heures avec Mrs Hughes, à la surveiller, à lui donner des calmants. Son cœur battait-il comme un tambour ?

Hier, il m'a dit que j'avais l'air radieuse. J'ai répondu qu'il mentait.

« Pas du tout ! Vous paraissez épanouie, Miss Jones. Comme une rose ! »

J'ai secoué la tête. Les roses n'ont pas les yeux bouffis par manque de sommeil et la peau sèche ; elles n'ont pas de varices. Mais il s'est penché en avant, il a serré ma main dans les siennes et a répété : « Comme une rose ! »

Il a toujours affirmé, depuis que je le connais, qu'une femme enceinte est la plus belle chose du monde. Cela vient-il du fait qu'il n'a jamais été père lui-même ? Est-ce sa tristesse qui parle ? Au salon de thé, je lui ai demandé. Je me suis retrouvée la tête penchée de côté à lui dire : « Jim, comment se fait-il que vous ne vous soyez jamais marié ? »

Il a eu un sourire résigné, mélancolique. « Tout le monde ne trouve pas la bonne personne, Eve. On n'y peut rien. Et puis, maintenant, je suis trop attaché à mes habitudes. »

Il m'a tout de même dit que ma mère avait le même air épanoui quand elle m'attendait. Il se souvient d'elle telle qu'il la vit pour la toute dernière fois : avec un chandail vert à col en V beaucoup trop grand, enjambant d'un air las la grille du bétail, les pieds nus. Elle était partie pour de bon le lendemain. Je suppose que son air épanoui venait surtout de l'excitation. Elle partait ailleurs retrouver son Irlandais. Quand il écoutait son cœur, battait-il vite ?

J'ai payé nos thés et sa tranche de *bara brith*, et je l'ai embrassé.

« Comme une rose », a-t-il murmuré d'un air entendu, avant de repartir de son côté.

Il est d'avis que je devrais quitter la ferme.

Il ne me l'a pas dit aussi clairement, mais il me parle comme si ces moments passés ensemble, en tête à tête, étaient comptés. Cette pensée l'attriste, je crois. Pas parce qu'il me perdra, mais parce que, pour lui, Pencarreg appartient aux Jones. Cela a toujours été la ferme de son meilleur ami. Sa poussière a toujours été celle d'une seule et même famille. Ma place est ici ; je suis la dernière des Jones, pour l'instant. Il le sait, et le fait que je quitte le pays de Galles le rendrait triste. Ce serait la fin d'une époque. Pourtant, il estime que je dois partir.

De l'autre côté de la nappe à carreaux rouges et blancs et de notre théière, malgré mes rides, ma grande taille et mon gros ventre, il a l'impression de voir la petite fille de huit ans. Je le sais. Il cherche sur mon visage une trace de cette enfant, et la trouve – une moue, la raie de travers dans mes cheveux, la cicatrice sur mon poignet gauche laissée par l'incendie. Ce fut une nouvelle occasion d'écouter mon cœur, l'incendie. J'étais encore toute couverte de noir et enrouée, et dévorée par le chagrin. Il m'avait apporté de la pommade au camphre pour ma brûlure et des lis orange pour le rebord de ma fenêtre. Ma grand-mère n'avait pas quitté mon chevet pendant une semaine et, quand j'ai commencé à aller mieux, elle m'avait pris la tête dans ses mains et m'avait dit : *Mais où avais-tu la tête ? Qu'est-ce que j'aurais fait, moi ?*

Alors pourquoi pense-t-il que je dois partir ? Si à ses yeux je suis encore une Jones, une petite fille ?

C'est simple. Il sait que je suis encore perturbée. Il sait au fond de lui que je me réveille encore en sursaut la nuit, que je suis mal à l'aise quand j'entends le nom *Hughes*. Il devine ma tristesse, même si je prétends m'en être débarrassée ; mais c'est lui qui a raison, elle est là. *Poursuis ta route*, murmurent ses yeux, *fais-le pour le petit. Laisse derrière toi Rosemary et Billy.*

Il a peut-être raison. Peut-être le moment est-il venu de déménager : la ferme tombe en ruine, je le sens bien, et elle rapporte de moins en moins d'argent. Mais pour aller où ? Certainement pas dans une ville, grande ou petite. Pas du côté de sa famille dans les Malvern Hills, car nous voulons tous les deux avoir notre foyer au pays de Galles. Il y a deux soirs, nous avons entendu un engoulevent : où d'autre pourrions-nous avoir ça ? Et nous ne voulons pas d'un endroit trop abrité, ni lui ni moi : il aime l'air pur et les ciels dégagés ; moi je veux des paysages, des moutons et des églantines pour la table de la cuisine. Je veux que notre enfant grandisse avec les grands vents et les épinoches. Et les vraies couleurs de l'automne.

J'ai déjà vécu loin de Pencarreg – une fois au moins. À dix-huit ans, pour faire plaisir à mes grands-parents, je suis allée à l'université. Un univers de douches bouchées, de pain brûlé, de bières tièdes, avec une maigre bourse que je dépensais dans un pub minable où les autres étudiants n'allaient pas. J'arrivais en retard aux cours magistraux et je partais avant la fin. Je m'étais fait faire un piercing en haut de l'oreille. Je me revois, errant dans les rues de Swansea les après-midi d'automne, mains dans les poches, redécouvrant la vie urbaine : les cornets de frites vidés qu'on piétine, la brutalité des foules ; le bruit d'un train qui siffle au loin. Je m'arrêtais et je fermais les yeux. Le vent était plein d'escarbilles. Les Willis, je le savais, étaient morts depuis longtemps.

Un affreux souvenir. Je n'ai jamais ressenti là-bas autre chose qu'une immense solitude. Je m'étais embarquée sans conviction dans une relation avec un étudiant de second cycle pour essayer de recoller les morceaux, mais le cœur n'y était pas, je trouvais ça moche. *Ce n'est pas moi, cette fille*, passais-je mon temps à me dire. Pourquoi ne pouvais-je supporter la séparation avec la grâce de ma mère ? L'étudiant jurait qu'il m'aimait, mais ça ne rimait à rien. Comme tout le reste, ça sonnait faux, ce n'était pas ce que je voulais et je fis échouer cette relation. J'avais la nostalgie des grands espaces verts, des feux de bois et des fossés. Là, je n'étais pas chez moi, Daniel n'était pas là, et, dès novembre, je sus que je ne pouvais pas rester.

Pas tellement une citadine, au bout du compte.

J'ai repris le train pour Llandovery, et j'ai fini le trajet en stop. Quand je suis arrivée en haut du chemin, avec mon sac à dos, Daniel est la première personne que j'aie vue. Il est demeuré là, sans bouger, un rouleau de corde autour du bras. Sous les tilleuls, nous nous sommes souri.

Plus tard il devait me dire : *C'était mort, la ferme sans toi.*

Il n'y a pas une salle de cours, à l'université, qui ne porte son nom gravé sur le bois d'une table. Pas une porte de toilettes où ne soit inscrite la lettre D. En un trimestre, j'ai mis Daniel partout. L'endroit est à lui.

Enfin, ce que je veux dire, c'est que, si je pars, c'est avec lui. C'est tout.

Garde-le bien, avait dit ma mère. Elle aurait été fière de moi.

Les premières recherches dans nos prés à moutons eurent lieu un dimanche – un beau dimanche avec un ciel bleu, plein de pimprenelles et de libellules. Les hirondelles étaient revenues d'Afrique, et quand j'ai ouvert mes rideaux, Daniel se trouvait dans la cour, et il les regardait.

Les hommes portaient des chemises à manches courtes. Certains étaient même torse nu. Lewis avait une casquette de base-ball, une paire de jeans et rien d'autre, pour que tout le monde puisse admirer son tatouage. Je le voyais crier des ordres – il s'était juché sur une balle de foin pour ça. Notre cour était pleine de monde – tout Cae Tresaint était là, pratiquement : mon grand-père, Daniel, Lewis, l'homme aux yeux verts, le garçon qui nettoyait le poulailler, le vétérinaire, le docteur Matthews, le boiteux qui livrait le foin, le père de Gerry avec ses poings, le révérend Bickley. Et puis il y avait des journalistes – ma grand-mère leur apportait du thé en gardant un œil sur les collines. L'inspecteur chef Gregory était venu lui aussi, il restait à l'ombre, et quand les hommes se sont dirigés vers le champ, il a fermé la marche. Quand il m'a vue le regarder, il a détourné les yeux – pourquoi ? De mauvais souvenirs, peut-être. Sa chemise était mouillée dans le dos.

Je m'étais disputée avec ma grand-mère la veille au soir. J'étais trop jeune pour participer aux recherches, avait-elle annoncé. Je devais rester à la ferme, pour surveiller. Surveiller quoi ? avais-je demandé. Et puis Rosie était plus ou moins une amie. Je pourrais me faufiler dans des endroits auxquels les adultes n'avaient pas accès. Nous nous sommes longuement affrontées en nous défiant du regard. Ce soir-là, dans mon lit, j'écumais de rage.

Mais c'était une femme têtue, ma grand-mère. Quand elle avait pris une décision, elle tenait bon : une qualité qui n'a pas que des bons côtés, et qu'elle m'a transmise, je crois. C'est peut-être pour ça que nous nous disputions si souvent, elle et moi. Nous devions souvent nous opposer ainsi au cours des années qui suivirent. Mais ce jour-là, en regardant les hommes qui avançaient en rangs dans les prés comme des lignes d'oiseaux, je sus que j'avais perdu. Je boudais. Ils étaient un peu comme des oies sauvages, avec mon grand-père en tête qui montrait le chemin. Le lendemain, il y eut des photos dans les journaux nationaux. De très jolies vues du pays de Galles.

Aujourd'hui, je comprends ses raisons. Elle avait peur qu'on trouve Rosie, en fait, ou, pire encore, que moi je la trouve. Elle redoutait de me voir trébucher, au milieu des fougères, sur une Rosie toute ramollie, couverte de mouches bourdonnantes, comme une poire abattue par le vent.

À l'époque, je n'avais pas saisi sa logique. Mais je ne suis pas restée à bouder très longtemps. Je connaissais nos terres par cœur. Je savais que, s'il y avait quelque part un corps, ou une partie d'un corps, je serais déjà tombée dessus.

« Il était grand ? ai-je demandé.

— Plus grand que moi », fut la réponse.

J'étais allongée par terre sur le ventre, dans la grange, le menton dans les mains, les jambes repliées qui battaient l'air. « Et les cheveux ? »

Billy me répondit qu'ils étaient exactement comme les miens : des boucles serrées, d'un roux cuivré.

« Mais pas de la même longueur ? »

Il secoua la tête. « Plus courts. »

Il était assis dans l'ouverture de la porte, et il fendait en deux des brins d'herbe. Je voyais sa cicatrice en plein soleil, et je me demandais si elle avait pâli au cours des années. Avait-elle commencé par être écarlate ? Ou de la même couleur que les cheveux de Kieran ? Et prenait-elle la lumière de la même façon ? Billy me regardait de côté.

« Vous ne participez pas aux recherches ? ai-je demandé. Moi non plus. On ne m'a pas permis. Ils disent que je suis trop jeune.

— Où est-ce qu'ils cherchent ? » a-t-il demandé.

J'ai remarqué une croûte sur mon coude, je l'ai grattée. « Dans nos champs. La cabane de berger, les marais. Le Tor, je crois. Ne vous en faites pas, je suis à peu près sûre qu'ils ne vont pas venir par ici. » J'ai levé les yeux. « Vous le connaissiez bien ?

— À Tor-y-gwynt ?

— Exact.

— Tout le monde est là ?

— Je crois. Tous les hommes, en tout cas.

— Donc tout le monde, sauf toi et moi ? »

J'ai réfléchi. « Non, en fait, Mr Phipps n'était pas là non plus. »

Billy avait tourné la tête à ce moment-là, et son expression m'échappa. Mais je l'entendis soupirer. Un soupir bref, dur. Presque méprisant.

J'ai dit : « Pourquoi ? Vous ne l'aimez pas, vous non plus ? »

Pendant un moment, il n'a pas répondu. Il s'est contenté de se frotter le front avec le plat de la main, comme pour effacer un signe secret. « Ça ne m'étonne pas, voilà tout. Ce n'est pas le genre à aider.

— Il m'a crié des injures. Je vous l'avais dit ? »

Il m'a regardée. Des injures ?

— Oui. »

Il a marmonné dans sa barbe.

« Pourquoi Birmingham, à votre avis ? », lui ai-je demandé.

Il a fait un bruit comme si ça commençait à le fatiguer. « Kieran avait des amis là-bas. Du moins, c'est ce qu'il disait.

— Il vous a dit ça ?

— Pas à moi. À Bronwen.

— Elle vous l'a dit ?

— Et donc elle est partie le chercher là-bas. Elle n'est jamais revenue, même pas à Noël. Quand elle m'a dit pour toi, elle a posé ma main sur son ventre. »

J'ai enlevé ma croûte, je me suis levée, je lui ai dit au revoir et je l'ai laissé là. Ça avait été une bonne journée. Une fois en haut du pré aux vaches, je me suis retournée et, entre les bêtes, je l'ai aperçu assis au soleil, qui me regardait partir.

Cette nuit-là, les chiens nous ont réveillés.

Je suis brusquement sortie de mon rêve en les entendant aboyer dans la cour. Quand avaient-ils déjà fait ça ? Pas une seule fois depuis cinq mois. Ils avaient dû être dérangés par un bruit. « Grand-père ? ai-je appelé. Les chiens ! »

Il était déjà debout, il attachait la ceinture de sa robe de chambre, et allumait les lampes en descendant l'escalier. « Il y a quelqu'un ? » a-t-il crié à pleine voix.

Il a inspecté chaque pièce. Puis il a pris une carabine à air comprimé sous l'escalier et il a déverrouillé la porte d'entrée. Ma grand-mère a saisi un couteau à pain. Je les ai suivis. D'abord, je suis restée sur la véranda, puis je suis sortie dans la cour.

« Qui est-ce ? Qui est là ? »

Apparemment, personne. Daniel est venu nous rejoindre en jean. Il a inspecté la grange et le sentier des moutons. Il a éclairé tous les coins de la cour avec sa lampe électrique. Les chiens ont gémi, en marchant de long en large dans leur cage. « Rien ! nous a-t-il annoncé.

— Rien du tout ? » a demandé ma grand-mère.

Il a fait non de la tête. « Lou, il n'y a personne ici. »

Tout le monde est retourné se coucher. Une par une, on a éteint toutes les lumières, et quand je suis retournée dans mon lit, les draps étaient encore tièdes. Je me sentais énervée, sur le qui-vive. Il y avait quelqu'un dehors. J'en étais sûre.

Quelques minutes plus tard, un chien a lancé une dernière série d'aboiements. De l'autre côté de la cloison, j'ai entendu ma grand-mère grommeler dans son sommeil : *La paix, pour l'amour du ciel !*

J'ai regardé par la fenêtre. Il m'a semblé entendre des bruits de pas, mais je n'ai vu que mon propre visage qui me regardait.

C'est très injuste, comme relation, si on y réfléchit. Ces chiens travaillaient pour nous. C'était des créatures rapides, agiles, au poil lustré, qui grimpaient à en perdre haleine pour nous, aboyaient pour nous, nous défendaient. S'il l'avait fallu, ils auraient donné leur vie pour nous. Et nous ? Que faisions-nous pour eux en retour ? On les considérait comme de la main-d'œuvre. On se servait d'eux. Quand ils grognaient parce qu'ils avaient entendu un bruit dans le noir, on les grondait.

Et même moi, je n'ai pas pensé à les remercier, le lendemain matin, quand on a trouvé sur le seuil un petit bouquet de matricaires – la preuve qu'ils avaient bien eu raison d'aboyer. La preuve aussi que ce n'était pas Rosie qui déposait des fleurs, mais quelqu'un d'autre.

Des plumes

Il a plu aujourd'hui, et je n'avais pas de chandail. Me suis abritée sous le porche de l'église. M. P. m'a vue. Il est sorti et m'a demandé si j'attendais quelqu'un en particulier. Il a éructé le mot. Que d'amertume chez cet homme ! Quel âge peut-il avoir ? La quarantaine ? Assez vieux, pourrait-on croire, pour posséder une certaine sagesse. Même quand il sourit, je frissonne. Il me dit toujours des choses désagréables sur K. Comme s'il croyait que j'allais l'écouter ! L'écouter, lui ! Je devrais avoir peut-être de la peine pour M. P., accepter son offre de prendre un verre avec lui, ou dîner, et écouter ses doléances. Peut-être… ou peut-être pas !

Sous la pluie, les cheveux de K ressemblent à des plumes. J'adore ça !

C'est sur des choses de ce genre que les gens écrivent.

Le sang

Et donc Mr Phipps n'était pas serviable. Billy ne m'avait rien appris de nouveau en me le disant – je l'avais déjà constaté. Mrs Maddox était arrivée un jour dans sa boutique une minute après cinq heures, et il avait refusé d'ouvrir pour elle – pas très gentil de la part d'un voisin. Noël, il n'en tenait aucun compte. Il envoyait promener les petits chanteurs et ne mettait jamais d'illuminations ni de guirlande sur sa porte. Et quand une petite fille du village disparut et qu'on soupçonna un kidnapping, il refusa d'aider à la chercher. Quel genre d'homme peut agir ainsi ? Qui d'autre montrerait une telle indifférence à l'évocation d'un meurtre d'enfant, comme si c'était de l'histoire ancienne ?

En plus, il avait été cruel avec mon ami – mon pauvre ami timide, fatigué, handicapé. Je crois que c'est pour cette raison surtout que je le haïssais.

Le lendemain, je suis allée à l'épicerie ; elle était vide. À l'intérieur, il faisait frais, frais et sombre, et je suis restée sur le pas de la porte en retenant mon souffle. Il n'y avait pas le moindre bruit. Et pas de Mr Phipps.

Je suis entrée en silence. L'atmosphère était bizarre – des particules de poussière flottaient dans les rais de lumière, et une mouche est venue se cogner contre la vitre. Je l'ai observée pendant une ou deux secondes. Elle allait mourir ici. Par un coup donné avec un livre, sinon d'épuisement, et je me demandais si elle le savait. C'étaient des créatures laides et bêtes, qui se gavaient de bouse de vache et prenaient feu sur la plaque du poêle.

Je me suis glissée jusqu'au comptoir, j'ai regardé derrière. Il n'était pas là. Ni dans le fond de la boutique, occupé à remplir ses rayons. Alors où ? Je me suis avancée dans l'allée, prudemment.

Je n'entendais rien d'autre que la mouche.

« Eh bien, eh bien… »

Il se tenait dans l'embrasure de la porte, un carton dans les bras. Je ne pouvais pas voir sa figure, parce qu'il était à contre-jour, mais je devinais son expression, la tête sur le côté, les yeux mi-clos.

« Je suis venue acheter une glace », ai-je dit.

Il m'a observée. « Je te donne une minute », a-t-il répondu.

Nous nous sommes activés en silence. Il déballait le carton pendant que je cherchais dans le congélateur. Mes mains s'engourdissaient.

« Cinquante centimes », a-t-il dit.

J'ai compté ma monnaie en petites pièces.

« Tu as des coups de soleil, on dirait ? »

J'ai froncé les sourcils, j'ai regardé mes bras pour voir s'ils étaient roses. « Non. »

Il a pris mon argent. Il l'a versé dans la caisse, il a refermé le tiroir d'un coup sec. « On dirait, pourtant.

— Non.

— Tu m'étonnes.

— Pourquoi vous me détestez ? »

C'était habile de ma part, même si je ne le savais pas. La brusquerie n'est pas sans pouvoir. Elle désarçonne l'adversaire. Les gens restent bouche bée et doivent reprendre leur souffle. Si Mr Phipps avait été doué d'une sensibilité normale, ma question lui aurait fait perdre contenance. Il se serait troublé, il aurait dit : *Quoi ? Te détester ? Moi ?*

Mais ce ne fut pas sa réaction. Il se borna à dire : « Tu ne sais pas ?

— Non, sinon, je ne vous le demanderais pas. »

Il s'est penché par-dessus le comptoir, si bien que j'avais en plein dans la figure ses veines couperosées, son nez cassé, ses lèvres humides, ses poils hérissés, son haleine, et il a dit : « Kieran Green est la pire calamité qui soit jamais arrivée à Cae Tresaint. Et à Bronwen – regarde où ça l'a menée ! Tu penses qu'elle était heureuse ? Et tu arrives, avec le même visage que lui, les mêmes mots, et tu me demandes pourquoi je ne veux pas te voir dans la boutique ? Après ce qu'il a fait ? Sors d'ici.

— Quoi ?

— Va-t'en !

— Pourquoi ? Qu'est-ce que j'ai fait ?

— Ne me pousse pas à bout ! »

Je me suis dirigée vers la porte.

Peut-être que la suite, je l'ai imaginée. Mais alors que je sortais, je suis certaine d'avoir entendu Mr Phipps marmonner : *Dommage que ce n'ait pas été toi.*

J'ai fait volte-face.

Il me tournait le dos. Je suis restée à regarder sa chemise moite, sa calvitie. Avais-je bien entendu ? Est-ce qu'il avait vraiment dit ça ? Un flot d'amertume a surgi en moi. Cela bouillonnait comme la Brych sur les rochers. Il a dû sentir mon regard ulcéré, parce qu'il s'est raidi. Avait-il voulu que je l'entende ? Avait-il cru que j'étais partie ? Ses mains ont ralenti. Il a à moitié tourné la tête. Était-ce de la peur ? Mais comment aurait-il pu avoir peur d'une petite fille de huit ans en short et en tee-shirt plein de taches d'herbe, tenant une glace à la main ?

Un lâche, ce bonhomme. Il agissait toujours par en dessous, il était sournois, veule. Je ne suis pas violente de nature, en tout cas plus aujourd'hui, mais en écrivant ceci je continue à penser qu'il n'a eu que ce qu'il méritait. Les ennuis que lui a causés Kieran – le nez cassé, l'humiliation –, il les méritait. Comme il méritait, jusqu'à un certain point, la vengeance calculée que je me jurai de préparer contre lui, et que je mis à exécution quelques jours plus tard.

Où est Mr Phipps maintenant ? Ça m'est bien égal. J'imagine une maison de retraite dans une petite ville sinistre du Sud. Une chambre au rez-de-chaussée : pas de lumière, pas de visites. Je l'imagine contemplant le téléphone et se demandant, pour la première fois de sa vie peut-être, pourquoi il ne sonne jamais. Je ne veux pas avoir l'air sans cœur, et je ne souhaite à personne de souffrir de solitude, surtout pas aux vieux. Mais il s'était montré cruel. Il n'avait jamais exprimé le moindre regret. Je lui en veux de presque tout.

Il m'a pris Billy. Il a fait pleurer ma grand-mère. Il aurait pu tout aussi bien me prendre le poignet et l'exposer aux flammes, parce que cet incendie, c'était sa faute, oui, *sa* faute à *lui*. Et cela lui aurait fait plaisir, en plus. *Tu sens ça ? Toi, la fille de Kieran, tu sens ça ?* C'est lui qui avait pris la décision. C'est lui qui avait frotté l'allumette, ça je le sais.

Pendant des années, je l'ai haï. Je n'ai jamais haï personne avec une telle intensité, une telle obstination, une telle avidité. Je crachais sur sa boutique. Je disais du mal de lui à tout le monde, je le fusillais du regard, je chapardais dans son magasin chaque fois que je pouvais. Cette haine s'est atténuée aujourd'hui, j'ai appris à renoncer à la haine, parce qu'elle ne sert à rien, et c'est fatigant. *Ce qui est passé est passé*, disait mon grand-père. Alors, maintenant, Mr Phipps est un homme que je plains. Un homme seul, morose, dont l'âme est vide et pour qui n'a jamais compté que son propre intérêt. Avec probablement un grain de folie. Et aussi – accident de parcours – un cœur brisé.

En repartant dans l'air poisseux, au milieu des affichettes pour Rosie dont les coins se retroussaient, je me suis retournée pour examiner l'épicerie. J'ai pensé, *Méfie-toi, mon vieux*. J'allais me défendre, j'allais le punir. Pas comme j'avais puni la fille à la cantine, parce que j'avais promis à Daniel que je ne me battrais plus jamais – plus jamais les poings, je l'avais juré, et jamais je n'aurais rompu une promesse faite à Daniel. Mais je savais que je trouverais une idée.

J'étais si profondément plongée dans mes projets de vengeance que je n'ai pas entendu des pas qui me suivaient sur le chemin. Ce n'est qu'à la grille du bétail que j'ai senti quelque chose. Mais quand je me suis retournée, le chemin était vide et nos tilleuls immobiles, rien de plus.

Cette nuit-là, je n'ai pas pu m'endormir.

J'ai traversé le palier pour aller dans la salle de bains, et j'ai allumé tout doucement la lumière. La glace était petite et fendue dans le coin du haut. Elle était constellée de taches blanches dues à mon brossage de dents, et j'avais laissé des empreintes de pouces collants. Pourtant, je ne me regardais pas souvent dans la glace. À quoi bon ? Miroir ou pas, mes cheveux étaient toujours incoiffables et ma peau irritée.

Mais, cette nuit-là, je me suis soigneusement examinée en me tournant lentement d'un côté, puis de l'autre. Je ne regardais pas tant les traits évidents que ce qui était plus subtil. J'appuyais mes doigts contre mes pommettes, je retournais ma lèvre inférieure pour voir les veines bleues de mes gencives. Je vis des endroits qui me paraissaient solides, d'autres plus fragiles. J'examinai la forme de mes sourcils, leur épaisseur, la hauteur de mon front, je regardai si mes oreilles étaient décollées ou pas.

Combien de fois vous êtes-vous regardé dans la glace en cherchant le reflet de quelqu'un d'autre ? C'est assez rare. Mais, cette fois-là, je l'ai fait. Tout ce que je ne reconnaissais pas, je me disais : ça, c'est lui – le profond sillon entre le nez et la lèvre supérieure ; les mains larges ; la clavicule saillante. Et la taille, bien sûr : depuis mon arrivée à Pencarreg, j'avais grandi de huit centimètres. Et mes cheveux avaient poussé. Quand ils étaient mouillés, ils tombaient plus bas que mes épaules.

La seule fois où je me suis de nouveau intéressée à la glace, ce fut deux ans et demi plus tard.

J'avais commencé à me sentir mal à l'heure du déjeuner. Je faisais la queue avec mon plateau quand j'avais senti soudain mon ventre se contracter. J'avais supposé que c'était la faim. Mais, à l'heure de la sortie, la douleur avait empiré. J'avais fait tout le trajet en bus avec les genoux remontés jusqu'au menton. J'avais peur de vomir. Étais-je en train de mourir ? Est-ce que j'avais un cancer qui poussait à l'intérieur de moi comme une étrange rose pourpre ?

En me déshabillant pour prendre un bain, ce soir-là, j'ai vu du sang. J'ai reculé jusqu'au siège des toilettes, je me suis assise dessus. Pas un cancer. Du moins, je ne le pensais pas. Mais alors quoi ? Et puis cela m'est revenu petit à petit. J'ai entouré ma taille de mes bras et je me suis rappelé ce que j'avais entendu dire. Que c'était un truc de fille. Que ça recommencerait périodiquement. Je me suis essuyée avec précaution, en me sentant triste.

Croyez-le ou pas, je suis arrivée à cacher ce secret à mes grands-parents pendant cinq mois. Je fabriquais mes serviettes hygiéniques avec du papier-toilette, des torchons, et même de vieilles chaussettes trouées mises au rencart. J'étais pleine de ressources et rusée. J'allais dans la salle de bains sur la pointe des pieds et j'avais appris à fermer la porte à clef sans faire de bruit. Au lieu de me servir de la corbeille à papier de ma chambre, je jetais mes paquets secrets dans les poubelles dehors. Mais je suppose que, si mes cachotteries marchèrent si bien, c'est surtout parce que mes grands-parents ne s'attendaient pas à ça. Je n'avais pas de poitrine. Je n'avais pas de hanches, j'étais maigre, et je ne devais pas du tout avoir l'air prête pour un tel événement. C'est la vérité, j'étais vraiment loin d'être prête, j'avais tout juste onze ans, j'étais encore une enfant. En y repensant, je trouve ça fou, et même terrifiant, l'idée qu'à cet âge-là mon corps aurait pu se reproduire.

Mais enfin, j'ai fait face. Une fois par mois, je mettais des pantalons foncés et j'avais réussi à grimper sur le siège des cabinets pour atteindre l'armoire à pharmacie où se trouvait l'aspirine. Mais je mentirais si je disais que cela n'eut pas d'effet sur moi. Je m'étais mise à regarder Gerry autrement. Je me souvins de Rosie. J'avais l'impression, étrange, d'avoir acquis de l'expérience. Il y avait des moments où je mourais d'envie de le raconter à quelqu'un, de tirer sur une manche et de le murmurer à une oreille, mais à qui aurais-je pu parler ? C'était à ma mère d'expliquer ce mystère. Trois années s'étaient écoulées, et je pensais que j'avais mieux appris à me passer d'elle.

Mais, le moment venu, ma grand-mère se montra à la hauteur de la situation. Elle m'emmena à Lampeter, m'offrit un chocolat chaud avec des guimauves, et acheta à la pharmacie un paquet de *trucs pour jeunes filles*. Au début elle ne me donna que les explications les plus élémentaires. Tu n'as qu'à y penser comme à une vieille amie, me dit-elle : pas toujours drôle, mais que ferions-nous sans elle ? J'avais du mal à accepter l'idée des crampes amicales. Mais que pouvais-je faire d'autre ?

Pour mémoire, je précise que ma poitrine est restée plate comme une crêpe jusqu'à il y a trois mois. Il a fallu que je sois enceinte pour acquérir une silhouette féminine – ce qui est paradoxal, puisque c'est le moment où la plupart des femmes perdent la leur. Adolescente, je portais des soutiens-gorge pour faire comme tout le monde, mais ils ne servaient pas à grand-chose. J'avais honte parfois. J'aurais aimé qu'un homme trouve sous mon chemisier autre chose que deux tétons roses et tout gênés. Mais au moins je pouvais courir après le bus. Et il n'y avait pas d'obstacle quand je tirais à la carabine à air comprimé ou que je me balançais dans les arbres.

Rien qui puisse me faire mal quand je m'étais jetée à plat ventre au milieu des fougères pour échapper aux mains qui, j'en suis sûre, avaient fait du mal à Rosie, et qui, avec le temps, s'efforceraient de m'en faire aussi.

Le lendemain, on trouva un patin à roulettes sur le Tor, sous un morceau de mousse qui s'était retourné pour révéler son trésor caché. Il avait échappé aux fouilles. À moins qu'il n'ait été caché là une fois les recherches terminées. Le village bourdonnait comme une guêpe dans un bocal retourné.

« Seigneur ! » s'exclama ma grand-mère en se prenant la tête dans les mains. Elle me serra dans ses bras ce soir-là comme si j'étais celle qu'on avait perdue.

Quant à Mrs Maddox, elle me fit signe d'approcher quand je passai devant son cottage rose et murmura : *Il n'y en a plus pour longtemps. Fais-moi confiance. Ils attraperont ce salaud avant la fin de la semaine.*

Avec vue sur la mer

Pris le car pour Aberystwyth. Il y a une cabine télé-phonique à gauche de la jetée dont maintenant je connais l'intérieur. Fin mars, donc pas de touristes. Je lui ai montré la jolie maison bleue sur le front de mer, celle qui me plaît tant, et il a dit : alors je te l'achèterai quand je serai riche.

Fin mars ? La fin d'une époque, pour eux.

Migraine

Où cacherais-je un corps ? Si je me retrouvais avec un cadavre dans les bras, et que je veuille le dissimuler, qu'est-ce que je ferais ? J'y ai pensé. C'était devenu un jeu, à une époque, entre Gerry et moi. Quand on s'ennuyait en classe, on chuchotait ensemble. On écrivait nos théories sur un bout de papier, et on se les passait, comme des suggestions à discuter. Comme la preuve que si on connaissait bien la région, et qu'on avait un peu de cervelle, cacher un corps ne devait pas être trop difficile.

Les marais. Il y en a beaucoup. Même par temps chaud, ils sont assez vaseux pour se refermer assez rapidement sur un corps. Et le manque d'air le préserverait. On pourrait ainsi retrouver Rosie aujourd'hui, vingt et un ans après, intacte, avec son teint de pêche, toujours aussi jolie, de la tourbe collée dans ses cheveux.

Il y a dans notre coin des lacs d'une profondeur inconnue. Personne ne les a sondés. Personne n'y a plongé pour savoir exactement jusqu'à quel point ces eaux sont noires ou froides, mais tout le monde sait qu'elles sont profondes. Il n'y a qu'à l'enrouler, l'attacher, et la jeter dans un lac à quelques kilomètres – Llyn Berwyn ou Llyn Gynon. Mettre assez de briques pour être sûr qu'elle ne remontera pas à la surface effleurer les jambes des nageurs.

Et puis il y a ces forêts où personne ne va jamais, les mines fermées, d'immenses étendues de terre que seuls les moutons parcourent. La route qui mène aux étangs de Teifi est sans fin – ma voiture avance en cahotant pendant des kilomètres sur une piste, ne rencontrant que des touffes échevelées d'herbe jaune et des roches arrondies. C'est un endroit désolé. Il y souffle toujours un vent très fort. J'ai souvent eu l'impression que ma solitude émergeait au bord de ces étangs. Je l'ai vue voltiger au-dessus de l'eau comme un oiseau inconnu. Il n'y a qu'à déposer Rosie sous une roche et la laisser là, seuls les troupeaux la découvriront.

Alors peut-être ne faut-il pas s'étonner. Peut-être ne faut-il pas reprocher à l'inspecteur chef Gregory et à son équipe de n'avoir pas résolu l'énigme, car cette région a des poches secrètes et des portes dérobées. Un jour, j'en ai parlé à mon grand-père. Je me suis pelotonnée contre lui sur le sofa, un soir, et j'ai dit : « À ton avis, elle est où ? » Il ne m'a pas répondu. On est restés assis un moment en silence, et j'étais heureuse d'être là, dans notre salon, au chaud et au sec.

C'est une question que j'ai également posée à Billy.
Il cueillait des fraises des bois sur les fraisiers accolés à la grange et je le regardais faire, les genoux repliés sous la poitrine. Il avait fait terriblement chaud. Mes aisselles collaient, et je tirais sur les manches de mon uniforme. Lui, il portait toujours sa veste en coton huilé. Ses mains tremblaient un peu. Quand les fraises étaient encore blanches, toutes dures, il ne les prenait pas. Seules les rouges valaient la peine. Il m'en a passé quelques-unes. « Mange-les », m'a-t-il dit. Ce que je fis.

« Mais c'est bizarre, lui ai-je dit, vous ne trouvez pas ? Elle devait être sur nos terres, si son patin était là. Mais je ne l'ai pas vue. On est forcément passés devant le Tor, Daniel et moi, en rentrant de notre baignade. On est passés tout près. Et il n'y avait personne. Vous ne trouvez pas ça bizarre ? »

Il m'a répondu à voix basse. « On a pu le déposer. »

« Ça fait une grimpette, rien que pour déposer un patin. » J'ai haussé les épaules. « Et puis il y a de meilleures cachettes. »

Nous avons emporté notre trésor dehors, à l'ombre des hêtres. Ça sentait le renard. C'était une trouvaille, ces fraises des bois. Elles étaient délicieuses, je me régalais.

« On a trouvé les deux patins, a demandé Billy, ou un seul ? »

J'ai secoué la tête. « Un seul. Mais pourquoi choisir le Tor, à votre avis ?

— C'est bizarre, là-haut.

— Bizarre, comment ? »

Il m'a raconté l'histoire de l'ouvrier agricole de Caio qui y avait passé trois jours et qui était tombé malade. Je l'avais déjà entendue, mais je ne savais pas jusqu'à quel point l'ouvrier était atteint. Il avait menacé sa petite amie avec un fusil de chasse, me raconta Billy. Il lui avait enfoncé le canon dans la gorge. Je croyais la voir, adossée contre le mur, le suppliant.

« Non ? Pour de vrai ?

— Comme je t'ai dit, c'est bizarre. »

Il me raconta aussi que bien longtemps avant sa naissance, avant que Cae Tresaint ait même existé, les gens *faisaient des trucs* là-haut. Quel genre de trucs ? Des réunions. Des païens louches montaient jusqu'au Tor et y tenaient des cérémonies silencieuses en

plein vent. J'étais fascinée. Je voyais des capes gon-
flées, de longues barbes. Faisaient-ils de la magie ?
« Ils faisaient des offrandes ? »

Il a secoué la tête. « Je ne crois pas. »

« Alors, qu'est-ce qu'ils faisaient ? »

J'ai conclu que sans doute ils chantaient, se
tenaient par la main, et se contentaient d'admirer le
paysage.

Le lieu passait pour sinistre. Tor-y-gwynt était ainsi
nommé parce que le vent y soufflait avec une force
incroyable. Mais ce vent, pour des oreilles pieuses,
ressemblait à la plainte d'un être blessé. Moi aussi,
j'écoutais ce bruit. La nuit, s'il y avait de la tempête,
il m'arrivait d'ouvrir la fenêtre de ma chambre pour
écouter les gémissements en provenance du Tor. Je
me demandais si Wilfred ou Hywel John ou mon
grand-oncle Duncan s'étaient parfois arrêtés au
milieu de la cour pour écouter cet appel, et s'ils y
avaient lu un signe.

« Et maintenant... – il a haussé les épaules – le
patin à roulettes. C'est le Tor. C'est...

— Mais, lui ai-je fait remarquer, *vous*, vous y
allez. »

Il s'est arrêté de manger. Il m'a regardée dans les
yeux.

C'est là qu'il m'a raconté la meilleure de toutes ses
histoires. Chaque fois que je sens une odeur de
renard, je repense à ce jour, sous les hêtres, où j'ai
appris dans quelles circonstances mes parents
m'avaient conçue.

Par un matin venteux, il y avait une dizaine
d'années, Billy s'était réveillé avec la migraine. Ses
tempes battaient. Bouger les yeux lui faisait mal.
Chaque fois que ce genre de crise lui arrivait, il montait jusqu'à la crête. Il avait besoin d'air vif, d'air pur.

Il voulait rester là-haut un moment, respirer le bon air en regardant vers la mer. *Cela fait du bien*, me dit-il en passant le bout des doigts sur sa tache en forme de mûre.

On était en avril – au tout début. Les agneaux étaient dans les champs. Des bergeronnettes jaunes voletaient près du carré de rhubarbe – sans doute avaient-elles fait leur nid à cet endroit. Beau temps clair. Une belle journée en perspective.

« Est-ce que le vent vous a fait du bien ? » ai-je demandé.

Une fois au sommet, il était allé jusqu'à la cabane de berger et s'était assis là, le dos contre le mur, comme il faisait toujours. Mais, me dit-il, ce jour-là, il n'était pas seul. Il avait entendu des voix et s'était relevé.

« Qui était-ce ? ai-je demandé. Des promeneurs ? »

Il a secoué la tête. Bronwen et Kieran. Ils se trouvaient sur le Tor, allongés derrière le plus gros des rochers. De l'autre côté, bien cachés. Du village, personne ne pouvait les voir. « Mais moi, oui.

— Qu'est-ce qu'ils faisaient ? Pourquoi se cachaient-ils ? »

Question d'enfant !

Cela va sans dire, ce qu'ils faisaient.

Il y avait des buses ce jour-là. Elles tournoyaient au-dessus du Tor. Billy ne pouvait pas s'approcher davantage du couple, parce qu'il se serait fait repérer, et alors… Kieran aurait été furieux. Bronwen aurait eu l'air… voyons… Déçue, dit-il. Il ne voulait pas la voir déçue. Il était donc resté un moment dans la cabane.

Le mal de tête de Billy n'avait pas disparu. D'habitude, le grand air suffisait. Mais pas ce jour-là. Rien n'y faisait. Il était redescendu dans les champs avec sa migraine et avait souffert pendant deux jours. À l'ombre des hêtres, j'opinai. Oui, un coup de sabot sur la tête devait faire cet effet.

Je l'ai embrassé de m'avoir raconté ça. Même moi, ça m'a étonnée. Je me suis hissée sur la pointe des pieds, et j'ai posé un baiser léger, enfantin, sur sa tache. Pour moi, c'était un baiser de remerciement, qui mettait fin au moment passé avec lui. Mais pas pour Billy. Je suppose qu'il y avait des années qu'il n'avait pas reçu un baiser de ce genre, s'il en avait jamais reçu. Je crois que cela ouvrit quelque chose en lui. Une porte de grenier s'entrouvrit en grinçant. Il me regarda, d'un air mesuré, calme. Tout, sauf fou.
On était déjà en juillet.

La chance

Elle écrit :

Aujourd'hui, il m'a étonnée – ce n'est pas la première fois. Il est apparu sur le chemin, et m'a emmenée au Tor. Six canettes de bière dans son sac à dos, des cigarettes à partager. Et même une couverture ! J'ai appris à reconnaître son odeur. Ce n'est pas seulement un mélange de terre et de tabac. Il y a un parfum plus subtil – du savon ? Je ne sais pas. C'est sur sa clavicule que c'est le plus fort, et dans ses cheveux. Le Tor, maintenant, est lié à lui. En le voyant, je penserai toujours à sa clavicule. J'ai de la chance ! Qui peut en dire autant ?

Avait-elle eu de la chance ? Ça se discute. La réponse des braves gens serait non – peut-on appeler chance un amour irréfléchi ? Elle devint une jeune femme perturbée avec un enfant à charge et un front soucieux, un flacon de somnifères et une maison attenante à d'autres près d'une voie de chemin de fer. J'ai entendu des gens dire, en parlant d'elle, *la pauvre Bronwen*. Ça l'aurait mise en fureur.

Mais je pense aussi au docteur Matthews. Aux contes de bonnes femmes, aux clichés. Si elle n'avait pas rencontré Kieran Green, n'aurait-elle pas été encore davantage la pauvre Bronwen ? C'est toute la question : un cœur brisé ou un cœur intact ? Lequel vaut le mieux ? Mr Phipps avait peut-être raison – cet Irlandais fut la pire des calamités. Ou peut-être que c'est elle qui avait raison : oui, elle avait eu de la chance. Peut-être n'est-ce pas si mal d'être hantée par un ancien amour – cela prouve au moins qu'on en a eu un. Contempler Tor-y-gwynt en se rappelant l'après-midi passé avec lui, une couverture chaude et six canettes de bière, cela résume bien, peut-être, la chance.

Moi, en tout cas, je peux considérer que j'en ai eu, de la chance. Cette note est datée du 1er avril 1969. Elle l'a écrite à l'encre rouge, et l'a soulignée deux fois.

1er avril. Comptez neuf mois exactement.

Des nuages, des agneaux, des buses, et j'ai été conçue ce jour-là.

J'y repense. J'ai marché jusqu'au Tor et je les ai imaginés là, allongés du côté ouest, à moitié dissimulés. Chaque fois que je m'y rends, je reste debout appuyée contre le granit en retenant mes cheveux. Je me demande si la vue a beaucoup changé depuis ce jour où j'ai été conçue. Sans doute pas. Elle reste la même.

Vous voyez ? Ma mère aussi aimait faire l'amour en plein air. Je ne suis pas la seule. Et je m'étais fait une opinion longtemps avant de connaître la sienne. C'est peut-être un trait propre aux filles de la campagne. Mais je dois dire que je me rappelle une époque à Birmingham, il y a bien des d'années, où je rentrais à la maison en courant après m'être promenée sur les voies de chemin de fer, mes mitaines attachées à leur cordon, et où je racontais des histoires de ballons mouillés et fripés. Les filles de la ville choisissent elles aussi parfois la vie en plein air. Sauf qu'une colline galloise, c'est tout de même mieux qu'un tunnel de chemin de fer plein de détritus et d'odeurs d'essence. Le vent n'est-il pas le meilleur accompagnement ?

Si mon enfant vient me trouver à l'adolescence, ou même plus tard, et me demande : *Maman, où ai-je été fait ?*, ma réponse sera moins romantique. Je dirai : dans un lit, là-bas, au pays de Galles, tard le soir, sans cérémonie. La ferme était silencieuse, dehors il y avait de la gelée blanche, et ensuite il a dormi. Aucun de nous deux n'a mentionné l'évidence, le lendemain matin. Pas un mot, et pourtant je crois que tous les deux nous savions. Je me rappelle m'être appuyée contre les barreaux d'un parc à moutons, à la foire, le lendemain, sachant – mais vraiment, sachant – que ce n'était plus moi toute seule qui me tenais là. Sous mon manteau de laine et mon chandail troué, au-dessous de la chemise rayée que m'avait prêtée Daniel, je me représentai soudain un petit logis obscur où vivait maintenant une personne.

Quand je le lui ai annoncé, il n'a pas dit : *De qui ?* Ou : *Tu es sûre ?* Il a plongé ses mains dans mes cheveux et il m'a dit : *On va faire ça très bien, tu verras.*

Mensonges

Ma rancœur contre Mr Phipps ne fit que s'accroître avec la chaleur. La nuit, tandis que nous dormions sans couverture, les fenêtres entrouvertes, je marmonnais toute seule. Mes rideaux se soulevaient quand il y avait une légère brise et je pensais à lui, réveillé, marchant de long en large dans sa maison, plein de haine contre moi. Ourdissant des plans. *À bon chat bon rat*, me disais-je. Je laissais mijoter ma colère, jusqu'à ce qu'elle épaississe et gagne en puissance. Je la sentais reposer en moi comme du goudron.

Juillet voulait dire que, pendant un certain temps, personne ne prenait de jour de congé à Pencarreg. Malgré les policiers, les journalistes et les photos de Rosie blanchies par le soleil sur les poteaux télégraphiques, c'était l'époque de l'année où l'on procédait au bain désinfectant des moutons. La piste qui menait à l'enclos était remplie de l'écho de leurs sabots et dégageait une odeur aigre. C'est là qu'on pouvait toujours trouver Daniel. Il poussait les moutons avec une perche, et ils émergeaient de l'autre côté, furieux contre lui, bêlant à qui mieux mieux.

Mon grand-père m'avait ordonné de ne pas m'approcher – les produits chimiques, règle numéro trois.

« Les émanations sont mauvaises pour toi, Evie. Va voir si ta grand-mère a besoin d'aide.

— Elle est avec Mrs Hughes.

— Et tu n'as pas de devoirs à faire ? »

Je me suis dit : peut-être, oui. Daniel a levé les yeux vers moi, il a pris un air interrogateur. « De toute façon, quel intérêt, regarder le bain des moutons ? Vous êtes une drôle de fille, Miss Jones. »

Donc je passais du temps avec Billy – du moins j'essayais. Il était plus taciturne que jamais. Je mettais cela sur le compte de la chaleur. Je comprenais que ce genre de temps puisse affecter une tête aussi fragile. Alors je lui tenais compagnie dans la grange, et je parlais, sans attendre de réponses. Je lui parlais de Mr Phipps. Je donnais à Billy un aperçu de ma haine contre lui, comme un pirate qui permettrait de jeter un coup d'œil sur son trésor. Mais il se contentait de m'écouter.

« Il cache quelque chose. J'en suis certaine. »

Billy ne me quittait pas des yeux. Quelquefois, pendant que je parlais, il examinait mon front, ou ma bouche. À un moment, il se pencha et posa doucement sa main sur mes cheveux. Comme s'il cherchait de la chaleur, ou me bénissait. Je fus surprise, mais cela ne me dérangea pas du tout.

À l'école, les examens avaient commencé. J'avais du mal. Pas étonnant, je suppose, j'avais manqué un trimestre à cause de mon deuil, et même si je me tirais d'affaire en anglais et en géographie, tout le reste était encore difficile. Et puis je n'avais pas fait mes révisions, ce qui n'arrangeait rien. J'avais été distraite par trop de choses. Comme la plupart des élèves de l'école, je suppose, et je crois que, dans l'ensemble, les professeurs se montrèrent indulgents. Mais, en secret, j'avais envie de réussir. Je rêvais d'être la première. Je voulais des « bien » dans la marge, et des étoiles d'or, comme Gerry. Il était incroyable. Ses devoirs lui revenaient avec une sorte d'aura. Je le regardais en classe, et je lui souriais. C'était un garçon adorable, au fond. Je ne lui ai pas rendu justice.

Ma matière la pire, c'était les maths. Depuis toujours, et cela ne risquait pas de changer. Les chiffres se mélangeaient dans ma tête, et je perdais patience. L'examen fut désastreux. Je laissai des questions sans réponse. Je regardais ma feuille, et je pensais à autre chose. Je quittai la classe avant la fin, parce que ça ne rimait à rien de rester.

Après l'école, cet après-midi-là, je décidai d'oublier les règles et horaires de couvre-feu de ma grand-mère, et restai dans le bus jusqu'à l'arrêt suivant. Je ne l'avais encore jamais fait. Je me renfonçai contre le rideau jaune, et vis s'éloigner le monument aux morts et le fourgon de la police. Cela faisait une impression bizarre. Était-ce ce qu'éprouvaient les vrais explorateurs ? Je savais que ma grand-mère surveillerait le chemin d'un œil, guettant mon retour, mais ça m'était égal. Je n'étais pas prête à rentrer. Je voulais une heure ou deux loin du village, loin des soucis et de tout le monde. Je voulais me baigner. Je voulais entrer dans le lac de la couleur d'une pièce d'un penny et plonger sous l'eau, laisser les maths et Rosie et Mr Phipps flotter à la surface comme de l'huile. Partir quelque part toute seule.

Après Cae Tresaint, le bus se dirigeait vers Llandewi Brefi, et je suis descendue à un arrêt de l'autre côté de la plantation de pins, sur un bout de route inhabitée. La conductrice – une femme maigre qui mâchait du chewing-gum – m'a dévisagée. « Ce n'est pas ton arrêt », m'a-t-elle fait remarquer. J'ai dit que j'avais rendez-vous avec une amie juste en haut de la colline.

« Tes parents sont au courant ? »

J'ai hoché la tête.

« Et comment vas-tu rentrer chez toi ?

— On me ramènera. C'est arrangé.

— Bon, fais attention à toi. À demain. »

Le bus a grincé en redémarrant. Pendant que je le regardais partir, un garçon que je ne connaissais pas m'a observée par la vitre arrière. Il portait un appareil dentaire. J'ai levé le majeur dans sa direction, mis mon sac sur mon dos, et je suis partie dans les bois.

Je n'ai jamais vraiment aimé cet endroit. Il appartient aux Eaux et Forêts : parmi les zones plantées de pins serrés les uns contre les autres, il y a soudain des trouées, là où on a coupé les arbres, et l'air sent bon la sciure de bois. Ces espaces ont quelque chose de fantomatique. Les bulldozers, les traces de pneus, les piles de troncs bien alignés prouvent que des hommes travaillent là, et souvent. Mais les ai-je jamais vus ? Les ai-je seulement jamais entendus ?

Je pensais qu'il y aurait du monde au bord du lac. Je savais que parmi les grands de l'école, certains venaient là parfois en sortant de classe, qu'ils s'éclaboussaient, se lançaient des défis, se faisaient des papouilles, se roulaient de longues cigarettes. Je savais aussi que des voyageurs se garaient là pour la nuit pendant les mois d'été : l'herbe noire signalait l'emplacement de leurs feux. Et il était arrivé qu'on attache à des arbres les chevaux de Bryn Mawr, et qu'on les laisse tirer sur leur corde pour aller mâcher les fougères pendant que les cavaliers pique-niquaient au bord de l'eau. Je savais tout cela. Et je pensais que c'était ce que j'allais trouver. Après tout, il faisait une chaleur terrible. Je n'avais jamais été véritablement en sueur jusque-là. C'était pour moi une odeur inédite. *Elle s'est formée de bonne heure*, avait dit ma grand-mère derrière des portes fermées. Comme si j'avais été floue, avant.

Mais le lac était désert. Pas d'enfants, pas de touristes. Sur l'autre rive, un homme promenait son chien. Quelqu'un au loin nageait lentement, les cheveux collés, les bras blancs, plongeant parfois sous l'eau pour réapparaître ailleurs. Homme ou femme ? Impossible à dire. Un promeneur solitaire descendait la colline.

Je me suis déshabillée à l'endroit où nous étions venus, Daniel et moi. J'ai enlevé mes chaussures et mes chaussettes. J'ai détaché mes cheveux qui étaient retenus en arrière. Ils étaient pleins de nœuds et secs comme de la paille. J'ai jeté un dernier coup d'œil à la ronde avant d'enlever ma robe d'uniforme, et j'ai entouré ma poitrine de mes bras pour cacher mes deux petits boutons roses. Il n'y avait pratiquement personne, et pourtant je me sentais observée. L'endroit n'avait jamais été aussi silencieux.

L'eau était glacée. Je suis entrée jusqu'au ventre. Ça c'était le pire – moitié froid, moitié chaud, alors j'ai retenu mon souffle, baissé les bras et j'ai plongé avec un grand plouf. J'ai sorti la tête en crachotant, et puis je suis repartie sous l'eau. J'étais bien, sous l'eau, il y avait les battements de mon cœur, et un silence immense. Ma peau était blanche comme un os. En remontant à la surface, je retrouvais la chaleur et la lumière. Pendant un moment j'ai flotté sur le dos, comme une étoile de mer.

Je ne suis jamais retournée me baigner là. Je ne suis pas superstitieuse, mais je ne fais pas confiance à l'eau de ce lac. Plus maintenant. Je ne m'y suis baignée que deux fois, mais chaque fois, à mon retour, de mauvaises nouvelles m'attendaient.

Je suis sortie de l'eau, je me suis essuyée avec ma robe avant de la remettre. Ce qui veut dire que, en courant pour rentrer, je la sentais me coller au corps, comme une deuxième peau avec des carreaux.

Qu'ai-je trouvé en revenant ? Daniel, assis sur le banc devant la véranda, qui serrait une serviette contre sa bouche.

Mon sang n'a fait qu'un tour. J'ai couru jusqu'à lui. « Qu'est-ce que tu as ? Qu'est-ce qui s'est passé ? C'est le bain des moutons ? »

Il a souri, en secouant la tête. « Un coup de poing, Evie. Et voilà. »

Il a enlevé la serviette et m'a montré une entaille en forme de virgule sur la lèvre inférieure, qui saignait encore un peu et dont les contours commençaient à enfler et bleuir.

Pourquoi les hommes se battent-ils ? Par ennui. Par orgueil. Parfois pour se défendre. Dans ce cas particulier, il fallait accuser la chaleur et la bière. Les yeux de saphir de Rosie avaient contemplé toute la scène : ses affichettes étaient suspendues le long d'une corde, comme du linge, devant le Cerf blanc, et quand une voiture passait, elles se soulevaient et retombaient.

La bagarre s'était produite dans le jardin du pub, sous les parasols rouillés et les corbeilles suspendues aux fleurs grillées par la chaleur. Mon grand-père se trouvait là lui aussi. Après avoir passé l'après-midi à s'occuper du bain des moutons, il était venu boire une bière avec Daniel. Ce n'était pas dans ses habitudes – il buvait peu – et ma grand-mère lui avait ensuite passé un savon : la chaleur et un bock glacé, ça ne va pas ensemble, avait-elle déclaré. « Enfin, Dewi, tu devrais le savoir, pour l'amour du ciel ! Quel âge as-tu exactement ? »

Peut-être était-ce inévitable. Des cervelles échauffées et des nerfs à vif, des hommes qui ont bu et qui se lancent des paroles injurieuses. Il y eut des accusations portées cet après-midi-là dans le pub. Qui était là ? Mr Wilkinson, des écuries ; le docteur Matthews ; le père de Gerry ; et aussi Lewis, ce qui n'avait rien d'étonnant. Apparemment, c'est là qu'il dépensait tout ce qu'il gagnait. Peut-être avait-il le béguin pour la serveuse. Ç'aurait bien été son genre.

Tout le monde s'était senti visé. *Qui*, avait demandé Lewis, *rôde dans les parages avec la conscience pas très nette ?* Je vois parfaitement la scène – Lewis qui se penche sur la table, en dressant un doigt accusateur. Dix-neuf ans, soûl et se prenant pour Dieu. Torse nu, tatouage exhibé. *C'est quoi, votre alibi ?* Il fallait que cela éclate.

C'est Mr Wilkinson qui a lancé le premier coup de poing.

Pas vraiment une bagarre. Je ne suis même pas sûre que ce coup de poing ait atteint quelqu'un – c'était plutôt un avertissement qu'une vraie punition. Je ne crois pas qu'il y ait eu beaucoup plus que quelques coups de poing brassant l'air et un peu de bière renversée. Personne n'était suffisamment à jeun ni suffisamment doué pour lancer des coups efficaces. Mais Daniel avait tenté de calmer le jeu. Il s'était interposé entre eux, et c'est lui qui avait pris.

« C'est qui ? ai-je demandé. Lewis ?

— Peu importe. C'était un accident.

— C'est Mr Phipps ? »

Daniel m'a regardée. « Mr Phipps ? Il n'était pas là. Enfin, si, mais il n'est venu que plus tard. La rumeur a couru, je suppose. On peut compter sur lui pour venir mettre son grain de sel.

— Son grain de sel ? Qu'est-ce qu'il a dit ? »

Daniel s'est tamponné la lèvre. Elle saignait encore un peu, et il a examiné la serviette. « Des bêtises. Comme d'habitude. Accusant Billy Macklin. Non, mais quelle idée ! Aucune preuve, aucune logique, rien du tout. On ne sait même pas si Billy habite encore dans la région. On devient tous fous, ici, Evie. » Et tout d'un coup, il m'a regardée de haut en bas : « Tu viens d'où ? Il est plus de sept heures. »

J'étais là, dans la cour, dans mon uniforme trempé, et je sentais ma colère se resserrer, se durcir, comme un poing.

Quelqu'un qu'on connaît, avait dit Mrs Maddox. *L'un d'entre nous.* Dans la ferme, je claquais les portes, je sentais ma rage bouillir, proche du moment où le couvercle allait sauter. Gerry et moi passions de moins en moins de temps ensemble : je n'étais pas d'une compagnie très agréable, je suppose, avec la tête pleine d'élucubrations vengeresses, et la rage au cœur. Je l'écoutais à peine. Même le jour où il est arrivé en classe avec un bleu en forme de papillon à l'intérieur du bras, je n'ai fait aucune remarque. Je ruminais en classe, dans le bus, dans la cabane de berger. Je suis même entrée dans l'église de Saint-Tysul, et je suis restée assise dans la fraîcheur et la pénombre. C'était un bon endroit pour réfléchir, avais-je découvert. C'est là que je décidai de ce que serait ma vengeance.

Croyais-je sincèrement que Mr Phipps avait enlevé Rosie Hugues, lui avait fait du mal et l'avait tuée ?

C'était une accusation énorme, incroyable. C'est un coup que je n'oserais jamais porter à personne, parce que, comme dirait ma grand-mère, la boue, ça colle. Et c'est sur les murs blancs qu'on la voit le mieux. C'était peut-être un type méchant, tordu, pitoyable, avec une mauvaise haleine et une figure rougeaude, mais il n'avait pas commis de crime. Il n'avait enlevé personne, en tout cas, et pourtant j'allais l'accuser. J'allais le placer sous les projecteurs en disant : *Voilà ! C'est lui !*

Mon âge est en partie une excuse. J'étais ignorante. Je ne savais pas vraiment ce qu'un homme peut faire à une petite fille de douze ans. Non. Je ne pensais pas qu'il l'avait enlevée. Je ne croyais pas Mr Phipps capable d'autre chose que de dire des méchancetés. Mais des méchancetés, quelquefois, cela suffit.

J'ai dit à la police que c'était lui. *Voilà, maintenant tu sauras l'effet que ça fait d'être regardé de travers, avec méfiance. Voilà.*

Je ne suis pas allée les chercher. Je n'ai pas couru trouver l'inspecteur chef quand je l'ai revu, pour le tirer par la manche et lui dire : *J'ai du nouveau.* J'ai attendu que les policiers reviennent – nous savions tous qu'ils allaient revenir. Ils n'avaient pas d'indices, aucune piste. On racontait qu'ils se raccrochaient à n'importe quoi.

Deux jours après ma baignade et la bagarre au pub, la lèvre de Daniel commençait à guérir et, en rentrant de classe, je l'ai trouvé appuyé contre la clôture du parc à moutons, une cigarette à la main. L'inspecteur chef Gregory était avec lui. Il fumait lui aussi en tenant sa cigarette entre le pouce et l'index comme pour lancer une fléchette.

« Bonjour, Evangeline.

— Salut. » Mon cœur battait.

Daniel m'a lancé un regard réconfortant. « Ne t'inquiète pas, Olwen. Il est venu pour poser encore quelques questions. Et prendre une tasse de thé. »

J'ai regardé le policier à travers mes cheveux. « Vous voulez me parler ?

— Si cela ne t'ennuie pas. »

Daniel est resté près de nous. Il s'est penché au-dessus de la clôture et a redressé l'épaule comme s'il avait des courbatures. Il était dans mon champ de vision.

« Evangeline, est-ce que tu connais un certain Billy Macklin ? Est-ce que tu en as entendu parler ? »

Je sais très bien mentir. Depuis toujours.

« Qui ça ?

— Billy Macklin. Votre voisine, Mrs... – il a consulté ses notes – ... Maddox dit que tu lui as posé des questions à son sujet. Il y a quelques mois. C'est vrai ?

— Ah... ! *Billy* Macklin. Je voulais juste connaître l'histoire. Vous savez... À propos du cheval, tout ça. C'est tout. »

Il a hoché la tête. « OK. Mais tu ne l'as pas rencontré ? »

Il me surveillait de près. J'ai mis les mains derrière le dos en me balançant d'un pied sur l'autre d'un air innocent. « Non, ai-je dit. Je ne saurais même pas où le chercher. » J'ai fait mon plus joli sourire. « Ce n'est pas une histoire qu'on a inventée ?

— Non, non, il existe vraiment. Il faut qu'on le retrouve. Sa maison est vide, abandonnée, alors si tu entends quelque chose...

— Pourquoi ? Vous croyez que c'est lui qui l'a fait ?

— Qui a fait quoi ?

— Tué Rosie. » L'inspecteur chef Gregory a refermé son carnet et l'a glissé dans sa poche. « Nous n'avons toujours pas trouvé le corps, Miss Jones. Nous voulons juste lui parler. C'est le genre d'homme à avoir des informations. C'est tout. »

Menteur, ai-je pensé.

Et je sais de quoi je parle.

Pendant qu'il repartait, j'ai jeté un coup d'œil sur Daniel. Il contemplait le Tor.

J'ai détourné les yeux. Je ne voulais pas croiser son regard, au cas où ses yeux gris tourterelle auraient raison de mes résolutions qui s'éparpilleraient dans la cour, comme des graines pour les oiseaux. Je ne pouvais rien lui cacher. Je redoutais que mon mensonge brille en moi, qu'il le voie, et que, du coup, il ne puisse jamais m'aimer.

« Inspecteur chef Gregory ? »

Je l'ai rattrapé dans le chemin près du pré aux vaches. Il a été surpris de me voir et il a froncé ses gros sourcils.

« Je pense que vous devriez parler à Mr Phipps. Qui tient l'épicerie. Je crois qu'il sait quelque chose. »

Le policier s'est penché sur moi. Il a scruté mon visage. Et il a dit : « Qu'est-ce qui te fait croire ça, Evie ?

— Il... il a dit des trucs.

— Quel genre de trucs, Evangeline ? »

Je l'ai regardé droit dans les yeux, et j'ai répondu : « Il m'a dit que je serais la prochaine. Il n'a pas participé aux recherches pour la retrouver. Je... » J'ai haussé les épaules timidement. « Je n'ai pas confiance en lui. Il me donne la chair de poule. Il me regarde bizarrement... de haut en bas. Une fois, il a essayé de m'embrasser. »

C'était ça le mensonge. Flagrant. Un premier baiser ou un baiser d'adieu ? Les deux, j'imagine. « Il t'a embrassée ? Tu es sûre ? »

J'ai hoché la tête. « Mais ne le dites à personne. S'il vous plaît. Ou j'aurai des ennuis. Il m'a dit que c'était notre secret. »

Au bout d'un moment, il a posé sa main sur mon épaule, et il m'a dit : « Merci. Tu as bien fait de venir me parler. »

Je l'ai regardé partir, traverser en marchant les rayures lumineuses que le tunnel des aulnes dessinait sur le chemin. J'étais satisfaite. Je n'avais pas la moindre idée des dégâts que peuvent provoquer de tels mensonges, ni de ce que je venais de déclencher.

Oranges

Au crayon sur du papier format A4 :

Oui ? Non ? Je le suis ? C'est trop tôt pour être sûre, et je ne dois pas m'inquiéter, parce que je me connais, et si je m'inquiète, ça mettra encore plus longtemps à arriver. C'est comme ça que fonctionne mon corps. Mais est-ce que j'ai déjà eu autant de jours de retard ?

Averses d'avril. La gouttière cassée, je ne peux pas dormir. Le temps lui donne du travail, donc pas de K depuis trois jours – trois !

Il faut que je lui parle. Parce que si c'est oui, qu'est-ce qu'on fait ? Je le suis, c'est sûr. C'est certain. Ai-je l'air différent ? Est-ce que je me sens différente ? Non, aucun changement. Je me suis regardée dans la glace, rien n'est plus renflé que d'habitude, et je n'ai mal nulle part. Je n'ai pas non plus de nausées – mais elles arrivent quand ? Au bout d'un mois, deux ?

Je dois voir le docteur M. Il est temps.

Si on lui donnait un prénom irlandais ?

Il n'y a pas de règles, bien sûr. Les nausées arrivent quand ça leur chante. Une semaine environ après avoir conçu, j'ai eu mal au cœur. Allez savoir pourquoi, les oranges rendaient les choses pires. Rien que l'odeur, il fallait que je file aux toilettes.

Mais aussi, quel bouleversement pour le corps. Pas étonnant qu'il réagisse. Depuis la naissance, avant même la naissance, le corps apprend quand saigner, quand guérir, comment réagir quand il a faim ou qu'il est fatigué, ou qu'il a froid, ou qu'il est stressé. Il a découvert ce qu'il lui faut pour être en bonne santé, ce qui lui fait du mal, ce à quoi il est allergique. Il a appris des rythmes, des modes de réaction. Chaque minute, chaque jour, le corps apprend à connaître un peu mieux son territoire, jusqu'à ce qu'il puisse enfin dire : *c'est moi, je suis comme ça.*

Et puis deux cellules unies s'implantent, et tout change. L'avenir prend un sens différent.

Liserons

Suis-je hantée par ce mensonge ? Tous les jours. Penser que j'ai pu affirmer une chose pareille, avec un tel aplomb – je n'en reviens toujours pas. C'est l'aune à laquelle je mesure les non-vérités qui ont suivi, et il les dépasse toutes de loin. *Cet homme ? Il a tué quelqu'un.* Y a-t-il pire accusation ? Et j'avais si bien menti. Menteuse émérite. On n'a jamais mis mes paroles directement en doute ; on m'a crue instantanément.

Mais c'était logique. J'étais une petite fille maigrichonne qui, quand elle le voulait, pouvait prendre l'air d'un petit lapin inquiet. Mr Phipps était un homme fort, sans amis, doté d'un mauvais caractère et d'un air sournois. Cela avait dû sembler plausible. Dans l'esprit des policiers, une étincelle avait jailli.

Ils l'embarquèrent pour le questionner. Ils ouvrirent la portière de la voiture pour lui en lui disant de faire attention à sa tête. L'épicerie de Mr Phipps n'avait jamais été fermée en semaine, pas une seule fois, et quand les clients trouvèrent la porte fermée, les langues allèrent bon train. Mrs Maddox nous téléphona pour nous apprendre la nouvelle. Du haut de l'escalier, j'épiai mon grand-père quand il répondit : « *Mon Dieu, vous êtes sûre ?* »

Je n'ai pas le souvenir de m'être sentie coupable, non, pas à ce moment-là. Je me sentais juste excitée, bien vivante, et j'ai couru jusqu'à la vieille grange en priant pour que Billy soit là. Je voulais le voir à tout prix. Je voulais le prendre par le bras et lui dire que l'homme que nous détestions tous les deux était parti. Allait-il sourire ? Je n'étais pas sûre de lui avoir jamais vu un vrai grand beau sourire.

Il était là. Il respirait fort, comme s'il avait dû courir pour venir, mais je ne lui ai pas posé de questions, j'avais trop de choses à lui raconter.

« C'était lui ! Mr Phipps ! » Les mots sont sortis comme une rafale de mitraillette. Il m'a écoutée comme lui seul savait le faire – immobile, les yeux tels deux lacs profonds.

« Alors ? Qu'est-ce que vous en dites ? »

Je suppose aujourd'hui qu'il se disait que certaines choses ne changent jamais. Je suppose qu'il me regardait pris d'un accès de nostalgie. L'esprit de vengeance, c'est dans le sang, peut-être. Peut-être que la haine, comme la taille ou les taches de rousseur ou un gène cancéreux se transmet des parents aux enfants. L'intensité des sentiments – cela s'hérite-t-il aussi ? Le cœur de ma mère avait bien pu flancher dans son bain, c'était malgré tout un cœur immense, fort et rebelle – me l'avait-elle passé ? Mon père m'avait-il donné autre chose que des cheveux roux ?

C'est Billy qui m'a prise par le bras, pas moi. Ses doigts ont enserré mes poignets alors sans cicatrices et il a dit : « Fais bien attention à toi. »

Je n'ai pas écouté son avertissement. Faire attention à quoi ? Le pire n'était-il pas derrière nous ?

Imagine-toi la scène, a-t-il dit.

Huit mois avant ma naissance, tard le soir. Un homme aux cheveux roux descend à pied de Bryn

Mawr, un sac jeté sur l'épaule. Il avance en silence, à pas réguliers. Il n'y a qu'un croissant de lune, mais c'est suffisant pour y voir. Les rues ne sont pas éclairées – c'est important. Il sifflote entre ses dents. Il arrive sur la place, regarde à sa gauche. L'épicerie est plongée dans le noir, endormie.

Kieran ralentit. Peut-être qu'il se mord la lèvre inférieure en réfléchissant. Peut-être qu'il se passe la main dans les cheveux, d'arrière en avant, sur ses boucles. Au-dessus des boutiques, les fenêtres sont éteintes. Les rideaux sont tirés. Il jette un regard à la ronde pour vérifier qu'il n'y a personne, et il sourit.

Il travaille vite. Il force la fenêtre d'un coup de coude – un seul coup rapide. La vitre se brise, mais ne tombe pas. Il est adroit. Il enlève assez d'éclats de verre pour pouvoir passer la main à l'intérieur ; ce n'est sûrement pas la première fois qu'il fait cela. Il atteint la poignée de la porte. Il jette un dernier regard derrière lui, mais Cae Tresaint est silencieux. Il est trois heures du matin, peut-être quatre. Il n'y a personne.

Une fois à l'intérieur de la boutique, il se glisse derrière le comptoir et prend tout le tabac et tout le whisky qu'il peut. Il se sert de sacs en plastique. Il décapsule une bouteille et boit tout en travaillant. Il fracture la caisse avec un canif – pas beaucoup d'argent, mais suffisamment. Suffisamment pour quoi faire ? Pour le dépenser. Pour marquer le coup. Pour donner une bonne leçon au propriétaire, le punir de ses moqueries contre les Irlandais, de ses menaces. Pour laisser sa marque – l'empreinte de son pouce dans l'argile, son nom inscrit sur le sable.

Kieran remplit ses poches, allume une cigarette. Il s'arrête une seconde, aspire la fumée. Il est fier de son travail.

Une lumière s'allume. Sur le palier. Un bruit de pas dans l'escalier et une voix qui crie : « Putain, qu'est-ce qui... ? » Kieran saute par-dessus le comptoir. Il fonce vers la porte, mais une main le saisit par l'épaule. Cecil Phipps est derrière lui, les yeux diaboliques, livide, il tient Kieran par le col. Il jure. Il le traite de tous les noms. Il montre les dents comme un bouledogue. Cecil Phipps se croit vainqueur. Ses lèvres mouillées s'étirent en une ébauche de sourire.

Imagine-toi la scène. Un coup de poing, aussi rapide qu'une buse qui fond sur sa proie. Un pétard dans l'obscurité qui fracasse le nez du boutiquier. Sa tête est projetée en arrière. Son visage explose. Il a le souffle coupé, il lâche le col et se plie en deux. Le sang coule entre ses doigts et tombe sur les dalles en formant des flaques sombres sur lesquelles les policiers vont bientôt marcher. Il recule en trébuchant au milieu de ses marchandises.

Kieran file à toute vitesse, et traverse la place en direction de la grand-route. Il a toujours sa cigarette au coin des lèvres. Il se frotte les jointures, elles saignent et lui font mal. Mais il sourit, et hoche un peu la tête.

Est-ce qu'en passant il a un regard pour le chemin ? Ralentit-il une seconde en pensant à la ferme, là-haut ? Oui. Brièvement. Parce qu'il n'est pas mauvais, dans le fond. Il a un cœur, il a des sentiments, et là, dans le noir, un instant, il a un élan de regret. Peut-être une pensée pour la masse de cheveux noirs étalée sur l'oreiller. Il s'en faut de peu qu'il ne change d'avis. Mais il est jeune, trop jeune, ses jointures brûlent, et des lumières clignotent derrière lui. S'il a eu le choix, il ne l'a plus.

Il fait du stop sur la grand-route. Plus tard, un chauffeur de camion viendra de lui-même dire à la police qu'il a laissé Kieran à la gare de Llandovery et que non, il n'avait pas l'air d'un mauvais gars, et qu'il n'a pas dit où il allait.

Billy avait été l'unique témoin. Il n'arrivait pas à dormir, il avait vu Kieran descendre le chemin en douce ce soir-là, et il l'avait suivi.

« À qui d'autre en avez-vous parlé ? ai-je demandé à voix basse.

— Personne », a-t-il dit.

Je n'arrivais pas à le croire. Personne ? Cela me paraissait incompréhensible. Billy n'aimait pas tant que ça mon père, je le savais bien. N'était-il pas clair pour tout le monde que Billy était amoureux de ma mère, et qu'il aurait voulu être à la place de Kieran ? Pour Mrs Maddox, cela ne faisait aucun doute. Alors, pourquoi n'avoir rien dit à la police ? Pourquoi ne pas être allé au commissariat leur dire : *J'ai tout vu ; et je peux affirmer que c'était lui.*

Ma théorie, aujourd'hui, est la suivante : Billy était un type trop bien pour ça. Contrairement à moi, il n'était pas vindicatif, il n'avait pas l'esprit de vengeance. Il n'était pas sournois. Et puis il devait se douter que si sa déclaration avait permis l'arrestation de Kieran, ma mère ne risquait pas de lui dire merci. Mieux valait ne rien faire. Mieux valait le regarder passer devant la cabine téléphonique rouge, ne laissant derrière lui qu'une traînée de fumée de cigarette.

Au moment où je partais, Billy a cueilli pour moi des liserons. *Convolvulus arvensis*, m'a dit-il – de jolies fleurs fragiles roses et blanches. Quand je les ai portées à mon nez, elles n'exhalaient qu'un très léger parfum. Je les ai fidèlement ramenées, en traversant avec elles le pré aux vaches, et, une fois rentrée à la maison, je les ai mises dans un verre à apéritif rempli d'eau. Dans l'intervalle, les fleurs s'étaient refermées. C'est comme ça, les liserons. Une fois cueillis, ils ne durent pas. J'ai vidé le verre et mis les fleurs à la poubelle. Elles devaient encore y être, fanées, le lendemain soir, vingt-quatre heures plus tard, quand je suis rentrée à la maison, punie pour avoir raconté de pareils mensonges, et n'étant déjà plus la même.

L'échalier

Ce n'est pas véritablement un cauchemar, parce que je ne me réveille pas effrayée. Quand je rêve de l'incendie, cela me fait beaucoup plus peur. Mais parfois dans mon sommeil j'entends des pieds qui à nouveau froissent la bruyère et je me retrouve là-bas – des stries de lumière, l'odeur nauséabonde de l'étang stagnant. *Hello*, dit-il, *Evangeline*.

Daniel s'est réveillé en m'entendant marmonner. Il ne comprend pas ce que je dis. Je murmure des mots confus et, comme un infirmier de nuit, il se contente d'arranger les couvertures et d'attendre que je me rendorme. Je ne lui ai jamais raconté. Je me suis dit, à huit ans, que c'était ma faute. J'étais punie d'avoir faussement accusé Mr Phipps, d'avoir désobéi aux règles élémentaires, d'avoir les cheveux roux, d'être rentrée à la maison par le chemin le plus long. Et je me disais que si je parlais à Daniel de cette main insidieuse, il m'enverrait promener, ou s'éloignerait de moi. Je me disais que je changerais peut-être à ses yeux, et que tout serait perdu. Je n'ai donc rien dit. Il est trop tard pour lui parler maintenant, parce que, bien sûr, il dirait : *Pourquoi ne m'en as-tu pas parlé avant, Eve ? Pourquoi ?* Et quelque chose serait détruit entre nous.

En un sens, il n'y a rien à raconter. Je n'ai pas été appréhendée, ni entraînée. Je n'ai pas été attirée dans l'ombre, une main ne s'est pas plaquée sur ma bouche. Pas de couteau sur la gorge, pas de menaces murmurées. Un inconnu sournois ne m'a pas fait venir dans les buissons sous prétexte de chercher un chien égaré. On ne m'a pas offert de bonbons. Pas d'exhibitionnisme. Je n'ai pas vu de partie de son corps que je n'aurais pas dû voir. Je n'ai pas perdu de boutons, je n'ai pas attrapé de bleus, et je suis rentrée chez moi sans la moindre preuve de ce qui s'était passé. Juste un souvenir, et une légère douleur. Ce fut terminé en quelques secondes. Ce fut bref et léger, et si j'avais été une autre petite fille, dans un autre village, qui ne savait rien sur les enfants qui disparaissent, je n'aurais peut-être même pas soupçonné que ce que cet homme faisait était mal.

Une fin de journée. J'avais passé tout l'après-midi dans le cimetière de Saint-Tysul, avec mon livre de bibliothèque, le dos appuyé contre l'arrière-grand-père Henry. La girouette ne bougeait pas, et la gargouille veillait sur moi. De ma place, je voyais la rue et l'épicerie. Excellent point de vue.

Les camionnettes blanches de la télévision avaient plié bagage. Cela faisait huit semaines que Rosie avait disparu. C'était de l'histoire ancienne. Presque oubliée.

Je ne sais pas pourquoi j'ai pris la route la plus longue pour rentrer : celle qui part de la sacristie, rejoint des allées écartées, passe devant la colonie de freux et près de l'étang croupissant, et remonte sous les aunes vers l'arrière du pub. En tout cas je l'ai fait. En traînant les pieds dans la poussière, mon livre sous le bras. Je passais rarement par là.

Je ne me rappelle pas non plus exactement pourquoi je me suis retournée en arrivant près de l'échalier. Un craquement de brindille ? Un bruit de pas ? Ou est-ce que je savais qu'il était là, les mains dans les poches ? Une intuition ? Est-ce que j'avais senti sa présence ?

Il s'est approché de moi, d'un pas nonchalant, en souriant. Comme s'il m'attendait là.

« Salut, Evangeline », a-t-il dit.

Il m'a demandé comment allaient mes grands-parents. Si la ferme marchait bien. « Vous allez bientôt aller vendre les moutons à la foire ? » Il a souri. J'ai fait oui de la tête, et je me suis avancée vers l'échalier. Je voulais le franchir et m'en aller. Il se faisait tard. J'allais avoir des ennuis. Ma grand-mère devait m'attendre en se rongeant les ongles.

J'avais posé une main sur la barrière. De l'autre, je serrais mon livre contre moi.

Il a dit : « Tu veux un coup de main ? »

Je n'ai pas dit oui.

Je n'ai jamais dit oui.

Il a posé sa main droite sur mon dos, sur mes omoplates. Et puis au moment où je levais la jambe pour enjamber l'échalier, il a fait glisser cette main vers le bas. Je l'ai sentie passer le long de mon dos, passer sur le creux à la base de ma colonne vertébrale, et continuer. Elle s'est arrêtée entre mes jambes. Il m'a soulevée un peu. Je sentais son haleine chaude sur mon bras.

Cette main droite forçait le passage. Je la sentais. Ses doigts se sont durcis, recourbés.

J'ai sauté par terre de l'autre côté de l'échalier. Je me suis retournée.

Il avait les yeux posés sur moi. Vert bouteille, vert chat, vert mauvaise herbe, vert acide. Vert pour

Vas-y ! Vas-y ! Cours ! Sauve-toi ! Il escaladait l'écha-lier pour venir me rejoindre, et je ne voulais pas.

Je me suis enfuie en courant sur le chemin. Je ne me suis pas retournée, mais je savais qu'il m'obser-vait, qu'il me regardait courir au milieu des buissons dans mon tee-shirt trop petit pour moi et mon short trop petit pour moi.

Les lapins détalaient, surpris en train de manger l'herbe du soir. J'ai couru jusqu'à la ferme en me disant : *Pourquoi tu t'es sauvée ?*

Et voilà. C'est ce qui s'est passé. Vous allez dire, ce n'est pas grand-chose. Peut-être que j'ai amplifié l'incident dans ma tête. Mais, vingt ans plus tard, je sens encore sa main à cet endroit-là. Comme un bai-ser volé, ses doigts m'avaient ouverte.

Je sais que cela ne suffit pas comme preuve. Cet acte, même s'il est affreux, n'a rien à voir avec un enlèvement. Une main baladeuse dans un chemin de campagne, ce n'est pas la même chose, pas du tout la même chose, que d'enlever, cacher et tuer une petite fille. Et il se peut fort bien que l'homme aux yeux verts, bien que coupable d'attouchements là où je savais qu'aucun homme n'avait le droit de me tou-cher, soit entièrement innocent de la disparition de Rosemary Hughes. Je le reconnais. Je le comprends. Il ne faut pas accuser sans preuves.

Mais quelle coïncidence. Il faut aussi en tenir compte. Quelle coïncidence bizarre, louche, inimagi-nable, le fait qu'un même petit village isolé abrite deux hommes – deux ! – qui projettent et commettent des actes aussi abominables. N'est-ce pas incroyable ? Ou suis-je naïve ? Cae Tresaint comptait moins de deux cents habitants à l'époque, et il y en aurait eu deux prêts à sauter sur des petites filles. Cela se peut-il ? La probabilité n'est-elle pas infime ?

J'aurais dû me défendre. J'aurais dû rompre la promesse faite à Daniel et me jeter sur lui. Un coup de griffe, un coup de dent – quelque chose dont il aurait eu à s'expliquer, qui aurait paru suspect à la police. *J'ai trébuché sur une racine d'arbre. Je me suis cognée à une branche !* Si je l'avais fait, les choses auraient-elles été différentes ? Rosie serait-elle enterrée à Saint-Tysul ? Sa mère serait-elle vivante ?

Je suis rentrée en trébuchant pour affronter la colère de ma grand-mère. L'air dans la cuisine était suffocant. Elle m'a saisie par les coudes et m'a demandé ce que j'avais dans la tête, et si je voulais sa mort. Je l'ai laissée tempêter. Je l'ai laissée me secouer comme une vieille poupée de chiffon. Je l'entendais à peine – je n'avais plus ni cervelle ni estomac. Je me sentais pétrifiée, droguée, mourante.

« Il aurait pu t'arriver n'importe quoi ! hurlait-elle. J'ai failli appeler la police ! Tu m'entends, Eve ? La police ! Pourquoi passes-tu ton temps à désobéir ? Pourquoi ? »

J'ai appris ce soir-là qu'on avait relâché et innocenté Mr Phipps. Il avait un alibi, en fin de compte. Mrs Jessop avait juré ses grands dieux que oui, elle l'avait vu l'après-midi où on avait aperçu Rosie pour la dernière fois, en train de nettoyer sa vitrine avec du vinaigre et du papier journal. Donc, ce ne pouvait pas être lui. *L'homme que vous avez arrêté n'est pas le coupable, monsieur l'inspecteur chef.*

Je suis montée me coucher avec une douleur au ventre. Recroquevillée sous les draps, je me suis collée contre Pom. J'essayais de repenser à ma chambre à Birmingham, à ma vie en ville, mais, tout ce que je voyais, c'était deux yeux verts. Deux yeux verts, dans la forêt de pins, dans les foires. J'avais failli laver sa voiture. Il avait levé un chapeau imaginaire pour me saluer. *Evangeline, c'est bien ça ?*

Malgré la chaleur, j'ai fermé la fenêtre cette nuit-là.

Je m'étais trompée. Rosie et moi avions deux choses en commun, pas une. Nous aimions le même homme, ça, oui. Et je suis convaincue que nous avions connu la même main blanche. Les mêmes doigts nous avaient forcées. Les mêmes yeux nous avaient examinées de haut en bas. La seule différence, c'est que, moi, j'avais été relâchée. Je n'étais pas une proie assez désirable. Cela ne valait pas le coup de se faire pincer à cause de moi.

L'amour

Tandis que j'écris, j'ai sous les yeux notre compotier avec des poires données par le révérend. Elles sont belles – luisantes, d'un jaune moucheté de brun, en forme d'ampoules électriques. Il faut les manger – quand j'appuie sur la peau avec les doigts, cela laisse une trace. Je sais que si je mordais dans l'une de ces poires à l'instant même, la chair serait incroyablement blanche, juteuse, grenue sur la langue. Les poires, un fruit inélégant, lourd du bas. Quand j'en tiens une dans ma main, j'ai l'impression qu'elle est gênée. Mon grand-père mangeait les poires en entier, peau, graines et trognon y compris, ne laissant que la queue, et je croyais qu'un minuscule poirier allait lui pousser à l'intérieur. « Possible, disait-il avec un clin d'œil. Je te tiendrai au courant, *cariad*. »

Je n'ai jamais raconté à personne ce qui s'était passé près de l'échalier. Je me sentais en faute. Je n'aurais pas dû être là. Je n'aurais pas dû désobéir de cette manière. C'est seulement récemment que j'ai pu retourner là-bas. C'était l'hiver dernier, quelques jours après avoir appris que j'attendais un bébé. Je suis restée assise dans le froid en soufflant sur mes mains, et j'ai fait la paix avec cet endroit. Je suis repartie heureuse, je me sentais forte.

Et, ce jour-là, je suis allée à la police. Vingt ans plus tard, avec cette vie minuscule à l'intérieur de moi, j'ai fini par parler à quelqu'un de l'homme aux yeux verts. J'ai dit tout ce que je savais, en fait, pas grand-chose. Mais je l'ai fait. Je l'ai fait, et quand je suis sortie dans la rue, la neige tombait. Enfin, j'avais transmis mon secret à quelqu'un. À eux de s'en occuper maintenant.

Gerry m'avait dit un jour dans une sorte d'ivresse brumeuse que tout était une question d'amour. J'avais discuté ce point de vue. J'avais dit que si c'était le cas, le monde serait parfait, or il ne l'était vraiment pas. Il avait secoué la tête. « Je crois, avait-il dit, que c'est par amour que nous agissons. Un point, c'est tout. »

Il n'avait jamais accepté la théorie de l'enlèvement. Il ne voulait pas. Quand nous étions encore adolescents, tandis que nous marchions sur les chemins ou faisions du stop sur la grand-route, tout d'un coup il se figeait, et enfonçait son poing contre son ventre comme s'il ressentait une vive douleur. Ou alors, il tressaillait en voyant un merle dans les buissons. Il voulait croire que Rosie nous avait donné le change à tous, qu'elle s'était sauvée par amour et vivait quelque part, heureuse, animée. Gerry, l'idéaliste. Quelquefois je m'énervais contre lui. Un soir, peu avant mon départ pour Swansea, j'avais failli lui parler de la main baladeuse. *Explique-moi ça*, avais-je eu envie de crier. *Où est l'amour, là-dedans ? Tu ne vois pas que tu te trompes ?* Mais je m'étais bornée à me moquer de sa naïveté. Nous nous étions disputés. J'avais claqué la porte du Cerf blanc, et il m'avait suivie jusqu'à la ferme. Il était maladroit, il marmonnait de façon confuse, mais, sur le chemin du retour, je m'étais calmée, et au fond je le comprenais. Comme tous les garçons, il était amoureux de Rosie. J'en étais persuadée. À chaque pas, il se demandait sur quoi il marchait. Quand je l'ai fait entrer, il m'a prise par les cheveux, et il est tombé contre moi. Cette nuit-là, mes grands-parents l'ont laissé dormir sur le sofa.

Mais il avait peut-être raison, en un certain sens. L'amour, bredouillait-il contre ma clavicule, est une chose bizarre. Et c'est vrai. Les choses qu'il nous fait faire. Et les choses pour lesquelles nous ressentons de l'amour. Il n'y a aucune logique là-dedans. L'amour est aussi varié et imprévisible que la pluie. Ce peut être une petite pluie d'été, fine, régulière, ou une de ces tempêtes subites qui font sortir les rivières de leur lit, qui agitent et font chavirer les bateaux de pêche de Cornouailles et leur font perdre leurs équipages dans l'Atlantique. Cela peut tambouriner doucement en vous, ou vous submerger à en perdre la raison. Cela peut tomber goutte à goutte, ou se déverser en trombe. C'est étrange, et manipulateur. Gerry avait donc peut-être à moitié raison – c'est une chose bizarre.

Mrs Maddox, dans sa petite maison rose, était la personne à qui parler de l'amour. Elle en connaissait toutes les facettes. Je me rappelle être allée la trouver à l'automne, vidée, secouée et épuisée à la suite de l'été. Elle avait pris mon visage entre ses mains noueuses.

« Certaines choses arrivent et voilà tout, Evie ! Elles n'ont pas forcément de sens ! Mon bien-aimé Mr Maddox est mort la veille de notre anniversaire de mariage – la veille ! – dans le jardin, alors qu'il arrachait les mauvaises herbes sous le magnolia. J'ai regardé par la fenêtre et je l'ai vu allongé par terre. Et j'ai su ! J'ai su aussitôt qu'il était mort. Je ne sais

pas pourquoi il est mort, ni pourquoi ce jour-là préci-
sément, et j'ai passé des années à essayer de comprendre – des années ! Mais la vérité, a-t-elle murmuré,
c'est que les choses arrivent. Il faut s'incliner, et vivre
avec ça. Tu comprends ce que je dis, Evie ? Tu comprends ? »

Est-ce que je comprenais ? Il me semblait que oui.
Ne te bats pas contre ce qui n'est plus là. Ne cherche
pas des raisons, cela ne sert à rien et cela gâche tout.
Poursuis ton chemin.

J'ai hoché la tête. Certaines choses *sont*, et voilà
tout.

« C'est bien », a-t-elle dit.

Et donc, une petite fille de huit ans peut-elle être
amoureuse ? C'est une vraie question. Qui peut le
dire ? À cet âge-là, l'amour est un petit mot si simple.
On l'a sur le bout de la langue. On n'a aucune idée
de son pouvoir, de ses aspérités, ou du prix à payer.
Il est facile de se moquer d'une petite fille qui déclare
être amoureuse – et pourtant je le déclarais. Tout me
ramenait à Daniel. De la fenêtre de ma chambre, je
voyais la lumière de sa caravane briller à travers les
arbres, et cela me réconfortait. Personne ne me
demanda jamais quels sentiments j'avais pour lui,
mais, si on l'avait fait, j'aurais hoché la tête d'un air
grave. *Oui. J'aime Daniel. Et alors ?*

Ce ne fut pas ce qu'on appelle un coup de foudre.
Je ne crois pas aux coups de foudre. Mais tout
comme ma grand-mère qui, en le voyant arriver, par
le chemin, à Pencarreg, avait aussitôt reconnu en lui
une bonté fondamentale, moi j'avais toujours su qu'il
était spécial. L'amour ? C'est venu à Aberporth. Je
revois ce moment. Nous étions assis sur un banc face
à la mer, et j'ai levé les yeux vers lui. Là, sous le soleil,

j'ai eu une révélation. Quand j'habitais en ville, les réverbères commençaient par donner une faible lumière rose qui gagnait peu à peu en intensité. J'estimais que l'amour ressemblait à cela. C'était une pluie régulière, de celles qui font s'ouvrir les fleurs. Peu importe mon âge : ce fut l'un des moments les plus lumineux de ma vie. C'était arrangé d'avance, parfait. J'ai fini ma glace en le sachant. Et je n'ai jamais perdu cette certitude.

Daniel m'a embrassée pour la première fois en pleine foire de Carmarthen, une semaine environ avant Noël, il y a deux ans. La journée avait été pluvieuse, froide, sinistre. Nous avions les mains ankylosées et froid aux oreilles, et quand nous avons réémergé, Daniel a dit : « Il y a des gens qui ne vont pas apprécier. » Mais j'ai simplement entouré sa nuque de mes mains, et je lui ai rendu son baiser.

Qui donc allait se montrer critique ? Gerry. Pas ouvertement mais, quand je lui en ai parlé, il est resté silencieux un long moment. Puis il m'a demandé : *Alors tu l'as toujours aimé ? Toujours ?*

Mrs Watts était hors d'elle. Elle est apparue sur le pas de notre porte le lendemain après l'annonce de ma grossesse, et m'a dit : « Mais, Evie, c'est pratiquement quelqu'un de ta *famille* ! » Ça m'a mise en colère : je n'avais jamais, pas une seule fois, eu ce sentiment. Elle a secoué la tête d'un air désapprobateur et elle a dit : « Seize ans ! *Seize* ! »

« Quinze ans, neuf mois, et douze jours », ai-je répondu, avant de lui refermer la porte au nez, sans brutalité.

Quant au révérend Bickley, en apprenant la nouvelle, il a gentiment hoché la tête. Il m'a demandé si j'étais heureuse. Ma réponse dut le satisfaire car, cette année-là, il nous envoya une carte de Noël à tous les deux.

Nous sommes allés écouter les chants de Noël, et nous l'avons trouvé là ; il regardait son successeur diriger la chorale. Il me parut vieilli et fatigué. Daniel s'approcha de lui et lui mit un verre de vin chaud entre les mains. Ils ont parlé pendant un bon moment. À la fin du dernier chant, le révérend a mis la main sur l'épaule de Daniel et lui a dit : « Prends bien soin d'elle, maintenant. »

Billy n'est plus là pour parler avec lui, mais lui aussi savait sur l'amour tout ce qu'il y a à savoir. Quand j'avais huit ans, je ne m'en rendais pas compte. Je n'en avais pas la moindre idée. Mais si j'avais ouvert les yeux un peu plus grand, j'aurais noté chez lui tous les signes d'un cœur qui a souffert : la solitude, le silence, une léthargie allant de pair avec le besoin de protéger tout ce qui lui faisait penser à elle.

C'était quoi, l'amour, pour lui ?

C'était les fleurs. Apprendre leurs noms savants en latin dans un livre de la bibliothèque pour impressionner une fille aux yeux bruns.

Et c'était les pastilles de menthe. C'était dépenser son argent de poche pour en acheter et en remplir les poches de sa veste. Pourquoi ? Pas parce qu'il aimait en donner aux chevaux, non. La vérité, c'est que ma mère, entre onze et dix-huit ans, venait monter à cheval tous les samedis matin, entre neuf heures et midi et demi, avec ses tresses et ses gants de cheval mis tout de travers. Ces bonbons, c'était l'excuse de Billy pour se trouver là.

L'incendie

Comment tout cela s'est-il terminé ? Si cela s'est jamais terminé…

La dernière semaine de juillet. Les ajoncs étaient maintenant en fleur, et les moutons s'accrochaient aux épines. Ce qui restait de foin pourrissait. Un soir, j'entendis un engoulevent près de la Brych et cela me rendit triste. Les chouettes aussi étaient dehors. On vérifia que les vaches et les moutons n'avaient pas de parasites intestinaux. On arracha les herbes de Saint-Jacques. Notre rhubarbe sauvage dépérissait, les feuilles étaient toutes molles. Mais je pouvais encore me glisser en dessous pour m'y cacher.

L'école était finie. Je suis rentrée après avoir été voir les vaches, et j'ai trouvé ma grand-mère, debout dans la cour, les bras ballants. « Grand-mère ? » ai-je murmuré. Elle avait un air absent. Des gouttes de sueur perlaient sur son front, et ses yeux fixaient le ciel.

« On a besoin d'un orage, dit-elle. J'ai mal à la tête – elle s'est touché les tempes – juste là. »

Le mardi, j'ai retrouvé Gerry sur la crête. Il était pelotonné contre la cabane, le menton posé sur les genoux. Il a pris son temps avant de me dire ce qui n'allait pas.

« Ça n'a encore jamais été comme ça, a-t-il dit.

— Quoi ? »

Il voulait dire ses parents, et leurs bagarres. Il a enfoncé la tête sur ses genoux, et je suis restée assise là, sans trop savoir quoi faire. Le pays de Galles se déployait sous nos yeux, brunâtre, desséché. Même là-haut, il n'y avait pratiquement pas de vent.

Le lendemain, quand je suis allée au pub m'acheter un verre de limonade, j'ai revu Mrs Hughes pour la première fois depuis des mois. Je suis restée là à la regarder. Elle m'a fait penser aux agneaux qui ont une patte cassée et qui attendent dans l'herbe, sachant quel va être leur sort. Elle était comme eux. Elle a trébuché comme si elle avait entendu le déclic d'un fusil qu'on arme. Elle est arrivée jusqu'au chêne et, au moment où elle allait atteindre le Cerf blanc, elle s'est effondrée. Sa tête est tombée en avant, comme si elle était trop lourde. Ses genoux ont cédé. J'ai entendu un craquement au moment où ils touchaient terre. Elle a poussé un cri inimaginable. Un grondement d'agonie, un mugissement. Je n'ai pas bougé. J'ai cru qu'elle était morte.

Des types sont sortis du pub pour lui venir en aide. Ils l'ont soulevée par les bras et portée à l'ombre. On aurait dit qu'elle était en cire, je voyais les pores de sa peau, les veines de son cou. Puis il y a eu une longue plainte. Cette bouche s'est ouverte comme un gigantesque trou noir. Elle n'était pas tout à fait morte, mais elle n'était plus vivante non plus. Les types disaient : *Tout va bien, Mrs Hughes, on est là.*

Et puis un après-midi, comme je passais devant l'épicerie, on m'a donné une tape sur l'épaule.

Veines éclatées, nez cassé. Il a dit : « J'ai deux mots à te dire. »

D'autres vous donneraient sans doute un meilleur compte rendu que le mien de ce qui s'est passé alors. Ma mémoire est presque trop pleine, comme remplie de fumée, ou comme si la chaleur de l'été l'avait fait cailler. Imaginer la scène, Mr Phipps et moi face à face, mon épaule serrée dans sa main, c'est difficile. Je nous vois, mais flous. Comme si nous étions sous l'eau.

C'est d'ailleurs l'impression que cela faisait. Cela, je m'en souviens. Nous étions devant l'église, et pourtant le clocher paraissait très loin. Les bruits étaient étouffés. J'avais le souffle court. Il me secouait comme un brin d'herbe. *Qu'est-ce que tu leur as dit ?* Il cracha les mots. Et j'ai vu se former dans sa bouche les mots : *petite garce d'Irlandaise.*

Mon cerveau m'a dit de donner des coups de pied. Ce n'était pas la même chose que cogner, ce n'était pas manquer à ma promesse. Même s'il me tenait fermement par les bras, mes jambes étaient libres, alors je m'en suis servie. J'ai ouvert la bouche et j'ai hurlé. J'ai donné des coups de pied jusqu'à ce qu'il me lâche.

Et là, je n'avais pas d'autre choix que me sauver en courant.

J'ai traversé le cimetière, escaladé la clôture, je me suis faufilée au milieu des broussailles, sautant par-dessus les souches d'arbre. Puis j'ai suivi la Brych, traversant par les bancs de sable, en m'éclaboussant. Mes chaussures étaient toutes mouillées, j'ai escaladé l'autre rive, j'ai couru sur la terre craquelée du pré aux vaches, et les vaches s'égaillaient à mon approche. Je voulais juste m'enfuir, me retrouver à l'abri quelque part où il n'y aurait pas de mains, pas de paroles, rien, alors je me suis frayé un chemin au milieu des bouses de vache desséchées, j'ai filé vers les hêtres, et je me suis jetée sous les fils de fer barbelés.

Mais j'étais maladroite. Je me suis prise dans les fils de fer, mon bras s'est écorché à une pointe, et je suis tombée au milieu du carré d'orties.

Je n'ai plus bougé. Je suis restée là, pantelante.

Et puis mes mains ont senti la brûlure. Mes cuisses, mes genoux, mon visage. Les orties commençaient à piquer.

Je pleurnichais. J'étais étourdie, hébétée, et quand je me suis relevée, j'ai vu les marques qui commençaient à gonfler. Une éruption de papules blanchâtres sur ma peau rose. Mon bras saignait. Un filet rouge descendait en serpentant jusqu'à mon poignet.

J'étais en nage, j'ai crié son prénom.

Il était là. Assis sur sa souche d'arbre, au soleil, il tournait quelque chose dans sa main. Quand il a entendu ma voix, il a levé les yeux. Ses yeux se sont embrumés quand il m'a vue – mes jambes enflées et mon bras sanguinolent. Je suis arrivée jusqu'à lui en trébuchant, les bras écartés. J'avais les paumes ouvertes, exposant mes blessures.

« Evie, a-t-il dit, qu'est-ce qui t'est arrivé ? »

Je lui ai dit que j'étais une menteuse. Une horrible, une affreuse menteuse, et que je m'étais fourrée dans le pétrin, un sale pétrin.

« Quoi ?

— Mr Phipps. Ce n'était pas lui, j'ai tout inventé, ce n'était pas lui. Je sais bien que ce n'était pas lui, mais j'ai dit que oui, j'ai… »

Billy a examiné mes bras, mes jambes, le dessous de mon menton qui enflait avec les piqûres d'ortie. « Tu t'es bien arrangée », a-t-il dit. Il a pressé ma main contre la coupure sur mon bras. « Laisse-la posée là.

— J'ai menti, Billy, je suis...

— Les feuilles de patience, a-t-il dit, c'est ce qu'il faut pour les piqûres d'ortie. »

Il m'a laissée sur la souche, ma main sur mon bras, et il est allé du côté des hêtres en murmurant *Rumex crispus*.

Billy. Un gentil garçon, un type bien, Billy, avec un beau visage sous sa tache écarlate.

Pardonnez-moi pour la suite des événements.

Qu'a dû voir Mr Phipps après m'avoir suivie à travers champs ?

Ceci.

Moi, huit ans, vêtue d'une chemise blanche tachée de vieux jus de fraises, couverte de sueur, avec un short de garçon bleu en tissu éponge. Moi, les bras et les jambes constellés de taches de rousseur et d'écorchures de ronces, les cheveux attachés par des bouts de ficelle. Moi, toute rouge d'avoir couru, à bout de souffle, au bord des larmes, une main écartée pour ne pas perdre l'équilibre, et l'autre retenant timidement le haut de mon short.

Et Billy Macklin. Un homme en veste de coton huilé trop lourde et trop chaude pour la saison. Un marginal, un solitaire, penché sur ma jambe – sur l'intérieur de ma cuisse, pour être plus précise –, une main pressée à cet endroit, ses doigts blancs et frais appuyés en éventail sur ma peau.

À cette distance, personne n'aurait pu voir la feuille de patience.

Puis-je reprocher à Mr Phipps d'avoir pensé ce qu'il a pensé ? Sa haine envers moi, sa peur, peut-on vraiment les lui reprocher ? Si demain je me trouvais confrontée à la même scène, *exactement la même*, est-ce que je ne me ferais pas des idées moi aussi ?

Si facile.

Le bouc émissaire idéal. Un homme simple. Un homme pour qui personne ne se porterait garant, et qui ne manquerait à personne. Qui allait croire les protestations d'une petite fille qui racontait des mensonges, se battait avec ses camarades et passait la moitié de son temps en retenue ? Et dont le père était un voleur patenté ?

Je n'avais pas remarqué que j'avais été suivie. Je ne m'en doutais pas du tout.

Je me rappelle juste le soleil qui se couchait, les ombres qui s'allongeaient et un merle qui chantait sur le toit de la grange. Je me rappelle Billy qui se balançait d'un pied sur l'autre en tamponnant ma peau avec la feuille de patience. *Ça va mieux ?* demandait-il.

Vingt et un ans ont passé, et la culpabilité m'étreint encore, me plie en deux comme si j'avais reçu un coup dans le ventre. Elle pourrait me rendre folle. C'est exactement ce que je mérite.

Je n'ai pas pu lui demander pardon, pourtant je lui devais bien ça. Il avait essayé de me soigner, et il l'a payé cher. Beaucoup trop cher.

C'est ma faute.

Si seulement je n'étais pas tombée dans les orties.

Si seulement je n'avais pas menti.

Si seulement.

Prononcez son nom, dites William Macklin à Cae Tresaint, et on vous parlera de ce fou solitaire qui attira Rosie à l'écart, la prit, la tua, la jeta quelque part où on ne la retrouverait jamais. Un sauvage. Au pouvoir maléfique. Les enfants vous diront que c'était un ogre. Les adultes qu'il était corrompu, sournois, malfaisant – le diable en personne, peut-être. Ils vous diront qu'on voyait souvent Eve Green, cette femme rousse de Pencarreg, en sa compagnie.

Ils étaient très liés. Si vous voyez ce que je veux dire. Pas étonnant qu'elle ne fréquente personne.

Mais il n'était pas malfaisant. Vous le savez aussi bien que moi. Cet homme pensait que la brise soulageait les maux de tête, il savait où nichaient les pigeons ramiers, il ne fréquentait que les sentiers de Cae Tresaint où personne ne passait jamais pour qu'on ne le voie pas, les moutons exceptés. Il laissait des fleurs sur le seuil de notre porte en pleine nuit – les bouquets, c'était lui. Et il les laissait pour moi. Pas pour mes grands-parents, ni pour Daniel, mais pour *moi* – parce que j'étais liée à Bronwen, c'était aussi simple que ça. Et donc il veillait sur moi. Elle n'était plus là, mais moi oui. Il gardait un œil sur moi, et il avait de l'affection pour moi. Le sabot d'une jument grise avait tout oblitéré dans son cerveau, à l'exception de l'amour pur et nu. Alors n'était-il pas le meilleur d'entre nous ? N'était-il pas le coupable le plus improbable de tous ?

Le dernier jour de juillet, quelqu'un mit le feu à la grange en ruine. Je ne pourrais pas vous dire exactement qui prit la première allumette et la tint dans ses mains en coupe, avant de se pencher sur le foin desséché. Mais j'ai mon idée. Je devine son visage hargneux illuminé lorsqu'il vit le foin s'embraser. Son nez bulbeux. Il y avait là le père de Gerry, le patron du pub, Lewis, Mr Wilkinson et l'homme aux yeux verts. Et des pères de famille, des hommes qui avaient surgi du pub à moitié soûls, à moitié affolés par la chaleur, et qui avaient faim de violence.

J'étais dans la cour de la ferme. C'était une nuit dégagée, sans air. Il y avait des étoiles dans le ciel. Mon grand-père et moi étions assis sur le banc devant la véranda et nous regardions le ciel en partageant une pomme. Avec son canif, il avait enlevé les pépins.

Nous mâchions en silence.

Je me suis immobilisée.

Il m'a regardée. « Ça va, *cariad* ? »

On entendait un grondement sourd et lointain. Presque comme le tonnerre, mais pas tout à fait. Un roulement de train de marchandises, mais en plus régulier. Est-ce que j'entendais des voix ?

« Qu'est-ce qui se passe ? » ai-je demandé.

Est-ce que j'avais su que ma mère allait mourir ? Est-ce que j'avais perçu les ondes de sa mort avant de la trouver affalée sur le rebord de la baignoire ? Oui ou non ? Et pour Rosie ? Et la sécheresse ? Mon cœur et mon estomac avaient-ils senti tout cela approcher ? Peut-on détecter l'avenir, comme les sourciers décèlent la présence de l'eau, ou les chiens qui devinent qu'il va y avoir un tremblement de terre ?

Aujourd'hui encore, je n'en sais rien.

J'ai lâché ma pomme et j'ai quitté la cour en courant. J'ai foncé sur le chemin, dans le noir, en faisant claquer mes pieds sur le goudron, et en me disant : *Non ! Non !* Dans ma tête, je hurlais ces mots. Mon cœur battait dans mes oreilles et au-dessus des tempes. Je courais maladroitement, j'avais du mal à respirer, je battais des bras. Mon grand-père a crié pour m'appeler. Je l'entendais, je savais qu'il était près de la grille du bétail, sous nos tilleuls, le front plissé, mais je ne me suis pas arrêtée. Je ne pouvais pas. Je savais qu'il fallait que je coure. Quelque chose me portait, poussait mes jambes paniquées. J'ai couru vers la Brych, je me suis jetée par-dessus la clôture du pré aux vaches, et là mes genoux ont flanché. J'ai crié. Je me suis écroulée dans l'herbe comme une poupée.

L'incendie battait son plein. Il était gigantesque. Les flammes orange – un orange criard, invraisemblable – montaient plus haut que les aunes ou l'unique chêne. Elles se tordaient les unes contre les autres, en lançant des étincelles rouges dans le ciel, et tout le champ était éclairé comme en plein jour. On ne voyait plus les étoiles. Nos vaches restaient près du chemin, se déplaçant d'un air inquiet, le mufle levé pour respirer, grondant sourdement. Les flammes se reflétaient dans leurs yeux noirs.

Un incendie, ça fait un vacarme assourdissant. Je crois que je ne le savais pas. Ou peut-être que je l'avais oublié. Je n'avais peut-être jamais vu d'incendie aussi furieux, s'élevant à une telle hauteur. Ou qui se déployait aussi librement, sans personne pour le maîtriser. J'entendais les branches craquer, les troncs éclater, le foin crépiter sans trêve. J'entendais les poutres s'effondrer dans la grange, avec de nouvelles étincelles.

Et je voyais les silhouettes des hommes à ma gauche, près du bois de hêtres. Dix ou douze, les manches de chemise retroussées, agitant les mains pour se protéger des étincelles et de la fumée, comme s'ils chassaient les mouches. Ils contemplaient le spectacle, avec approbation peut-être. Satisfaits de leur ouvrage.

Je vis Mr Phipps. Les bras croisés. Fier de lui.

J'ai pensé : *Billy*.

Et puis, tandis que je courais vers la grange en flammes, trébuchant à chaque pas, je me disais aussi que c'était très beau, ces cendres qui voletaient doucement et retombaient sans un bruit sur le sol, comme des confettis ou des papillons aux ailes bordées de rouge.

Au début, les hommes ne me virent pas. Bien sûr, ils ne s'attendaient pas à ma présence. Ils ne pensaient pas que j'allais jaillir des fourrés en hurlant, comme je le fis. En secouant les poings. Les cheveux dénoués.

Je voulais entrer dans la grange. Je voulais retrouver Billy et le sortir de là. Il était à l'intérieur, je le savais, aussi ai-je couru vers le feu, mais la chaleur était trop intense. On aurait dit un mur, si dur qu'il m'a repoussée en arrière. J'ai pourtant recommencé. J'ai couru à sa rencontre, et je suis arrivée à franchir le mur. Mes yeux piquaient et ruisselaient. J'étais assaillie par le vacarme. Je ne voyais que des flammes, j'aspirais de la fumée à pleins poumons et je hurlais son nom, je le hurlais à travers les flammes, je voulais sortir Billy de là, le sortir du noir, je voulais tirer ma mère de son bain, je voulais la sauver pour qu'elle soit de nouveau avec moi, et je rejetais la tête en arrière et je criais, je criais : *Billy !*

Puis je suis tombée. Et en tombant, j'ai vu quelque chose briller. Quelque chose qui étincelait sous la fumée, et j'ai tendu la main gauche pour l'attraper, à travers le mur de chaleur brumeuse. Ma peau a brûlé. J'ai vu les flammes encercler mon poignet comme des doigts. La douleur était si violente que ce n'était presque rien. Je me rappelle juste avoir regardé mon poignet brûler.

Et je me souviens des bras de quelqu'un.

Ils m'enserraient le torse. Des bras forts, des bras dans lesquels je suis tombée, des mains que je connaissais, et Daniel a crié mon prénom contre mon oreille. Je l'ai entendu malgré le bruit, et pendant un moment je me suis débattue contre lui. Je lui donnais des coups de pied, je voulais lui mordre les bras. Je suppliais, je tirais pour me dégager. *Billy*, disais-je. *Pas Billy*. Mais j'avais huit ans. J'étais épuisée. Je ne pouvais pas lui résister.

J'avais fait de mon mieux. C'est ce qu'il me dit, aujourd'hui encore. *Tu as fait ce que tu pouvais, Eve. N'y pense plus.*

Daniel m'a arrachée à la grange ce soir-là. Il a gardé ses bras autour de moi tandis que nous regardions la grange s'effondrer dans un torrent d'étincelles et une explosion de chaleur.

Il m'a transportée jusqu'à la Brych et il a trempé mon bras gauche dans la rivière. Je pleurais. J'ai continué à pleurer longtemps après que les flammes ont diminué et que les hommes sont repartis. J'ai sangloté jusqu'à avoir mal à la tête et aux poumons. Daniel m'a laissée pleurer. Au bout d'un moment, il m'a ramenée dans le champ, loin de la fumée, là où l'herbe était fraîche, et il m'a laissée pleurer. Je me suis pelotonnée contre lui. Ma peau était rouge, mes cheveux étaient desséchés, et j'ai sangloté jusqu'à en avoir mal au cœur, jusqu'à l'épuisement. Mes poings se sont lentement dénoués. Daniel ne disait rien. Il ne m'a pas dit que tout irait bien, ou que c'était fini maintenant. Ce n'était pas nécessaire, ni utile. Il s'est contenté d'attendre.

Mes grands-parents nous ont trouvés, ils m'ont soulevée et m'ont ramenée à la maison. On a appelé une ambulance.

Les pompiers sont arrivés trop tard, bien sûr. À travers mon sommeil, j'ai entendu leurs sirènes. J'ai appris quelques jours plus tard que tout ce qu'on avait retrouvé au milieu des cendres, c'était les restes d'une veste verte en coton huilé et un bracelet à breloques en argent que, inexplicablement, les flammes n'avaient pas noircies.

Personne n'a cherché Billy. Pour tout le monde, la grange était vide. Il y avait des années qu'elle était vide. Un incendie criminel, on en a aussitôt écarté l'idée. Un incendie peut se déclencher sans prévenir quand il y a du vieux foin et que le soleil est brûlant, quand un été sans pluie a tout rendu aussi sec que de l'amadou.

Aujourd'hui encore, j'ignore où Billy est parti.

Mais il avait dû s'échapper, sinon, sinon, n'aurait-on pas retrouvé des ossements ? Un crâne calciné, cabossé ? Je préfère croire que personne ne l'a vu se glisser dehors dans le noir, sans sa veste, qu'il est arrivé jusqu'à la grand-route, s'est retourné pour voir l'incendie auquel il venait d'échapper, et puis qu'il a tendu le pouce pour faire du stop. Voilà comment il a quitté la région. Il est peut-être allé jusqu'à la côte, finalement.

En tout cas, on ne l'a jamais retrouvé.

Rosie non plus.

Mais il y a eu une conséquence heureuse. Une seule. Dame Nature est une femme étrange, silencieuse. Elle trouve dans les pires des circonstances une miette à sauver. Le feu détruit, mais il crée également. Maintenant, quand je retourne à l'endroit où se trouvait jadis la grange, il y a des fleurs. Elles ont poussé là où le feu avait brûlé, et tout le champ est une splendeur. Des ancolies, de la nigelle des champs rouge, des œillets et des liserons y poussent. Des grandes marguerites également. Le plus prolifique, celui qui a recouvert les poutres calcinées et les ardoises noircies, c'est le *Myosotis arvensis*, qu'on appelle aussi *Ne-m'oubliez-pas*.

Ma mère avait écrit sur un carré de papier rose : *C'est oui. Prévu pour fin décembre.*

Et, contrairement à ses habitudes, ma mère a fait un dessin. Je ne sais pas très bien si c'est un sourire borgne, ou, ce qui a ma préférence, un petit paquet tout simple coincé au creux d'un bras.

LIVRE TROIS

Des cheveux roux

Les graines de sycomore arrivent maintenant à pénétrer dans la maison. Elles entrent en tourbillonnant par les fenêtres ouvertes ou s'accrochent à nos vêtements, et c'est nous qui les ramenons. Hier, j'en ai trouvé une sous ma chemise. Je l'ai vue tomber en vrille, par terre dans la salle de bains.

Et il y a des marrons d'Inde. Quel enfant n'aime pas les marrons d'Inde ? J'adorais les dépouiller de leur bogue hérissée de pointes et découvrir le trésor, brillant comme un œil. Mon grand-père et moi, on les conservait dans le vinaigre. Comme des scientifiques, on jetait un regard dans le bol, on les testait le lendemain matin, et ces marrons-là, à la récréation, étaient souvent les plus durs de tous. Je rentrais avec les jointures rouges et un sourire victorieux. « Et celui-là, comment s'est-il comporté ? » demandait-il.

C'est aussi la saison des mûres – en tout cas la fin. Près de notre rond-point, certaines sont aussi grosses que mon pouce. Mais maintenant il est rare qu'on les cueille – la montée est trop dure, à moins que plus personne ne mange de mûres. Elles ont peut-être perdu leur attrait. Seuls les oiseaux en profitent, et c'est bien comme ça, sans doute. Notre pare-brise est tacheté de leurs fientes mauves.

J'aime bien me dire qu'octobre n'est pas loin. C'est mon mois préféré, avec son air vif et les premières gelées blanches, les confitures de baies de sorbier, la fête des pommes, et le fait qu'à nouveau tout le monde porte des écharpes et des gants, et que les magasins commencent à jouer des airs de Noël. Ma grand-mère avait horreur de ça. Elle disait d'un air bougon à la caissière : *Ce n'est que dans trois mois, vous savez !* Mais moi, cela me fait sourire d'entendre ça. À Birmingham, je pouvais presque croire que Noël durait deux mois et demi.

Et j'aime bien faire des réserves de charbon et de nourriture pour les moutons et de biscuits pour les chiens, comme si l'hiver devait ne jamais finir. J'aime aller chercher dans le grenier l'édredon d'hiver et choisir les brebis dont nous ferons des mères au printemps. Et, à cette époque-ci de l'année, j'aime même la pluie. Elle tambourine doucement. Elle met en évidence les toiles d'araignées entre les fils de fer de la cage du chien. J'estime que, l'un dans l'autre, c'est un bon mois pour un anniversaire. Le prochain Noël sera un événement. Il faudra un vrai beau sapin.

À la suite de l'incendie, quelqu'un lança une pierre dans la vitrine de Mr Phipps. Il ne pouvait pas m'accuser : j'avais un alibi. Et il ne pouvait pas non plus faire trop d'histoires, parce qu'il y avait des choses plus graves. Après tout, on n'avait toujours pas retrouvé Rosie.

Je suis restée trois jours à l'hôpital. Je me rappelle les fissures au plafond. J'étais abrutie de médicaments, je respirais mal, j'étais couverte de cloques. Ma grand-mère est restée à mon chevet pendant tout ce temps. Elle était formidable. C'était mon infirmière préférée, mon réconfort. Chaque fois que je me réveillais, je la trouvais en train d'arranger mon pansement, elle murmurait : *Tout va bien, rendors-toi.*

Quant à mon grand-père, il était mal à l'aise dans les hôpitaux. Il dansait d'un pied sur l'autre, s'asseyait sur les chaises comme si on ne pouvait pas leur faire confiance. Quand il me demandait si ma brûlure me faisait mal, je lui mentais, je lui disais que non, mais elle me faisait mal. Malgré la couche épaisse de pommade et la gaze, ça me brûlait. Quand on changeait le pansement, j'apercevais mon poignet et je ne pouvais pas croire que c'était le mien. La nuit, je le revoyais dans ma tête. Boursouflé, lumineux, les chairs molles. Ça me démangeait, le sang battait. Je savais qu'il resterait une grande cicatrice.

Daniel venait me voir tous les soirs. Il apportait un sachet de bonbons acidulés au citron ou une BD. Il ne parlait pas beaucoup. Quelquefois il s'endormait sur la chaise en plastique vert à côté de mon lit. Je le regardais, je me rappelais le mur de feu, et je me renfonçais sous les couvertures avec Pom. Là, je pleurais un peu, dans mon petit abri noir.

Mais mon état s'est amélioré. Le temps guérit ou fait tout ce qu'il peut pour ça. Je suis rentrée à la maison l'après-midi du gros orage, et je suis restée devant ma fenêtre à le regarder. Les tilleuls bruissaient, et j'étais convaincue que je pouvais entendre la terre boire. Je me demandais quel effet cela ferait de défaire mon pansement, de tendre le bras dehors et de laisser la pluie couler sur ma peau meurtrie.

Au début, ma cicatrice était affreuse – rouge vif, enflammée. Mais, maintenant, elle est presque jolie. On dirait un bracelet. C'est au-dessous du pouce qu'elle est la plus épaisse. Le reste de ma main est indemne, comme si le feu avait voulu me passer des menottes. Je ne la déteste pas, et je ne l'aime pas. Elle est là, c'est tout. Comme dit Daniel, elle raconte quelque chose. Et c'est vrai. C'est ça, une cicatrice : la preuve qu'on a vécu un événement qui mérite un récit.

L'homme aux yeux verts dont je n'ai jamais su le nom est resté encore un an à Cae Tresaint. Mais, quand j'ai eu dix ans, on a vendu sa maison blanche, et il est parti. Personne d'autre que moi n'a remarqué son départ. J'ai vu le camion de déménagement grimper la colline puis disparaître, et je me suis assise devant le monument aux morts avec un sentiment de soulagement. Je pouvais finalement me retrouver en face de sa maison et la regarder – la peinture écaillée, l'unique fenêtre fêlée. Personne n'a regretté son absence. On n'en avait jamais parlé ni en bien ni en mal – le genre de type dont il n'y a rien à dire finalement. Dans les années à venir, qui se souviendra de lui, à part moi ? Et même moi, j'ai appris à ne plus y penser. Si un pigeon ramier se met brusquement à roucouler, je peux, soudain, repenser à lui. Mais je fais beaucoup moins de mauvais rêves. Mrs Maddox avait raison, cela ne sert à rien de se battre contre ce qui n'est plus là. Brandis le passé face au vent, ouvre la main, et laisse-le partir.

Gerry a nié avoir lancé la pierre. Aujourd'hui encore, quand je lui pose la question, il écarquille les yeux et dit : *Ah ! non, tu ne vas pas recommencer ! Non ! OK ? Ce n'est pas moi*. Qui, alors ? Ce n'est pas difficile à deviner. Je le vois boiter sur le verre brisé. Je le vois dans un bus en route pour un nouvel endroit, le menton sur la poitrine, pas heureux, mais pas vraiment triste.

Alors, mon père ? Un homme appelé Kieran Green. Pas de deuxième prénom. Né et élevé sur la côte ouest de l'Irlande, pas loin de Limerick. Le cadet de sept enfants, je le sais maintenant. Roux, bien sûr. Les yeux bleus, des taches de rousseur. Un séducteur. Avec des mains expertes.

Il n'avait que vingt-trois ans. Ce n'est pas vieux. On a toute la vie devant soi à vingt-trois ans. La vie est une pierre sur laquelle rien n'est encore gravé, c'est une page blanche. Comme devait me le dire mon grand-père vers la fin de sa vie, c'est un âge magique, l'âge de l'épanouissement. Avant trente ans, tout est possible, disait-il.

Kieran devait partager ce sentiment. Il devait se sentir plein de vie, impatient, aventureux. Et c'est pour cela qu'à la fin de l'été ¶968 il prit le ferry de Dublin, au milieu des embruns, pour Holyhead, puis le train vers l'intérieur des terres, qu'il fit l'ascension du massif du Snowdon, campa dans le parc national et se mit à faire du stop vers le sud, vers Bala et ses lacs, les mines de cuivre et les ardoisières, traversant la Dyfi pour entrer dans le Cardiganshire jusqu'à l'autre côté des monts Cambriens. Jusqu'au jour où, au mois d'août, sur la route de Lampeter, il aperçut au milieu des tiges de cerfeuil sauvage un panneau à moitié effacé qui l'amena à dépasser la cabine téléphonique rouge et à débarquer à Cae Tresaint avec son sac à dos, les mains dans les poches, en arborant un beau grand sourire.

Ma mère disait que c'était une beauté. *Pas un terme réservé aux femmes.*

Tandis qu'il buvait une bière au Cerf blanc, Kieran se vit proposer un job à Bryn Mawr. Il dormait sur place au milieu des fourches et des crottes de souris, et c'est là que Bronwen le vit pour la première fois, en venant prendre sa leçon de cheval hebdomadaire. Il avait peut-être de la paille dans les cheveux. Comment est-ce que je sais tout ça ? Billy, naturellement. Il était là, lui aussi. Il vit les regards qu'échangeaient ces deux-là, et il comprit tout de suite. Pas subtile, ma mère. Bien avant qu'elle le sache elle-même, tout Cae Tresaint avait deviné qu'elle était amoureuse de Kieran.

Le reste, je le sais. Elle a suffisamment écrit – le baiser du feu de joie, la journée au bord de la mer, la nuit secrète dans la chambre d'hôtel aux murs marron où elle écrivit un poème. Les rencontres dans la grange vide. Et le jour, sur le Tor, où je fus conçue.

Mais il y a tant de choses que je ne saurai jamais avec certitude. Dans cette boîte à chaussures, il reste des mystères : trois centimètres de cordon bleu : qu'est-ce que ça veut dire ? Un morceau de papier rose couvert de chiffres qui ne représentent rien pour moi. Et les nervures d'une feuille de chêne. Pourquoi ? Juste parce que c'est joli ? Est-ce lui qui la lui a donnée ? Est-ce qu'elle l'a vue tomber pendant qu'elle l'attendait ?

Parfois, j'ai l'impression d'avoir bien plus de vingt-neuf ans. J'ai l'impression d'avoir vécu cent ans, d'être aussi vieille que la maison, et aussi battue par les vents. J'ai fait beaucoup de chemin, c'est peut-être ça. Je regarde ma première photo de classe – les cheveux courts, le sourire bécasse, et cette petite fille me fait pitié. *Il y a tant de choses en attente pour toi*, lui dis-je. *Profite de ta mère. Tiens bon*.

Oui, j'ai connu la colère. Mes années d'adolescence ont été saupoudrées de ressentiment, comme des taches d'encre sur la doublure d'un blazer. Et si je devais un jour rencontrer Kieran, je sais que des mots durs sortiraient de ma bouche. Je cracherais. Je m'emporterais. Je l'injurierais comme ma grand-mère, sans le vouloir, m'a appris à faire.

Mais cela ne durerait pas. Ce ne serait pas possible. Comment en vouloir à ce qui est votre moitié ? Ce que vous voyez dans la glace, qui vous regarde. Comment en vouloir à un homme que vous n'avez jamais rencontré, que vous n'avez jamais regardé droit dans les yeux, à qui vous n'avez jamais parlé ? Dont vous n'avez jamais entendu la version des choses ?

Elle aurait pu avoir qui elle voulait, avait murmuré ma grand-mère. N'est-ce pas la vérité ? Billy l'aimait, notre vétérinaire aussi. Daniel l'avait toujours trouvée merveilleuse. Quant à Mr Phipps, il était tellement sous le charme que lorsqu'elle avait décliné ses avances, comme l'aurait fait toute femme pourvue d'un peu de bon sens, son amour s'était transformé en amertume. Ces salauds de Jones, disait-il. Ce fumier d'Irlandais. Cette garce de rouquine de Pencarreg.

Si elle le leur avait demandé, les hommes auraient fait n'importe quoi pour elle. Ils auraient menti la main sur la Bible, s'il l'avait fallu. Mais Kieran ? Il lui montra pendant sept mois comment la vie devrait toujours être. Il lui apprit à connaître son corps. Et, au mois de mai, avec l'arrivée des libellules, il partit sans prévenir, le soir même où il avait su que j'étais en route.

Vingt-trois ans seulement.

Enfin, je suppose que tout est là : quand on aime, on n'y peut rien, et quand l'amour n'est plus là, on n'y peut rien non plus.

Il devrait avoir la cinquantaine. Plus d'un demi-siècle sur cette terre. Les tempes grisonnantes, peut-être, un peu de ventre, comme on en a à cet âge-là. Je me dis qu'il doit être en vie quelque part. Je m'étais raconté, pendant un temps, qu'il vivait peut-être au soleil dans un pays avec des yachts et des palmiers, mais c'était une vision naïve, car nous n'avons pas une peau faite pour ces climats. Dans ce genre d'endroit, il rôtirait. Alors peut-être qu'il est retourné en Irlande. Ou peut-être n'a-t-il jamais quitté Birmingham.

Pense-t-il parfois à moi ? Je me dis que oui, mais ce doit être de façon floue, distraite. Il ne savait pas si j'étais un garçon ou une fille, il n'était pas resté assez longtemps. Donc il pense à un fantôme d'enfant sans visage, c'est une ombre qu'il voit surgir de façon fugitive au moment de Noël quand il passe devant un jardin public ou qu'il aperçoit le drapeau gallois. Peut-être qu'il regarde ses autres enfants en se demandant si je leur ressemble. Peut-être qu'il a fait le calcul, qu'il a compté neuf mois, et boit un peu plus qu'il ne le devrait au moment du nouvel an. Peut-être qu'il a peur des miroirs. Peut-être que son attention est attirée quand il voit entrer quelque part une fille aux cheveux roux. Chaque coup frappé à sa porte, son cœur s'arrête.

Qui peut savoir ? Personne. Ce ne sont que des hypothèses. C'est la lie d'une bouteille de vin que je garde dans ma cave depuis des années. Mais je suis sûre d'une chose : quand il ne peut pas dormir à cause de la chaleur, du bruit, de l'alcool ou des soucis, Kieran Green lui aussi fixe le plafond en pensant : *Et si… ?* Parce que c'est une question que tout le monde se pose un jour ou l'autre.

Et cela me suffit.

Point final

Une chose avec des dents et des griffes, avait dit ma grand-mère. Je la crois. Je serai le genre de mère qui regarde sa montre quand il est l'heure que son enfant rentre. Je surveillerai la surface de l'eau quand mon enfant plongera. J'aurai les guêpes à l'œil. Je lui apprendrai à traverser la route, je me documenterai sur la méningite, et la rougeole, et les poux, et les oreillons. Je guetterai le moindre signe de brutalité à l'école. Je l'embrasserai avec fougue en public sans prévenir. Je l'obligerai à mettre la ceinture de sécurité, je découragerai tout mensonge. Et en même temps j'adopterai un air dégagé, désinvolte, afin de masquer le fait que je ne crois pas que le monde soit un endroit où l'on peut toujours se sentir en sécurité. *Sois là à cinq heures*, lancerai-je gaiement sans me retourner, tout en me disant *in petto* : *à cinq heures, à cinq heures ou avant si tu peux*. Comme faisait sûrement ma grand-mère.

Elle est morte d'une attaque brutale à la foire aux chevaux, par un mardi après-midi pluvieux, le lendemain de mes dix-neuf ans. Quand le téléphone a sonné, j'étais dans la cour de la ferme. J'ai regardé la maison, la rangée de tilleuls dénudés, et j'ai su. Mon grand-père aussi. Alors que je reposais le combiné, je l'ai vu apparaître à la porte, le poing serré contre sa poitrine. Il a dit : *C'est Lou ?*

Je l'ai emmené à l'hôpital dans ma Metro orange poussiéreuse. Les essuie-glaces marchaient de façon discontinue, et lui avait les mains glissées sous les fesses, comme le font les enfants. J'ai cherché quand j'avais vraiment parlé avec ma grand-mère pour la dernière fois. Et je n'ai pas trouvé.

Il est difficile de croire les médecins quand ils vous affirment que la mort a été instantanée et que la patiente n'a pratiquement pas souffert. Mais là, sur le carrelage bleu et beige de la salle d'attente de l'hôpital, j'ai décidé de les croire. Je croirais sans mettre en doute, et cela deviendrait la vérité.

Mon grand-père changea, forcément. Je m'y attendais. Le changement se manifesta par des détails. Pendant un temps, il se mit à dormir sur le sofa. Quand j'entrais ou que je sortais, il ne le remarquait pas. Et puis il avait des absences – le café refroidissait dans son mug, il oubliait de nourrir les chiens, et un jour je l'ai retrouvé pieds nus dans la cuisine, regardant d'un air étonné ses orteils glacés. Je me suis fait du souci et je pleurais de mon côté. Mais le chagrin change de visage, comme les saisons et, au bout d'un certain temps, mon grand-père est retourné dormir en haut, dans le lit conjugal – à ceci près qu'il restait de son côté.

Les gens lui disaient pour le réconforter que sa femme était morte à son heure. *Elle a eu une vie bien remplie*, lui disaient-ils – comme si soixante-dix ans, c'était un âge respectable, et que cela devait, en quelque sorte, adoucir sa peine. Mais ils se trompaient complètement. Ce n'est pas comme ça. Pour lui, elle n'avait jamais eu soixante-dix ans – elle était restée la jeune fille aux yeux bruns devant le jeu de massacre.

Son tour est venu neuf ans plus tard, de façon moins brutale. L'arthrite et un mauvais rhume lui firent garder le lit alors qu'il avait presque soixante-dix-sept ans. Je suis descendue lui faire du thé et, quand je suis remontée, je l'ai trouvé la tête penchée sur le côté, les couvertures ne bougeaient plus. Ses derniers mots avaient été pour me rappeler que la théière était fêlée. Une bonne façon de partir, en somme.

Et Rosemary Hughes ? Que lui était-il arrivé ? Personne ne fut jamais arrêté. Billy était le seul qu'on ait considéré comme un suspect possible, mais on n'arriva jamais à le retrouver. J'en aurais entendu parler dans les journaux. On l'aurait vu à la une. Donc l'énigme n'a jamais été résolue, ce qui est la pire et la plus triste des choses.

Si on retrouvait le corps, ce serait peut-être différent. Un cheveu, une goutte de sang – je trouve ça extraordinaire, l'ADN. Mais on n'a pas abandonné les recherches. J'ai fait ma part. Je suppose qu'il ne reste plus qu'à toucher du bois en espérant qu'un jour un blaireau la déterrera, ou qu'un homme – aux yeux verts ou non – entrera dans un commissariat, comme je l'avais fait, et annoncera : *J'ai quelque chose à vous dire.*

Depuis cet été de mes huit ans, Cae Tresaint n'a plus jamais été le même. De l'extérieur, on pourrait croire que tout est normal – il y a toujours des mariages à Saint-Tysul, des soirées avec jeux au pub et, même si l'épicerie a disparu, il y a un garage, un peu plus loin sur la grand-route, ce qui fait qu'on peut toujours venir lécher sa glace devant le monument aux morts, et que la plupart des gens savent encore qui est qui. Mais grattez la surface, et le visage de

Rosie est intact. Quand je marche sur un tapis d'aiguilles de pin, je me demande encore ce que je risque de trouver en dessous.

Et on n'a jamais découvert à qui appartenait le champ où, cette année-là, on avait fait paître les vaches, là où se trouvait la vieille grange. Mais on en parle comme du champ de Billy. C'est ce que nous disons, Daniel et moi, et, quand on passe par là, on regarde par-dessus la clôture.

Mais ne parlons pas de mort. Parlons de naissance. Parlons de la naissance qui se rapproche, du berceau que nous avons fait et des portes poncées, de l'échographie en noir et blanc que nous gardons dans le porte-toasts dont on ne se sert pas. L'image est floue, grenue, mais je sais où se trouvent le cœur et les mains. Un bel enfant, dit Daniel, avant d'embrasser ma peau.

Parlons de Billy tel que je le revois, assis sur une souche, les mains au repos. De Mrs Maddox, quand elle et moi on enjambait les fossés pour aller chiper les meilleures prunelles chez les voisins. Du baiser râpeux de Joe. Du matin où je me suis réveillée pour trouver ma grand-mère en robe de chambre, occupée à nettoyer le rosier en attendant que l'eau bouille.

Je revois la façon dont Daniel s'est séché les cheveux avec la serviette après son bain dans le lac. Dont le Tor change de couleur. Dont nos moutons tortillent de la queue avant de lâcher leurs crottes. Je pense au goût délicieux de ces poires. Au goût de pluie, à l'abandon de mon premier baiser avec Daniel. À la façon dont j'oublie tout quand il me prend dans ses bras. À ses cheveux qui sentent la terre. Je nous revois, ma mère et moi, faisant signe, par la fenêtre de ma chambre, aux trains qui passaient, et partageant un cornet de frites le vendredi soir. Je pense à la dernière note qu'elle a laissée dans la boîte à chaussures, trois mots soigneusement écrits à l'encre : *On part demain*. À la façon qu'ont les vaches de secouer l'étiquette qu'elles portent à l'oreille. À la façon dont pour moi le pays de Galles a entièrement et incroyablement changé quand, il y a huit mois, je suis sortie de la salle de bains en tenant dans la main gauche un bâtonnet blanc marqué de deux traits bleus.

Je sais une chose : nous aurons un fils qui portera un nom innocent. Quant à ses cheveux, ils ne seront ni bruns ni roux, mais d'une couleur bien à lui.

8618

Composition
Nord Compo

Achevé d'imprimer en France (Malesherbes)
par MAURY IMPRIMEUR
le 26 février 2014.
1ᵉʳ dépôt légal dans la collection : janvier 2009
EAN 9782290008621
OTP L21EPLN001611G007
N° d'impression : 188256

ÉDITIONS J'AI LU
87, quai Panhard-et-Levassor, 75013 Paris
Diffusion France et étranger : Flammarion